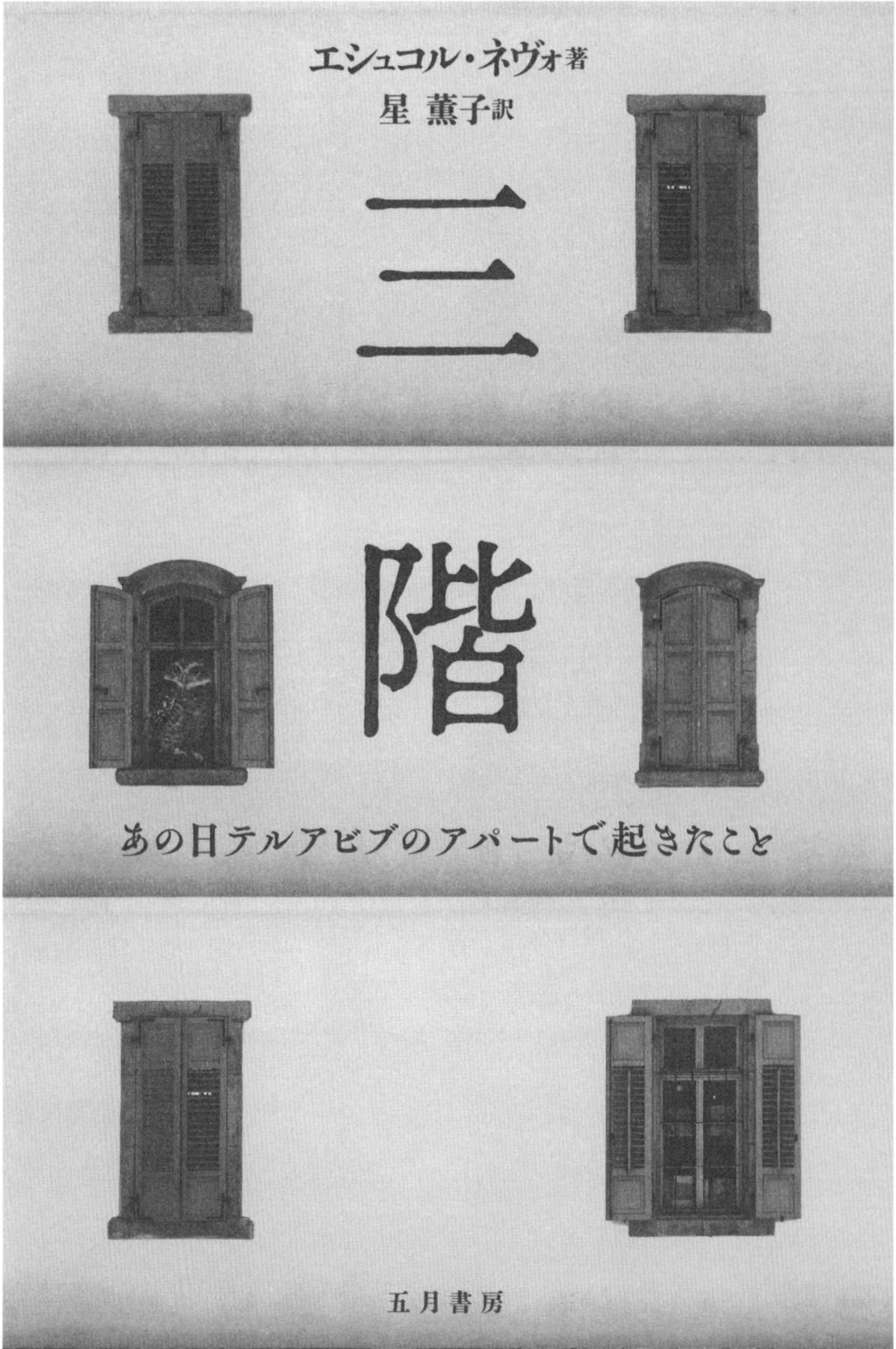

エシュコル・ネヴォ著

星 薫子訳

# 三階

## あの日テルアビブのアパートで起きたこと

五月書房

# 三階

## あの日テルアビブのアパートで起きたこと

エシュコル・ネヴォ著
星薫子訳

三階　あの日テルアビブのアパートで起きたこと　目次

# 一階

言っておきたいのは、不意を突かれる前から、僕とアイェレットが口に出さなかったことがあるということだ。心の奥底で、僕らは、少なくとも僕は、こんなことが起きるんじゃないかと思っていた。兆候はそこここにあったのに、あえて気づかないふりをしてきた。子どもを預かってくれる隣人なんて、最高にありがたいだろう？　考えてもみてくれ。家を出なきゃならない五分前に、娘を体一つで、バッグもベビーカーもなしに連れていき、廊下の向かいの部屋をノックすればいい、それだけ。娘は喜んであの家に行ったし、彼らも喜んで受け入れた。自分はその間、好きなことをできる。しかも普通のベビーシッターより格安だった。こういう話は気まずいが、避けて話す気力もないから言うよ、でも君の小説には書かないでくれよ。

ああいう年金生活の夫婦は、普通にベビーシッターを頼んだらいくらするか、知りようがない。そういう情報網の外にいるからな。つまり言い値で済む。僕らはそうした。一時間二十シェケル。九年前なら良かったろう。安いがあり得なくはなかった。ところが今ではこのあたりは四十シェケルが相場になっているにもかかわらず、僕らは二十で据え置いた。お察しのとおり、アイェレットは時々、もっと払うべきだと僕に言っていたよ。だから僕は、ああそうだね、もっと払おうと答えた。それでも結局そのままだった。彼らも何も言わなかった。上品なドイツ系ユダヤ人「イエッケ」ってのはそうだろ。夫の方は近所を歩くにもスーツにネクタイだったし、妻の方は音楽学校でピアノの教師をやっていて、「どうかお願いですから」なんて言うような人だった。二十に不満だったとしても、「イエッケ」のプライドが許さなかった。僕らはそれをいいように解釈していた。口には出さなかったけどね。彼らの張り合いのない人生なんて、生きている意味があるのか。感謝してほしい。オフリと一緒に過ごす幸運にあやかっているのだから、むしろ金を払ってほしいくらいだ、とね。

初めて娘を彼らに預けたとき、生後何カ月だったが正確には思い出せないが、なんにしても相当小さかった。女性が出産後、セックスできるようになるまでどれくらいかかるんだ？　一カ月？　一カ月半？　それが発端だった。セックスさ。アイェレットは妊娠末期に妊娠高血圧症候群になったから、セックスなんてもってのほかだった。産後一カ月経っても、まだ出血していた。僕は悶々として爆発寸前だった。それまでそんなことはなかったが、会議の最中に女性クライアントから目が離せなくなり、トイレに引きずり込んで服を引き裂いてやりたいと夢想したよ。実は、女性はそんな欲望を嗅ぎつけるんだ。その頃は、かなりの女性に誘われた、かなりの数だよ。しかも僕はブラッド・ピットみたいにハンサムとか、そんなのでは全くないのに。エアロバイクのインストラクターが僕に送ってきたメールの内容を君は信じられないだろうな。いつか見せるよ。だがそんな事は悟られないようにしていた。歯を食いしばって我慢している僕に、アイェレットは感謝していた。「ありがとう」という言葉ではなかったが、いつも「あなたに触れられたい、あなたと同じくらい強く求めてる」と言っていた。ある晩、彼女は「あの子をハーマンとルースのところに一瞬預けましょう」と言い出した。そして僕の肩に指をゆっくり這わせた。僕らの間の合図みたいなものだ。

彼女が始めたことだった。アイェレットが先に言い出した。二人で一緒にドアをノックして、オフリを少しの間見ていてもらえないか頼んだ。おそらく彼らは本当の事情を察していたと思う。どういう緊急事態なのかを。彼らは年老いても情熱を保っているタイプに見えた。ハーマンは背が高くて背筋をぴんと伸ばしている人だった。ドイツの首相に似ている。ルースは銀髪を長く伸ばしていて、それをポニーテールで結んでいるから、年配の女性というより、普通の女に見えた。彼女は最後にオフリがミルクを飲んだのはいつかとアイェレットに聞き、アイェレットは、娘は今はお腹がいっぱいのはずで、とにかくほんの一瞬だから、と説明した。ルースはまた、おしゃぶりを預かった方が良いか、念のためにおむつを置いていくかを確認した。するとハーマンが変な音を出しながらネクタイの端でオフリのお腹をくすぐった。オフリは笑った。あれくらいの月齢の子どもの笑顔というのは反射で、本当に笑っているわけではない。それでも僕はアイェレットに「この子は彼が好きみたいだよ」と言った。ルースが「子どもたちはハーマンに夢中になるの」と言った。

オフリは赤ん坊の頃から誰にでも懐く子ではなかった。祖母に抱かれても泣くほどだった。しかしルースの腕に預けられると、体をすり寄せて頭をルースの胸にもたせかけ、ルースの長い髪を指でいじり始めた。ルースは「シャ、シャ、シャ」とあやしながらオフリの頬をなでた。アイェレットはかがみこんで、オフリに「すぐ戻るから、いい子でね」と言った。オフリはあの賢そうな目でアイェレットを見て、それから僕の方を見た。泣かれるかと思った。しかしそうはならなかった。ルースの胸にいっそう深く顔をうずめた。ルースが「大丈夫ですよ。どうかお願い、心配なさらないで。私は子どもを三人、孫を五人育てたんですから」と言った。アイェレットは、ほんの一瞬です、ともう一度言って、最後にオフリの頬を撫でた。

自宅のドアを後ろ手で閉めるやいなや、僕は彼女の尻を掴んだが、彼女は体を固くして「ちょっと待って、泣き声が聞こえない？」と言った。僕らは動きを止めて耳をそばだてたが、聞こえたのは上階の未亡人が家具を動かしているいつもの音だけだった。もう何秒か待って、本当に聞こえないか確かめてから、アイェレットが僕の手をとって、「どうかお願い、前戯はなしで、いいわよね？」と言った。そして僕を寝室に引っ張っていった。

ハーマンとルースの孫たちは世界中に散らばっていた。ウィーンに二人、パロアルトに二人、そして一番年上の子が母親とパリに住んでいて、毎夏遊びに来ては、ミニスカートから日焼けした素肌をさらし、緑色の目で近所の少年たちを虜にしていた。少年たちはアパートの外で、日向ぼっこをしている猫のように彼女を待ち、彼女もそれを楽しんでいた。話しながら少年たちにさりげなく触れ、しかし自分には絶対に触らせなかった。いっぱしの小さなマドモアゼルだった。ハイヒールを履き、大人の香水をつけていた。昨年の夏、ルースが卵がないからと彼女を我が家に寄こしたとき、僕はシャツを着ないで出てしまい、彼女はフランス語訛りで「ムッシュー・アルノ、シャツを着てくださいな。レディの前でそんな恰好は紳士とは言えませんわ」と言い、色目をつかってくすくす笑った。僕はにこりともせずに卵を持たせ、この若い女狐には父親がいないのが一目瞭然だと思った。僕が父親なら、こんなミニスカートを履かせない。まあ、彼女については後でまた話すよ。

ハーマンとルースの他の孫たちも年に一、二回は遊びに来た。すると普段はピアノの音と、ドイツ語のケーブルテレビの声しか聞こえない彼らの部屋が、いきなり騒々しくなり、にぎやかな声であふれる。ハーマンは子どもたちが庭で遊べるように滑り台やブランコを作ってやった。引退する前まで、彼はイスラエルの航空機メーカーで働いていたので、そういったことは得意なのだ。ラジコンの飛行機を組み立ててやることもあった。夏なら、倉庫からプールを引っ張り出してくる。けっこうな大きさで強化プラスチック製のものだ。それから空母を作ってプールに浮かべ、子どもらがラジコン飛行機を離着陸できるようにする。しまいには空母を引き揚げて、子どもらは水着に着替えてプールによじ登って入り、水をかけ合う。子どもたちは元気だが乱暴ではなかった。ここらの子どもとは違って、行儀も良い。食事にはナイフとフォークを使い、階段で会えば挨拶もする。

孫たちが帰ってしまうと、ハーマンとルースは悲しんだ。毎回そうだった。いなくなった次の日は、ドアが固く閉ざされ、ノックを拒んでいる。うまく言えないが、重苦しい空気がドアの外に漏れてきて、「今はやめてくれ」というメッセージを伝えているような感じだ。孫たちがいなくなって二日経つと、彼らの方から我が家をノックしに来て、良ければオフリを預かろうかと言う。ハーマンは「ハーマンにキスをおくれ」と言ってオフリに腰をかがめ、頬を近づけた。オフリはごわごわした髭に触らないようにそっとキスをした。ルースがアイェレットに「必要ならお金はいらないからしばらく預かるわ」と言った。そして独り言のようにつぶやいた。「孫たちがいなくなるとハーマンはすごく悲しむの。この二日間、食事も睡眠もとらず、髭も剃っていない。どうしたら良いのかしら」

あのキスのことだよ、たとえばね。事件の前に兆候があったと言ったのはそれだ。そういうような事なんだ。最初は、ハーマンはオフリを迎え入れるときに、両方の頬に一回ずつキスをして、と言うだけだった。それがここ一年は、僕らが家に出入りするときに廊下にいると、突然家のドアを開けて現れて、かがみこんで大声で彼女に言うんだ。「やあ、オフリ。ハーマンにキスをしてくれ」

こうして話してると死にたくなるよ。こんなにも決定的な証拠があったのに、それでも足りなかったのか？　僕らは気づきたくなかった、君に伝えたいのはその事だ。アイェレットの母親は自分の子どもを人に預けるという概念そのものを理解できない。僕の両親は引退してから、いつも長旅に出ていた。南アメリカとか中国とか。どういうわけか二人は突然「ムチレロ（登山愛好家）」になってしまった。ヤエリが生まれたのはまさにそんなときだった。君も知っているとおり、赤ん坊には呼吸器系の疾患があった。僕らは病院のベッドの横で何週間も看病した。アイェレットと僕で交代しながら、赤ん坊を見ているときは絶対に寝てはいけなかった。万が一寝入ってしまったときに、赤ん坊の呼吸が止まらないとも限らなかった。病院から仕事場に出勤した。自宅で着替える暇もなかった。言い訳をするわけではない。ただ、僕らはハーマンとルースにますます頼るようになっていった、ということだ。午後、夕方、週末。オフリは彼らの家に、あるときは半時間、あるときは半日ほど預けられていた。

今思い出した。どうして忘れていたのか不思議だが、アイェレットがある朝、看病中の僕と交代しに来たときに、その前の晩に見た夢の話をしたことがあった。僕ら二人は手術室の外で待っている。手術を受けているのは、危ないのは、ヤエリではなくオフリだった。夢のなかではオフリは九歳ではなく一歳だった。そして手術室から出てきて僕らに結果を伝えた外科医はハーマンだった。ただ彼は外科医の白衣ではなく、患者用のパジャマ、背中が開いたようなやつだよ、あれを着ていたそうだ。アイェレットは夢のなかで背中は見えなかったが、絶対にそのパジャマだと言っていた。それからハーマンは眉間に指をあて、「オフリは生きます」と言った。アイェレットはハーマンがヤエリではなくオフリの話をしていることに驚いたが、安心した気持ちに水を差したくなかったので、それ以上は聞かなかった。

僕はその夢の分析はしなかった。僕らが付き合い始めでハイファに住んでいたとき、彼女の夢判断をしようとしたことがあって、すごく怒られたんだ。見当違いだからただ聞いていればいいと言われた。だがもしこの夢を分析したとしても、一年後に起こる出来事と結びつけることはできなかったろう。もちろん、「君の夢の中では、オフリが病気の子なんだね。彼女の方が強いから生き残る可能性も高いという潜在意識があるのかもしれない」というような事を言うことはできただろう。

そういうものだよ。下の子が生まれるまでは、上の子を理解することはできない。ヤエリのお陰で、僕らはオフリがいかに非凡な子どもかということに気づいた。彼女の穏やかさ、動じない気質がいかに珍しいのか。今までの先生には、幼稚園の先生にさえ、年の割に大人びていると言われ続けた。だけど僕らはヤエリの修羅場を乗り切るのに必死で、先生たちの言っていることが分からなかった。

ひどい事を言っているように聞こえると思うが、構わない。あの事件がヤエリの身に起きたのなら、まだ楽だった。彼女の場合はすべてがシンプルだ。悲しければ泣く、思い通りにならなければ床にひっくり返って叫ぶ。オフリは叫ばない。あの子は飲み込んだ。思い沈む。騒がず世界を理解しようとする。だから外からは、彼女の内面で何が起きているかうかがい知れない。ごくたまに、最後にぽったりの言葉をぽつりと話すことがある。そしてまたすぐに世界を観察して、できる限り吸収する。本当さ、あの子は探知機みたいなんだ。小さい頃、僕とアイェレットが喧嘩をしそうなときは充満した空気でも察するのか、間に割って入って、「パパ、喧嘩はだめ」と言ったものさ。

だから、ハーマンの異変に最初に気づいたのも彼女だった。ルースよりも早く。ある日、彼らの家から帰ってきて「ハーマンは壊れちゃった」と言った。「壊れちゃったって?」「何でも忘れちゃうの」「何でも?」「眼鏡をどこに置いたかとか、庭に出るドアの場所とか、自分の名前とか」「遊びなんじゃない?　お前とゲームをしているつもりで」「そうじゃないよ、パパ。壊れてるの」

その数日後の夜、彼らが我々のドアをノックした。二人揃って。ハーマンはすぐにオフリのところに行ってキスをせがみ、四つん這いになってオフリを背中に乗せて、リビングを這いまわった。ルースはアイエレットにマーブルケーキのスライスをいっぱいに盛り付けた皿を差し出して、ファックスを貸してくれないかと頼んだ。もとから、彼らがうちのファックスを借りたり、古いコンピューターがフリーズしてしまったときにはアイエレットに助けを求める、ということが時々あった。僕らだってミルクを切らしたときは頼った。卵の場合も。玉ねぎも。テルアビブに住んでいる君とは違って、僕らには二十四時間営業の店なんてないんだ。もしシャクシューカに欠かせないトマトソースを切らしていたら、それはシャクシューカが作れないということで、卵をトマトソースなしで素のまま食べるしかない。彼らの方だって、砂糖や油を切らしてしまうことがあった。僕らほどではなかったが。そういう意味では融通が平等だったとは言えないが、その不平等を正そうと考えたことすらなかった。むしろ、だからこそ良いんだ、と自分たちに言い聞かせた。昔ながらのお隣さんだ。みんなが下心なしに人に親切にしていた時代のね。もっといえば、ここ数年は、子どもらには別々の子ども部屋を、アイエレットにはちゃんとした仕事部屋を与えられるような、もっと大きいアパートに越そうとしたこともあったんだ。だけど僕か彼女のどちらかが「ハーマンとルースがいなくて、どうやってやっていく?」と言うと、そこで話は終わる。

その日のルースは、ファックスを借りに来たけれど、いつものように部屋の隅の電話のところにはすぐには行かず、玄関口で立ったままだった。いつものポニーテールがゆるいのか、ほどけてくる髪を指で絶えず耳にかけていた。そして沈んだ声で言った。「ハーマンが変わってしまった。様子がおかしいの。昨日、私が仕事から帰ってきたら、彼が道でふらふらと通行人に自分の家はどこかと聞いていたの」

アイェレットが何か飲もうと、彼女に椅子を勧めると、ルースはため息ついて座った。ハーマンはといえば、まだオフリを背中に乗せて馬になっていた。僕はヤエリをアイェレットから抱き取り、アイェレットはミルク入りのコーヒーを作った。

「何年も家にひとりでずっといるなんて」ルースは言った。「彼にとってはそれが良くなかったのね」

「一日中、家に一人でいると確かに頭がおかしくなりますわ」とアイェレットが調子を合わせた。

だから僕も言った。「本当ですよ、僕も在宅で起業したときはそうなりました」

するとルースは言った。「だけどどうしたら良いのかしら。私は仕事を辞めるわけにはいかないの。彼の年金はそれほど多くないから」

「お金といえば」僕は言った。「僕らはあなたにもっと払うべきでは」

その時、ハーマンは我が家のカウチに座って、オフリを膝の上で飛び跳ねさせながら、「ホッペ、ホッペ、ライター」と「お馬さんぱかぱか」のドイツ語版を歌っていた。オフリは金切り声を上げて喜んでいた。僕は内心、オフリはこんな遊びにはいささか大きすぎるんじゃないかと思った。彼の膝に乗り、そして太ももに触れられるほど、赤ん坊ではないのに、と。

ルースが「そんなこと。お金なんてあるときに払ってくれたら良いわ。お宅のお嬢さんはハーマンの喜びなの。それが一番大事、特にこんな時には」と言った。

アイエレットは「コーヒーを召し上がって、ルース」と言った。

ルースは口をつぐんでコーヒーをすすってから、話を続けた。「あの人はキブツで一番魅力的な男性だったの。灰色がかったあの青い瞳でしょ。猫みたいで。それにイスラエル流に日焼けしていた。私は新入りだった。世間知らずの。私が彼から目を離せないでいたから、まわりに忠告された。あいつはソックスを履き替えるみたいに女を替えるぞ、と。あいつが女に求めるものはたった一つだ、と。でも私はまわりがなんと言おうと気にしなかった。私に出会ったら変わるわ！　と自分に言い聞かせていた」

「そのとおりでしたか？」とアイエレットが笑顔で聞いた。

ルースはハーマンとオフリを真剣なまなざしで見た。「そうでもあり、間違ってもいた」そして急に黙り込んだ。コーヒーを飲みながら、ピアニストの長い指で髪をかきあげていた。

アイエレットは彼女に、またすぐに何かあれば、力になると言ったので、僕も「遠慮しないでください、本当に」と重ねた。

「ありがとう」とルースは言った。「あなたたちは素晴らしいお隣さんよ」

その夜、僕はアイエレットに言った。「この先、絶対にオフリをハーマンと二人きりにしちゃいけないよ」

「そうね、確かに。それにお金を払わなきゃ。こんなふうに話を持ち出して良くなかったわ。手元に現金はある?」

「ない」

「明日おろせる?」彼女は今すぐにでも払いたそうだった。

「もちろん、いくら払えば良いかな?」

「分からないけど、それなりの額。少なくとも六百か七百じゃない」

「分かった。千おろしとく」

その週の後半、僕らはオフリをウルフ家に預けた。二回。二回ともヤエリを検査のために病院に連れて行かなくてはならなかった。二回ともルースも家にいた。二回とも、僕らが迎えに行くとオフリはいつもと変わらぬ様子でハグをしてきた。オフリはまだハーマンが「壊れてる」様子について、彼がサラミ・アンド・エッグに塩ではなく砂糖を入れたこと、エアコンをつけようとテレビのリモコンを使ったことなどを話した。話しながらオフリは楽しそうに目を輝かせている。ハーマンはどうやら、これらがゲームの一種で、オフリはそのなかで大事な役割、ハーマンに作業の順番を示し、正しいリモコンを渡し、水やりする植木を教え、今日が何日なのかを思い出させるという役割をプレイしなくてはならないと思わせることに成功したようだった。

アイェレットはオフリに分からないように英語で「あの子はあまりにも無垢だわ。賢くて、無垢なの」と言った。

「もうすぐ無垢じゃなくなるよ」と僕は言った。「時間の問題さ」

アイェレットは鋭いので、僕が子どもをもう一人作ろうという方向に話を持っていきたがっていることにすぐ気づき、今度は英語ではなく言った。「アーノン、あり得ないから。あなたが妊娠するんじゃない限り」

「英語で、英語で話そう」と僕が言うと、オフリも言った。

「そうだよ、ママ。男の人は妊娠できないんだよ」

「私はあなたの恋人じゃないの、オフリ」アイェレットは言った。「私にそんな口をきかないで」

「何がだめだったの？」オフリは言った。「どうしていつも私にそんなに怒るの？」

僕は英語に切り替えて「この子の言うとおりだよ、分かってるだろ」と言った。

するとアイェレットは口を挟むなと怒った。

二人の関係性は複雑だった。アイェレットとオフリは。ずっとそうだった。さすがにまだ乳児だった一歳の頃はそんなことはなかったと思う。しかしオフリが離乳して話し始めた途端、二人の間はぴりぴりし始めた。さっきまでハグやらキスやら親友のようだったのに、一瞬のちに爪をむき出すような急転直下の展開になる。問題は、強い方が勝つというわけではないことだった。オフリは強い、とても強い子だ。それでもアイエレットがアイエレットらしさ全開で相手をずたずたにしようとすれば、オフリに勝ち目はなかった。アイエレットはそれを境界線と呼んだ。子どもには境界線が必要なのだと。だが僕は最初から、それだけではないと思っていた、彼女が娘に話しかけるときに何だか意地悪な響きがあったのだ。ハチミツでとても巧妙に隠されている棘のようなものが。たとえばどんなかって？　そうだな。「ヤエリはあんなにお友達が家に遊びに来るじゃない。なのにあなたは一日中ベッドで本を読んでいるのね。残念だとは思わないの？」とか。あるいは「明日までには何を着るか決められそう？　おしゃまさん」とか「地球からオフリへ、地球からオフリへ、応答せよ。こちらの言ったことが聞こえるか？」などなど。愛称だってそうさ。宇宙号、スペースガール、だんまりちゃん……、愛情からというより意地悪な感じがするんだ。それに、彼女が仕事で帰るのが遅くなったときに、家でオフリがアイエレットの気に食わない何か大人びたことをしていて、彼女の癇に障ったときや、オフリが自分の世界に没頭していて返事をしなかったときなど、怒って我が子にひどいことを言うんだよ。「私は母親だからあんたに耐えなきゃならない、選べない。でも他の人ならあんたに今みたいな事されたら、すぐに出ていくから」とか、本当にこうも言ったんだよ、「あんたみたいな罰を与えられるほど、私は悪いことをしたのかしら」と。

言葉だけじゃない。声色もそうだ。辛辣で容赦ない。どうして二人がそんなななのか？　僕には分からない。オフリは打てば響くというタイプではなく、ゆっくり思い悩む。話しかけられても気づかないことがある。急がせようとすればするほど、わざとゆっくりになる。一方アイェレットは正反対でせっかちなんだ。自分のペースについてこられない者にいらいらしてしまう。完全に頭のおかしい母親の件もあるしね。それも関係あるのかもしれない。母親はアイェレットが子どもの頃、暴力をふるったんだ。それもラマトアビブ、テルアビブ北部の高級住宅街でだよ？　南部の貧しい下町ではなく。優雅なラマトアビブで、母親はアイェレットをベルトや定規で打った。止めてくれる父親はいなかった。話が先走るが、特殊合金ドアの向こうで人々が何をしているのか知ることはできない、とこれから話を聞けば分かるよ。

ヤエリが生まれる前は、僕とアイェレットはオフリの教育方針をめぐってよく喧嘩をした。彼女は僕が甘やかし過ぎだと言うんだ。甘やかしてるだって？　と僕は反論した。完璧な子じゃないか、天使だよ、と。ヤエリが家族の一員になって、バランスが整った。テーブルは四本脚の方が安定する。それでも僕は、オフリのそばにいてやり、気をつけることが絶対に必要だと思っていた。アイェレットがきつく当たり過ぎたら慰めたり、あとあと消えない傷が残るようなひどい出来事が起きないように、と。

これを聞いたら君は僕が馬鹿な間違いを犯したと思うだろうな。タブリナが人気を博したあと、僕はスペインとドイツから、レストランのデザインをしてほしいという依頼を受けた。彼らが送ってきたメールが傑作なんだ。「我々はあなたの、スタイルがないのがスタイル、というコンセプトに感銘を受けました」「あなたの空間デザインのおかげで、客がメニューに載っているすべての料理を注文したくなるようです」とかね、いつか君に見せるよ。どちらにしろ、オファーは断った。もう一回自分のビジネスを始めるチャンスだったが。仕事上の一大チャレンジとも言えたが。僕が断った本当の理由は、アイェレットにはそうは言わなかったが、ヨーロッパでレストランをデザインするなら、長期間の滞在が必要になり、二匹の猫をその間放っておくことになるなんて、耐えられなかったからだ。分かるかい？　僕はオフリにはいつも特別な責任を感じていた。そのせいで、あの出来事が悪い方向に進んでしまった。

ねえ、こんなこと全部君に話して良いのか？　本当に？　君の方はどうなの？　聞いてもいなかったね。ベストセラーのリストに載っていたじゃないか。一冊につき、いくら儲かるんだ？　それだけ？　奴らはけちだな、僕の私見だよ。「物語を続けて」だって？　君にとっては何でも物語なんだな。僕には耐え難いよ、本当に起きたことなんだから。

まあいいさ。どこまで話したかな？　毎週月曜、僕はエアロバイクのクラスに参加している。七時開始だが、乗りたい自転車があるなら少し早めに行かないとならない。え、君はやったことないのかい？　そうか、羨ましい体質だな。僕の家系は男はみんな肥満傾向だ。やるしかない。そのクラスのバイクは、インストラクターを半円で囲むように配置されている。番号がついててね。僕は四番が好きだ。エアコンから一番遠い。毎週月曜は、アイェレットがヤエリをテルアビブの呼吸器系に疾患のある子ども向けのヨガ教室に連れていく。終わって急いで家に帰ってくると、僕が六時半に家を出られる。

あの日、アイェレットたちは渋滞にはまった。彼女は車から電話をしてきて、少し遅れると言った。僕はアヤロン・サウスを通るように言った。しかし彼女はもうゲハだと言う。それで僕は頭に来た。いつもアヤロン・サウスの方が渋滞は緩いと言っているのに、彼女は毎回ゲハを選ぶ。慣れているからだ。僕は時間ぎりぎりにジムに行って、柱の陰の十九番か二十番のバイクに乗っている自分の姿が目に浮かんだ。そこからだとインストラクターは見えない。話が見えてきたかい？　ハーマンとルースのところに行ったのは、仕事の急用のせい、あるいは急な胸の痛みで病院に行かなければならなかったから、と言えれば良かった。しかし実際のところは、これだけのことだ。僕がジムで乗りたいエアロバイクがあったから。

ルースはまだ音楽学校にいた。ハーマンにいつ帰るのか聞いたが、彼は知らなかった。私は計算した。もし今出れば、アイェレットは十分か遅くとも十五分後には帰ってくる。たった十五分で何が起きるというんだ。それにルースだって帰ってくる。仕事から家に帰ってくるのはいつも六時半頃だ。老人は普段のルーティンを変えることを嫌う。それならアイェレットに、僕がオフリをハーマンと二人きりにしたことを知られないで済む。もし知られたとしても、どうだっていうんだ。次からはアヤロン・サウスを選ぶだろう。

オフリはもちろん大喜びだった。僕は彼女に、ほんの少しの間だから、ママがすぐに迎えに来るから、と言った。しかし彼女はさっそくハーマンの背中に乗っていて、ハーマンは「ホッぺ、ホッぺ、ライター」と大声を出していて、僕の言うことはほとんど聞いていなかった。僕は彼に気をつけるよう伝えたかったが、どう言えば彼を傷つけないか、僕が彼を信用していないと悟られないか考えているうちに、言えなくなってしまった。そしてアイェレットに「オフリはハーマンとルースのところに預けた」とメールした。僕は着替えて家を出た。あのとき僕が彼に何か言っていたら事件を防げたとは思えない。「体の具合が良くないんだから、オフリを連れて外出したらダメですよ」と言えば、恐らく彼は「ああ」と答えてその一分後に内容を忘れてしまっただろう。

エアロバイクのクラスの間、僕は携帯電話の電源を切っていた。大音量のスピーカーが鳴っているジムのなかでは、そもそも何も聞こえない。だから四回も不在着信があったことに気づいたのはクラスが終わったあとだった。それでも僕は、アイェレットが家の鍵を忘れて締め出されている、というような事だと思い、シャワー室に歩いて行った。次からは彼女も僕の言うとおりアヤロン・サウスを使うだろう。そんな風に考えていた。彼女に教訓を与えようと。僕はシャワーをゆっくりと浴びた。髪を洗ってお湯の温度をどんどん上げていき、もう火傷するという寸前まで熱くした。君も好きかい？知らなかった、こんなことが好きなのは自分だけだと思っていたよ。次に携帯を見たのはタオルで体を拭いたあとだった。僕はアイェレットに電話をした。数秒後、僕はジムを飛び出した。

こんな時の人間は何を考えているのか、どう説明すれば良いだろう。初めての予備役で、エールリッヒがヘブロンのあの道にうっかりジープで迷い込んでしまったことがあったのを覚えているだろう？　コンクリートの塊が僕らに降り注ぎ始めた瞬間のことを。あの馬鹿がジープをバックできなかったときのことを。そのときの気持ちを十倍してくれ。いや百倍。千倍。ヘブロンでは僕は全く平気だった。僕らは生きて帰れるという確信があった。たいがい、僕はプレッシャーのなかでも落ち着いていられる。だがこの時は、正直に言うよ、完全に落ち着きを失っていた。運転しながら自分に怒鳴り散らした。拳をハンドルに叩きつけた。

恐らく違いは、ヘブロンでは僕は自分に対してしか責任がなかった。だがこの場合、僕はあの子に責任を負っていた。それを果たせなかったことを痛感していた。僕のミスだということがあまりにも明白だったので、アイェレットは僕を責めて時間を無駄にすることさえしなかった。僕が車から降りた瞬間、彼女は状況を説明した。アパートの住民全員が二人を探している。警察もこちらに向かっている。探している場所は、隣近所。それともう少し離れた場所も。僕は「あいつがあの子に何かしたら殺してやる。絶対殺す」と言った。アイェレットは「まだ何があったのか分からないわ。ただ道に迷っているだけかもしれない」と言った。だけど僕は彼女の目を見て、彼女もまた、あのキスや「ホッペ・ホッペ・ライター」のことを考えているのだと分かった。僕が、果樹園を誰か探しているか聞くと、アイェレットが、いいえ、そんなに遠くに行ったとは思いつかなかったと答えた。そこで僕は

「僕が行ってくる」と言った。

「銃を持っていく」

「銃なんてどうして?」と彼女が言った。

「あいつがあの子の髪の毛一本にでも触れていたら、あいつを終わらせる」

オフリが幼稚園の頃、いつも彼女に嫌がらせをする生徒がいた。シャー・アシュケナージといった。オフリは家に帰るといつもその子の話をした。シャー・アシュケナージにこんなことを言われた、シャー・アシュケナージにあんなことをされた、と。アイェレットが先生に話したが、その先生は、特に何も変わった様子はない、これくらいの年頃の子は空想と現実の区別がついていないこともある、と言うだけだった。

娘はいつだって区別はついていた。だからアイェレットにもそう言った。僕らの娘は空想と現実の区別がついている、と。そしてある日、僕はオフリを幼稚園に送ったあと、茂みに隠れて、子どもたちが園庭に出てくるのを待った。最初はすべて問題なく見えた。オフリはお友だちと遊んでいて、僕は自分が馬鹿みたいに思えた。四十歳の男が朝の九時に茂みに潜んでいる。だがその時、男の子がオフリに近づいてきた。後ろから。オフリはその子に背を向けていた。するとその悪ガキがオフリのズボンを下ろした。それから走って逃げた。少し離れた場所から笑って、オフリはパンツをみんなに見られたと言った。

君は僕を知っているだろう。暴力的な人間ではない。インティファーダの最中も、パトロールに行かないでキッチンでおとなしくしていた男だよ、覚えているだろう？　だけど絶対に君もそうなると思うが、誰かが君のヨナタンのズボンを下ろすところを見てしまったら、僕と同じ行動をとるはずだ。生き物としての本能さ。抑えられない。

その悪ガキに何をしたかって？　すべきことをした。幼稚園の塀を乗り越え、そいつの首根っこをつかみ、壁に押し付けて、あと一度でもオフリに触れたら、お前を八つ裂きにしてやると言った。

その日の夕方、子どもの母親から電話があって、「私たちを敵に回したのは間違いよ」と言われた。シャー・アシュケナージの父親は暴力団の親玉だそうだ。警察が何年も捕まえようとしているが、成功していない。郊外に暴力団がいるなんて君は信じられないだろう？　いるんだよ、これが。

詳細は省くが、親玉の妻は電話で僕にこう言った。夫のアシは「事業拡大」のため出張中だが、戻ってきて僕がシャーにやったことを聞いたら、痛みを伴う結果になる、と。本当にそう言ったんだよ。痛みを伴う、と。

だから僕は銃を買って引き出しに入れた。銃弾は別の引き出しに入れて、二つの引き出しを鍵で閉めた。もし奴が、アシが、僕らの巣穴に現れたら、僕は子犬たちを守る道具が必要だ。

その一週間後、新聞記事にアシ・アシュケナージがラルナカで逮捕されて裁判にかけられると出ていた。麻薬の密売で長い懲役刑を課されるだろうとのことだった。シャー・アシュケナージと母親はその後すぐに幼稚園に来なくなった。先生も彼らがどこに越したか知らなかった。あるいは言いたくないだけだったのか。先生も安心しているのだと僕には分かった。そして僕は——銃を持ち続けた。

引き出しから銃を取り出したことは一回しかない。ワディケルトにハイキングに行ったときのことだった。その何年か前に、登山客がそこでアラブ人に殺されていたので、念のため備えておいた方が良いだろうと思った。アイェレットは銃を持っていくなんて絶対反対だと言っていたが、その言い方は、理想の世界では銃なんてない方が良いが、現実の世界では必要だという風に聞こえないこともなかった。その夜、ハイキングから帰ってきて娘たちがベッドですぐさま眠ったあと、僕は一日の土埃を洗い流そうとシャワーを浴びていた。そこにアイェレットが服を脱いでシャワーカーテンを引いて入ってきて言った。「銃のせいなの？　それとも私に興奮してるの？」

分かるかい？　アイェレットのように強い女だって、守ってくれる存在を求めているんだ。生き物としての本能だよ。

だから僕は銃と弾を持って、果樹園に向かって走り出した。君は遊びに来たことがあったよね？　覚えてないはずないだろ、独立記念日にバーベキューをしたじゃないか。二年前だっけ？　そうだよ。アパートを出るとシナゴーグに伸びている道があって、シナゴーグを通り過ぎてさらに三、四分歩いていくと、果樹園につく。もう十年も、木を切って若者世代向けの住宅を作ろうという話が出ているが、いまだにブルドーザーを一台も見たことがない。

　オフリが小さい頃、歩き出してすぐにと言っていいか、あの子をよくそこに連れて行ったんだ。オレンジかグレープフルーツが生っていれば、いくつかもいで、皮をむいて食べた。実がなければ、ただ散歩した。誰かが果樹の三列目の並びの真ん中にシートを敷き、古いひじ掛け椅子を二脚と、ドゥルーズ派のマーケットで買えるような竹のテーブルを置いた。多分、高校三年生が兵役に就く前に、仲間と水タバコを吸うための場所だったんだろう。日暮れ時の果樹園は本当に美しいよ。夕日が木立の間に落ちていき、海風が吹き抜ける。僕は肘掛椅子の一つにオフリと一緒に腰を下ろし、お話を聞かせてやったり、オフリがお話をしたり、あるいはただ座って、静かに鳥の声を聞いていた。あのオフリとの散歩ほど心が安らいだ瞬間はなかった。ヤエリが生まれた後も、少なくとも週に一回はオフリと果樹園に行くようにしていた。というのも、僕も長男だったから。下に弟妹が生まれる悲劇はよく分かっているつもりだ。しかも彼女の場合は七年間も世界の中心にいたのだから。笑い話に聞こえるかもしれないが、僕は今でも心のどこかで、弟のミッキーのせいで、僕の完璧な人生が壊されたと思っている。だからオフリには、最低でも一週間に一時間はパパのお姫様でいられる時間を確保すべきだと、自分に課していた。その時間に何をするかは重要ではなかった。一緒にいるということが大事だった。二人きりで。たとえば、今年になって彼女は散歩に、読んでいる本を持ってくるようになった。想像してみてくれよ。オフリはシートに座って、『若草物語』を読んでいる。僕は家から持って来たジューサーでオレンジジュースを作っている。それから二人で、彼女のお誕生会の残りの紙コップでジュースを飲む。これ以上の幸せがあるかい？

だから僕は果樹園に走った。僕らの安らぎの場所に。アイェレットはヤエリと家にいて、電話の番をしていた。ルースは警官たちを、ハーマンの行きそうな近所に案内していた。しかし僕には確信があった。確信を胸に僕は走った。もうあたりは暗くなっていた。街灯が果樹園の入り口を照らしていたが、いったん果樹園の中に入って木々を通り過ぎると、何も見えない。枝が肌を裂く。出血していることも分からなかった。あとで家に帰ってから気づいた。僕はひた走った。腐敗臭が鼻をつく。タイ人労働者が収穫期を逃した果物が地面に落ち、ハエや虫がたかっているのだ。

三列目の木にたどり着いたときには、二人がそこにいると分かった。見えなかったが、感じられた。うまく説明できないけれども。もしかするとオフリのシャンプーの匂いを感じたからかもしれない。父親と娘の独特な結びつきで、子どもがそばにいれば、姿が見えなくても存在を感じられるのかもしれない。僕は銃に弾を装填して構え、引き金に指をかけた。頭の中に見える光景、果樹園に入った瞬間から見えていた光景、それがもし本当に起きたのなら、迷わず発砲するつもりだった。ハーマンのこめかみに銃弾を食らわせてやる。背後からは撃たない。銃弾が奴の体を貫通してオフリに当たらないように、横から近づいていって、奴のこめかみに銃をつきつけ、引き金を引く。

最初に聞こえたのは泣き声だった。姿が見える数秒前に、泣き声が聞こえた。親なら百人の子どもが泣いているなかでも、我が子の泣き声を聞き分けることができる。僕はその泣き声がオフリのものではないとすぐに気づいた。そして訳が分からなくなった。奴は他の小さな子も誘拐していたのか？僕は引き金に指をかけたまま、ゆっくりと前に進んだ。より注意深く。百人の大人の足音のなかで、子どもは自分の親の足音が分かる。僕がそっと近づいていくと、オフリの声がすぐそばで聞こえた。「パパ？」彼女の声はいつもと同じように聞こえた。取り乱した様子はない。そこで僕も「そうだよ、オフリ。ここにいるよ」と言った。もう数歩進んで、彼らと僕を隔てていた最後の枝を振り払って、やっと全貌が見えた。二人はシートの上に座っていた。オフリは小さな脚を前に伸ばしていて、ハーマンの大きな白髪頭が膝の上にのっていた。ネクタイは横にずり落ち、彼はオフリの膝の上で泣いていた。すすり泣いていた。そしてすすり泣きの間に灰色の目で僕を見上げて「ごめんよ、ごめんよ」と言った。

おかしな感じだった。ごめんと言いながら、彼の目に宿る光は謝っていなかった、全く詫びていなかった。

僕は彼に立ち上がるよう言った。

彼は泣き続けた。そして動かなかった。彼が泣いているのは、いけないことをしたからのように見えた。そこで僕は銃を向けて「起きろ。さもないとお前をどうするか分らないぞ」と言った。

「彼は壊れてるのよ、パパ」オフリは言った。「立ち上がれないの」

「そんなことあるもんか。立ち上がれるさ」

奴の頭が娘の膝の上にあるのを見て、僕は発狂しそうだった。僕は奴の手をつかんで強く引いて立ち上がらせた。何か折れる音がした。腕を引っ張ったときに奴の中で何かが折れた。骨か関節か。奴はひざから崩れ落ち、痛みにうめいた。僕は奴の手を放し、奴はシートの上にごろんと倒れた。僕はオフリに尋ねた。「何をされた?」

オフリは目をそらして何も言わなかった。あのとき僕の質問に彼女がすぐに答えてくれていたら、のちの出来事も全く違うものになったかもしれない。しかしそうはならなかった。彼女はただ目をそらせた。

僕はしつこく聞いた。「答えなさい、オフリ。そもそもどうしてこんな場所にいたんだ?」

「私たち、道に迷っちゃったの」そして黙りこくった。

ハーマンはまだ痛みにうめいていた。その時まで気づかなかったが、股間に染みがあった。もとからあったものなのか、今できたものなのか、分からなかった。それに奴のあの目つき——あの目つきは情欲に濡れていた。それだよ。完全に枯れきっていない、情欲に濡れたまなざし。

僕の指はまだ引き金にかかっていた。病気の馬を撃つように、彼を撃ちたかった。本当さ。

「道に迷ったって?」と僕はオフリに尋ねた。

「うん。家の近くを散歩していたんだけど、ハーマンが壊れちゃって、どうやって家に帰っていいか分からなくなった。ずいぶん遠くに来てしまっていたから。だからそのまま歩いて、歩いて、ハーマンは足がすごく痛くなってしまったの。それにおしっこがしたいと言った。ちょうどそのとき、果樹園に行く道にいることに気づいて、私の知ってる場所があるよ、と言ったの」

「僕たちのお散歩の場所に来たのは、お前のアイデアだったんだね？　なぜ？」

「ここならパパが絶対に探しに来てくれると思ったから」

とオフリは言い、僕に抱きついてきた。「来てくれると思ったよ、パパ」

この時には彼女も泣いていた。僕のズボンの股を濡らして。その泣き声は安心したからという感じではなかった。そうじゃない。ずっとこらえていた涙があふれてしまった、という感じだった。僕はアイエレットに電話をして、二人を見つけた、ハーマンがどこかを骨折しているようで運ばないといけないので、助けが必要だと伝えた。彼女は言った。

「あの子は大丈夫なの？」

「大丈夫には見えないよ」

「どういうこと？」

「助けは来てくれるのか、どうなんだ？」

あのときに分かったのは、警察には、こういう場合に備えて、ちゃんとした手順があるということだ。警察の対応には良い意味で驚かされたよ。その日のうちに、ハーマンとオフリは事情聴取をされて、刑事が言う「性的暴行の可能性を排除するための」身体検査を受けた。ハーマンは事情聴取のあと、アッサーフ・ハロフェ病院の整形外科で検査を受けた。オフリは警察署でソーシャルワーカー立ち合いのもとで事情聴取を受けた。警察はあの状況に妥当な判断と思われる裁定を下した、つまり、彼は暴行と見なされるいかなる行為もしていない。二人の間に物理的な接触はあった。近所を手をつないで歩いた。一度、彼はオフリに頬にキスをさせた。そして暗くなったとき、二人は道に迷ったことに気づいた。彼は自分の非力さに情けなくなり、泣いた。少女は彼の頭をなでて落ち着かせようとした。それだけだ。精液は検出されなかった。擦り傷もない。出血もない。「喜んでください」刑事は僕らに言った。「これ以上捜査をする理由はありません」

しかし僕は全く喜べなかった。悪い予感がした。その時からすでにしていた。外を二人で散歩している最中に、奴がキスをせがむなんて、おかしいだろう？　アパートの廊下ならまだ分かるが、道のど真ん中で？　何があったというんだ、待てなかったのか？　それに果樹園にいたときの、彼のあの好色な目つきはどう説明するんだ？　奴があんなに泣きじゃくっていたこともおかしい。道に迷っただけであんなに泣くはずはない。分からないが、なにかがしっくりこなかった。だが刑事は説得力があって、アイェレットもそれを信じたし、最初の数日はオフリも変わった様子はなく、トラウマを負ったようには見えなかった。一方、僕の予感には何も具体的な証拠がなかった。ただ感じた。

症状は二週間後に現れた。あの子は習い事に行きたがらなくなった。バイオリンも、漫画イラスト教室も、体操も。車で教室の前まで送っていくと、オフリは座ったままなんだ。降りようとしない。「なんで行きたくないんだい？」

「行きたくないから」

「でも、どうして？」

「行きたくないから」

最初の週は折れた。でも次の週からは、無理にでも、車から引きずるようにして、嫌がる彼女を漫画教室に放り込んだ。十五分後、アートセンターの事務所から「お嬢さんが泣き止みません。他の生徒たちにも迷惑なので、迎えにきて頂けませんか？」と電話が来る。僕は慌てて駆けつけ、あの子をぎゅっと抱いて、「どうしたんだい？」と聞く。オフリは僕の腕のなかで体をこわばらせる。まるで男に触れられるのが嫌だとでもいうように、男に触れられることが時には危険だと知っているとでもいうように。そして言うんだ。「別に。だから行きたくないって言ったのに、パパが無理やり行かせたんだよ」

学校の担任の先生から、仕事中のアイエレットに電話があった。夜、子どもたちが寝たことを確かめてから話があります、と。どうやらオフリは休み時間に校庭で友人と遊ばなくなったらしい。机でずっと本を読んでいる。友達が一緒に遊ぼうと声をかけても答えない。成績も悪くなってきている。前回の英語の書き取りのテストで六カ所も間違えた。今年に入ってやったテストの間違いを合計した数よりも多い。僕らはオフリに事情を聞こうと試みる。本心を探ろうとする。彼女が言うには、クラスの女の子たちは幼稚だそうだ。だから休み時間も一緒に遊びたくないと。バカみたいなことをして、バカみたいなことを言う。お友だちはどんなバカみたいなことをするの？　と僕らは聞く。彼女は答えない。朝、オフリのベッドは濡れている。妹はちょうどおむつを外す訓練をしている。でもオフリがおねしょをするようになった。オフリは慌てない。恥ずかしがらない。何も言わない。静かにトイレに行って、洗って自分をきれいにして、引き出しから新しい下着を出して着る。こんなことはもう起こらない、と僕らは思うが、次の夜も同じことが起きる。

症状が現れて一週間が経った頃、僕はアイェレットに「あの子は僕らの目の前で壊れていくのに、僕らは何一つできない」と言った。

僕らは暗闇のなか、ベッドに横になって、目を開けて見えない天井を凝視していた。するとアイェレットが今まで聞いたことのないような小さい声で言った。「どうしたら良いのか分からないの、アーノン。こんな無力感は初めてよ」

僕はオフリの今の顔つきに気づいているか聞いた。

「顔つきって？」

アイェレットが知らないふりをしているのか、本当に分からないのか、判断がつかなかった。「あの子はもう無垢な目をしていない。聞いて。果樹園であの子が僕らには言っていない何かが起きたんだ。僕が二人を見つけたとき、うまく言えないが、ハーマンの様子がおかしかった」

「でも警察は……」とアイェレットは耳慣れない小さな声で言った。

僕は彼女を遮った。「警察は事件を解決済にしたいだけだ、再捜査なんてしたがらない」

僕らはセラピストに電話をした。アイェレットの友人が勧めた人物だった。君は僕がセラピストをどう思っているか知っているだろう。だけど万策尽きたら、何にだってすがりたくなる。僕らはモシャブにある彼女の診療室に行った。高級な個人宅の裏にある、小洒落た小さい石造りの建物だった。入り口は分かれている。プライバシーのために。特注のドア。インテリアも高級品ばかりだった。革張りのソファ、机、椅子。一つずつの家具の値段が僕らの家と同じくらいすると思う。アイェレットは開口一番、なんて素敵な場所なんでしょうというお世辞を言った。彼女は初対面の人と話すとき、まずは相手を褒める。

セラピストはお礼を言い、僕らに「なぜここに来たのですか」と聞いた。僕らが話し終わると、彼女はそっけなく「七回コースをお勧めします。二回は親御さんと。二回は親御さんとお嬢さんと一緒に。二回はお嬢さんだけで。そして最後の一回は経過の総括を」

そしてコースの七回目に、彼女は宣言した。「今オフリが苦しんでいる理由を、一つの原因に絞るのは正しくないでしょう。妹が生まれた、学業も大変になってくる、お嬢さんと他の生徒との成熟度の違いがもたらす社会的な気まずさ。それにもちろん、隣人との不運な出来事も少なからず……」

アイェレットは納得してうなずいている。口元には笑みさえ浮かべているのではないかと僕には見えたほどだ。喜びの笑みではない。安心の笑みだ。それはそうだろう、「複合的な要因」と一緒に生きていく方が楽ということだ、そうだろう？　多分、僕がカチンときたのはそこだよ。アイェレットが浮かべた笑顔。あるいは、セラピストの「不運な出来事」という言い方のせいかもしれない。専門用語だ。突き放してる。あるいは、こんなくだらないことに一時間五百シェケルも払っているという事実かもしれない。五百シェケルだぞ！　なるほど、こんな高級ソファが買えるわけだ。だから僕はその複合的な要因の途中で口を挟み、一番聞きたいことを聞いた。「オフリはあなたに話したのか、それとも話さなかったのか。彼女はなんと言ったんだ？」

アイェレットは子どもにするように、僕の太ももに手を置いて言った。「アーノン、ニリトの話を先に聞きましょう」

僕はその手を振りはらってセラピストに怒鳴り始めた。「あの子が果樹園で何があったのか、あんたに話したかどうか、知りたいと言ってるんだ。なぜなら我々は、少なくとも私は、この二カ月間、それを考えて夜も眠れないんだ。ここのやり方を見てると、あんたは私たちに複合的要因について一時間話して、申し訳ないが終了時間だ、と言うんだろう」

セラピストは言った。「まずは私たち全員が落ち着きましょう……」

僕は手を机に叩きつけた。「落ち着きたくなんてないね。私はクライアントとしてあんたに要求する。あんたが知っていて、私が知らないことはあるのか」

セラピストは首元の赤いスカーフを直した。彼女はいつもカラフルなスカーフを巻いているんだ。夏なのに。僕はそのスカーフの端っこを引っ張って首をしめてやりたくなったよ。彼女は言った。「あなたに隠していることは何もありません、アーノン。オフリからなんとか聞き出せたことは、警察に話したこととほとんど同じでした。二人は迷った。暗かった。彼女は彼を果樹園に連れて行った、そうすればあなたが必ず迎えに来てくれると信じていたから」

「奴がその途中でオフリにキスをせがんだか聞いたか？」

「自分からはそれ以上細かいことは言いたがりませんでした。私がもっと聞こうとしても答えませんでした。最後のセッションで、彼女に家族の絵を描いてもらいました。これです、見えますか。少女が父親に寄りかかっています。そして母親と妹がすぐ近くに立っていますね。ここには、あなたが恐れているようなトラウマを暗示する特徴は何も見受けられません。つまり私の印象ですと、いかなる性的事象も果樹園では起きなかった。印象と申し上げたのは、このようなケースでは、ひょっとすると、経験があまりにトラウマティックで、奥深くに閉じ込められているため、我々がまだそこに到達できていないという可能性もあるからです」

「まだ？　ということは、この先ならあり得るんですか？」とアイェレットは聞いた。

セラピストはスカーフを指でいじりながら、分からないと言った。

僕ははっきりさせようとした。「つまり、あんたが言っているのは、あの場で何が起きたのか、私たちが知らないことがあるかもしれない、ということか？　本当のことは私たちには永遠に分からないということか？」

何か言う前に、彼女の顎がかすかにうなずくように動いた。それだけで僕には十分だった。僕は馬鹿げたソファから立ちあがって、部屋を出て、ドアを思い切り閉めた。ひどいひびができれば良いと思った。アイェレットが後を追ってきて、砂利の駐車場のところで僕に追いついた。「いったいどういうつもり、アーノン、頭がおかしくなったの？」

僕は、くだらない戯言ではなく答えが知りたい、と言った。答えを知っている唯一の人物に会いに行くつもりだとも言った。

もしアイェレットが、僕がハーマンに会いに行くのについて来ていたら、そのあとのことは起きなかったかもしれない。しかし彼女は来なかった。彼女はセラピストの件で気まずかったんだ。分かるだろう？　僕らは一時間五百シェケルも払って、気まずい思いをしなけりゃならないのか？

彼女は「お願い、せめてセッションの最後までは話を聞きましょう」と言った。

僕は「一緒に来るのか、来ないのか」と言った。

「行かない。あなたが癇癪を起こしたからといって、私まで怒ることはないもの」

だから僕は車に乗って病院に向かった。ハーマンが今は整形外科にいなくて、内科に移されたことは知っていた。だがそれ以上はよく知らなかった。もし今週、僕が玉ねぎを切らしたら、シャクシューカは作らない。そして彼らももう我が家のドアをノックしない。彼らの車は一日のうち、ほとんど駐車場になかった。ということは、彼らは病院にいるはずだ。ルースは付き添いで病院に行っているのだろう。アイェレットは一回だけ、ルースとアパートの入り口で一緒になったことがあった。二人とも仕事から帰宅した時間が同じだったのだ。そのときに、ハーマンは整形外科にいた間、老人性の病気のあらゆる症状が進んでしまい、別の科に移さなければならなかった、と聞いたらしい。

僕はルースは謝ったかと聞いた。

「正反対よ」

「正反対ってどういう意味?」

「はっきりしてるのは、彼女は私たちに怒ってるということよ」

「一体何に腹を立ててるんだ?」

「彼女が言うには、あなたのせいでハーマンが整形外科に行く羽目になったんだって。あなたが彼の腕を果樹園で引っ張ったからって。本当なの?」

「起き上がれなかったんだ」

「引っ張ったの、引っ張らなかったの」

「ああ、引っ張った」

「彼女からすれば、あなたが、あなたこそが、今回のごたごたを引き起こした張本人なのよ」

「彼女は僕らが払おうとしていたお金については、何か言ってたかい？」

「いいえ、でも払わないと」

僕はそこで猛烈に腹が立った。「君が払いたいなら払えばいいさ。だけど僕は一シェケルだって払わない」

僕は病院の隣のショッピングセンターに行って、花屋で大きな花束を買った。自分に、仲直りのために来たと言い聞かせた。それ以外にルースが僕をハーマンと病室で二人にしてくれる道はない。受付で聞くと十四番の病室だと分かった。戸口のベッドには年配のアラブ人男性が寝ていて、僕をまるで彼の家に乱入した兵士かのように見た。僕は奥に進んだ。カーテンを開けると、ルースとハーマンがいた。彼はベッドに横になって目を閉じていた。鼻にはチューブがささっている。ルースは彼の隣に座って、『ヤキントン』を声に出して読んでいた。これはドイツ系ユダヤ人の雑誌で、「イエッケ」の家に週一度届く。ベッド脇の小さなテーブルには、切り目も美しくカットされたマーブルケーキの皿が載っていた。二人とも僕の記憶よりずっと老けて見えた。彼女の美しい銀髪は一気に薄くなり、半分は抜けてしまったように見える。彼女は雑誌から目を上げ、僕を見て「あなたね」と言った。僕は花束を差し出した。彼女は「ありがとう」と言った。しかし声の調子はそうは言っていなかった。僕は彼の具合を尋ね、彼女は「すごく悪い」と言った。何が問題なのか聞いた。「すべて。譫妄、動脈瘤、大腸の腫瘍。医師が言うには、一人の人間の体にこれほどの病気が揃っているのは珍しいそうよ」

僕は何も言わなかった。何が言えた？　彼女も黙っていた。お互いに言いたいことが多すぎると、そうなることもあるだろう。

アラブ人の老人がうめいた。ハーマンが目を開けて、ルースと僕を、僕の方をより長く、見た。それから目をそらし、じっと前をにらんだ。壁を。そこにワールドカップの決勝戦が映っているとでもいうように。

僕はルースに言った。「忘れてました、さっき看護師からあなたに受付に来るよう伝えてと頼まれました。書類に記入が必要とかで」

彼女は疑わしそうに僕を見た。そこで僕は自分にできる最高に愛想の良い声で「心配しないで、彼は僕が見ていますよ」と言った。

彼女がいなくなると、僕はカーテンを閉めた。病室のドアが開いて、閉まる音を確認できるまで待った。時間を無駄にしたくなかったので、すぐさまハーマンにかがみこみ、頬をつかんで左を向かせ、僕と目が合うようにした。「さあ、ミスター・ハーマン・ウルフ、果樹園で何があったのか正直に言え」と言った。彼は答えなかった。僕は彼のチューブを引き抜き、もう一回聞いた。今度はもっと顔の近くに迫った。「僕の娘に何をした、ハーマン」

彼はそれでも答えなかったが、表情の何かが変わった。ぼんやりとした灰色の平原に一筋の稲妻が走った。

「俺はバカなふりをしているから、お前の質問には答えなくて良いのさ」

その光はそう言っていた。

そこで僕は自制できなくなった。

彼の首を両手で締め、絞るようにして体重をかけた。「今すぐ言え、さもないと殺す」

僕がまずかったのは、奴の両腕を押さえておかなかったことだ。僕なら片手で首を絞めて、もう片方の手で奴の両腕を押さえておくことができたろうに。数秒で奴は降参して話したかもしれなかったのに。きっとそうなったよ。だが奴は腕を伸ばしてパニック・ボタンを押した。僕はそれに気づかなかった。ブザー音は聞こえなかった。ただ、いきなり誰かに羽交い絞めにされ、別の誰かに正面から掴みかかられた。肘うち、鉄拳、叫び声、蹴りが入り乱れた。僕はライオンのように戦った。だが男性看護師が次から次に病室になだれ込んできて、最後には、僕は汚らしい病院の床の上に押さえつけられ、誰かに背中に座られ、ロシア語訛りで、警察が向かっているから黙秘権を行使した方が良いと言われた。

その晩、アイェレットが拘置所にいる僕を釈放しに来た。仕事から直行したので弁護士のスーツを着ていて、一瞬、僕はこの美しい女性が妻なのか、金を払った見知らぬ女性弁護士なのか分からなかった。僕は彼女に体を押し付けるように強く抱きしめた。彼女の素敵な腰骨を感じたかった。本当に妻なんだと分かるために。彼女はしばらくそのままでいてくれた。何も言わずに。待ってくれた。

警察署を一緒に出るとき、「運が良かったわよ。ルースはあなたを訴えないって。訴えがなければ警察も立件できない」と言った。

出口にたどり着くまで、僕は一言も話さなかった。正直に言うと、逮捕されたショックからまだ立ち直っていなかった。君の本のなかで、逮捕された登場人物の描写はあったかい？　最新作？　それだよ、なんとなく僕も覚えている。気を悪くしないでほしいんだが、逮捕された人間の気持ちを君が全く分かっていないことが、読者に伝わってしまうよ。横っ面をすごい勢いで張り倒されるような感じだ。どういう意味かだって？　つまりね、僕はいつだって世の中は二種類の人間、普通の人と犯罪者とに分かれると思っていた。人はどちらか一方にしか属さない。中間というのはあり得ない、と。しかしいざ自分が独房の臭いマットレスに横たわって天井を見上げ、前にこの場所にいた者が壁に書いた文字を見ていると、人は、どれだけ、何について苦しめられたかで、どちらにも転がり得ると気づいた。誰しも内面に小さな犯罪者を抱えていて、それがいつでも形をとって表れる可能性があるということだよ、分かるかい？

僕らが駐車場に着くと、アイェレットが運転席の側に行った。僕は運転できると言ったが、彼女は聞こえないふりをして運転席に座った。彼女が車を発進させたあと、僕は「ルースが僕を訴えなかったわけが分かるか？　パンドラの箱を開けたくなかったのさ」と言った。

「ルースがあなたを訴えなかったのはね、アーノン。私がそうしないでと頼んだからよ。私は午後いっぱい彼女と電話で話していたの。私が今日職場でやっていたのは、そういうこと。あなたが苦しんでいると説明したわ。今まで私たちが彼らにしてあげたことを思い出させた。彼女があなたを暴行で訴えたら何年の刑になったか知ってる？　四年よ、四年！　四年もあなたはオフリとヤエリに会えないの！」

「彼女が訴えなかったという事実こそが」僕は食い下がった。「果樹園で何かが起きたことの証明だよ。君は自分の夫をかばい、彼女は自分の夫をかばった。今起きているのはそういう駆け引きだろう。そんな駆け引きのせいで自分の娘が犠牲になるのは本当に可哀そうだけどな」

するとアイェレットが声を荒げた。「頭がおかしいんじゃない？　もう、本当に。これ以上どうしろっていうの？　警察も何もなかったと言ったでしょう。セラピストもそう言った。あなたがあそこで目にしたのは、ハーマンが泣いていたところ。それで何がだめなの？　楽しんでるの？」

「楽しむってどういう意味だ？」

「知らない」

「そこまで言って説明しないなんて許されないぞ」

「だから分からないの、アーノン。あなたが理解できない。あなたがセラピストに怒鳴ったのも、ハーマンを絞め殺そうとしたのも、あなたが一体どうしちゃったのかも、理解できない」

「僕がどうしたかって？　可愛い娘がキス魔の爺さんと果樹園に行った。夜に。僕が二人を見つけたときには、爺さんの股間には染みがあり、いやらしい目つきだった。一カ月後に娘は毎晩おねしょをするようになった。それが僕がどうかした理由だよ。これでも分からないのか？」

「あのね、アーノン。誰もがあなたみたいにセックス狂いじゃないのよ」

「セックス狂い？　僕が？」

「そう、あなたが」

「なんだって？」

「聞こえたでしょ」

「ちょっと待て」と僕は言った。「すべての友人のなかで、僕だけが、僕だけなんだぞ、外で浮気をしていないのは」

「だから何なの、トロフィーでもほしいわけ？」

心配するなよ。君がやったもっとひどい事だって、僕はこの二十年間誰にも言ったことはないよ。僕だけじゃない、部隊全員がそうだ。そろそろ信用してほしいね。

もちろん、名指しにはしなかった。それに、君がインタビューでシリや息子たちのことを話す様子を見た人は、君がそんなことをしたなんて信じないよ。理想的な家庭人、それが君だ。あんなことに惑わされるのはやめよう。結局のところ、彼女はドイツ人リポーターで、頬にするはずだったキスがちょっとずれただけだろう。それにさ、ナチスの心を傷つけるのはいつでも良い行いなんだ。

落ち着いたかい？　続けていいね？

どんな喧嘩でも、言ってはいけないことを言ってしまい、取り返しのつかなくなるときがあるだろう。それが起きてしまったんだ。僕が何と言ったか？「これがヤエリなら、君はこんなに落ち着き払っていないだろうよ」

これは……秘密というわけではないだろう？　どの家族にもある小さな染みみたいなものだ。聖書にだって、ヤコブとエサウの話では、ヤコブは母親のお気に入りで、エサウは父親のお気に入りだったとはっきり書いてある。親にとって、どちらかの子を他方より可愛く感じるということは、自然なんだ。その子によりたくさんの愛を注ぐこともね。自然でないのは、そのとき分かったんだが、それを口にすることだ。そういう汚点は存在せず、見えないことになっている。だが僕は言わずにはいられなかった。彼女は弁護士のぱりっとしたスーツを着て、髪を後ろでまとめて、自分は洗練されていて僕は野蛮だとでもいいたげな、諭すような話し方をしていた。だから僕は彼女の立場を思い知らせてやった。時々は、男は女に立ち位置を思い知らせないといけない。

すると彼女は道の脇に車を止めて、僕に車から出ていけと言った。四号線のど真ん中だよ、街中の道やバス停の近くではなく。僕は、車を止めるな、自分は降りない、と言った。彼女は「あなたが降りるか私が降りるかよ」と言った。

アイェレットとは長いから、彼女が本気のときは、そうだと分かる。だから僕は「車を出せよ」と言った。彼女は「私が降りる」と言って運転席のドアを開けた。「閉めなさい」僕は言った。「危ないじゃないか」すると彼女はもう一回、「あなたが車を降りるか、私が降りるかよ」と言ってドアを開けたままにした。

僕は車から降りた。彼女を車から降ろして、夜に高速の真ん中で置き去りにするなんてできない。彼女は僕とは長いから、それを知っている。

僕がミツペ・ラモンの基地にいた頃、ある土曜日に彼女が訪ねてきた。ハイファからバスに乗ってはるばるミツペまでね。部隊の奴らが、あの日ほど僕に気を遣ってくれたことはなかったよ。歩哨や特別任務をすべて肩代わりして、おまけに僕らがプライバシーを保てるように部屋を空けてくれた。それは厳密には僕のためではなかった。僕は人気者というわけでもなかった。彼女のためだった。彼女は夕食の席で、彼らに興味を向け、ジョークに笑った、たったそれだけで彼らは奴隷になった。アイェレットはそういうことができるんだ。バーベキューのとき、彼女は君にもその力を使ったろう。君が彼女からアイスキャンディーを受け取るとき、どんな顔をしていたか僕は見たよ。彼女を見る君は、例の内気な顔をしていた。作家らしい、あの顔さ。いいんだって。他の男が彼女をそんな風に見るのには、慣れている。それに、気を悪くしないでほしいんだが、君は彼女のタイプではない。

その土曜日、僕は彼女と基地のゲートまで歩き、彼女がバスに乗るのを見送ろうとした。そこで一時間か一時間半は待った。ずっと話していたから、どれくらい時間が経ったのか分からなかった。アイエレットと話していると、時間が飛ぶように過ぎてしまう。彼女はいつでもはっとするような斬新な考えを披露する。二十年も一緒にいるけれど、今でも彼女が次に何を言い出すか、見当もつかない。

ともかく、バスは来ない。ついにゲートの見張りが小さなボックスから出てきて、僕らの待っているバスは土曜は運行されていない、インターセクションまで歩いて行って、そこでヒッチハイクするしかない、と言った。彼女は僕にぎゅっと抱きついて、「さよなら、ノニ」と言った。僕は慌てて「ダメだ、アイエレット、君に一人で夜道を歩かせるわけにはいかないよ」と言った。彼女は驚いて、「そんなふうに基地を離れられるの?」と聞いた。僕は嘘をついて「もちろん」と言った。本当は基地を出ることは許されていないし、その日は一時間後に点呼があり、インターセクションまで行ってから時間内に基地に戻れる可能性は限りなく低かった。ＡＷＯＬ（脱走兵）と見なされ、罰則は兵役課程からの除籍だ。自動的に。軍事裁判さえない。それでも理性に感情が勝った。真夜中に、彼女をたった一人でインターセクションに立たせるなんてできない。そのせいで士官になれなかったとしても。

最近、カーメル・フォレストで事件があったろう?　ドゥルーズ派が、カップルを駐車場で襲った事件が。聞いたことがないかい?　奴らは男に立ち去るように言って、女をレイプしたんだ。警察が男を事情聴取したとき、彼は、恋人が助けを求めて泣き叫んでいるのが聞こえたが、怖くて逃げたと話したそうだ。なあ、こんなのが男か?　男の突然変異なのか。僕なら大きい岩を持って戻って、ドゥルーズ野郎の頭をかち割ってやるよ。というより、そもそも駐車場から逃げない。恋人の前に立ちはだかり、彼女がほしいなら僕を先に殺せ、と言うよ。

アイェレットと僕はその土曜日の夜、手をつないでインターセクションまで歩いた。彼女は自分の部隊に、上官と付き合っていると皆に噂されている兵士がいる、と話した。そこから、僕が家に帰らなかった土曜日に見たロビン・ウィリアムズの映画の話になり、彼女はその映画で『グッドモーニング・ベトナム』を思い出したと言った。彼女が言うには、僕らの世代は大戦を経験していないので、あの映画の雰囲気のベトナム戦争しか知らない。僕は話を聞きながら、時々自分の意見を挟み、そわそわしているのに気づかれないようにした。

彼女が無害そうな、眼鏡をかけたドライバーの、きれいな車内の車をヒッチハイクしたのを見届けてから、僕は大急ぎで基地に戻った。それまでの人生であれほど速く走ったことはなかった。タイムを計っていたら、兵役中の歴代最速ランナーの上位三人のエチオピア人より速かっただろう。戻ったのは点呼の時間の五分後だった。だが隊長が点呼に来たのは半時間後だった。こうして僕は除籍を免れた。卒業式で、僕はアイェレットにあの土曜日に僕が冒した大きなリスクを打ち明けた。僕は人に秘密を持っていることが苦手なんだ。彼女は「あなたってクレイジーね。私は自分でなんとかできたのに」と言った。僕は「除籍になっていたら落ちこんだだろうが、数か月で乗り越えられる。だけどもし、神よお守りください、君の身に何か起きていたら、生きていけないよ」と答えた。

君にこんな話しているけれど、正直に言うと、高速脇を犬みたいにとぼとぼ歩きながら考えていたのは、このことではなかった。大きいジャンクションにたどり着くまでは、アイェレットは性格がきつすぎる、もっと優しい女を探そうか、ということだった。ジャンクションについてからは、自分の父親のことを考えた。記憶というのは思いがけないときに、おかしな場所にひょっこり顔を出すものだ。なぜか父親にまつわる出来事を思い出した。弟のミッキーは十六歳から十八歳まで付き合っていた恋人がいた。ダフィ。可愛かった。「いい子」だった。長いストレートヘア。大きな茶色い目。両親は彼女がすごく気に入っていた。ある日、ミッキーが他の女の子を家に連れてきた。その子を自分の部屋に入れて、ドアを閉めた。数分後、その子のくすくす笑いが聞こえてきた。父は肘掛椅子から立ち上がって、マカビア競技大会の真っ最中だったのにと言えばどれだけの一大事だったか分かるだろう、そして弟の部屋に行って、弟のシャツを引っ張ってリビングまで連れてきて、言った。「ダフィはどうするんだ?」

「ダフィがなんだっての?」と弟は言った。生意気な口調で、今や彼の子どもが彼に口答えするときがまさにそんな感じだ。

父は弟を叩いた。「もうダフィを愛していないのなら、男らしくちゃんと別れなさい。レバノニ家の男は女性を敬う。私の父もそうだった、父の父もそうだった。お前もそうなりなさい、分かったか」

家の角の道を曲がったとき、僕はそんなことを考えていた。これをアイェレットとの口論で生かして、自分がセックス狂いではないとしっかり認めさせるために、作戦を立てていた。レバノニ家の男についてのフレーズをとても効果的に使う文句を思いついて舌の先まで出かかっていた。そして玄関のドアを開けた。中は静まりかえっていた。リビングから庭に出るドアのシャッターは閉められ、ソファにはシーツと薄いブランケットが置いてある。僕らの寝室のドアにはメモ紙が貼ってあった。「あなたとは一緒に寝たくない。あなたが怖い。このメモは、オフリに見られたくないのなら読み終わったら捨てて。リビングで寝て」

朝になるとオフリが起こしてくれた。ソファの横に立っていて、「なんでパパはここで寝てるの？」と言った。

「ママとパパは喧嘩してしまったんだ」

「私たちがジャンクフードを食べるから？」

「違うよ」

「パパたちの喧嘩の原因はいつもくだらないよ」

「そうだね」

「最後には仲直りするんでしょ？　パパ」

「そうだよ、オフリ」

「チョコレートミルクを飲んでもいい？」

オフリと僕はいつも先に起きて先に家を出る。アイェレットとヤエリは十五分後に起きて、幼稚園に行く。それが僕らの朝のルーティンだった。僕とオフリは歩いて学校に行く。手をつないで。ビルの間の道を歩きながら。道すがら、彼女は今読んでいる本の話をして、僕はそれをなんとはなしに聞いている。学校に近づくと彼女は手を放す。最後の百メートルは、一人で歩きたがる。彼女が学校に入るまで、僕はその場から動かずじっと見ている。

その朝、ショッピングセンターのパン屋に立ち寄って、ルゲラーを買おうと提案した。オフリが学校に遅れないか心配しているので、「遅れたらまずいかい?」と僕は聞いた。「理科の授業があって、遅れた人はガリーナに怒鳴られるの」オフリは言った。僕は、もし遅れたら教室まで付き添い、遅れたのは親のせいです、と言うと約束した。「ならいいよ」とオフリは言って、「でも恥ずかしいことしないでよ!」と頬をふくらませた。僕はうなずいてそんなことはしないと約束した。皆が見ている前で彼女にキスをしない。先生におどけた「おっはようさん」の挨拶をしない。空いている席に座って生徒のふりをしない。

僕らはショッピングセンターの近くのベンチに座って、ルゲラーを食べた。それぞれ好きな食べ方があって、僕はかぶりつく。オフリはロールをほどいて、一枚ずつかじる。僕は「パパとママはお前のことを心配しているんだ。最近はお前がとてもつらそうだからね。最近というのは、ハーマンとの事件の後のことだよ」と言った。彼女はパンをかじりながら、何も言わない。「あの場所であったことをお前が話したいと思うなら、パパはいつでも聞くよ」僕は言った。彼女は黙ったままだった。僕から目をそらせた。パンは食べ終わっていて、言葉を漏らさないように、というように歯で唇を噛んでいた。僕はもう一回「何が起きたのか話したくないかい？」と聞いた。あと一押しで聞けそうな気がした。しかし彼女が言ったのは「学校に行こう」だった。

僕は彼女を教室まで送った。ドアが閉まった後も、立ち去らなかった。そこにいて、中をこっそりうかがった。教室と廊下は壁で仕切られていて、壁には三つの窓があり、窓にはカーテンがかかっている。カーテンのせいで中は見えない。しかしカーテンの一つが端に寄っていて、頭をひねると、オフリの座っている教室の後ろの方が見えた。

僕はオフリを見て、胸が締めつけられた。

大人は放心状態のときというのは、見て分かる。でも子どもは？

あの子はペンケースのチャックを指でいじっていた。それからクレヨンを取り出した。ノートに何か書いた。クレヨンをペンケースにしまった。時々、先生の方を見る。再び手元を見る。つまりね、何もおかしなことはないんだけど、僕は泣き出してしまった。

最後に泣いたのはあの子くらいの年頃だった。泣くのが悪いとは思ったことはなかったが、とにかく涙が出ないんだ。アイェレットが結婚式をキャンセルして六カ月も僕を待たせたとき、泣きたくはなかったか？　もちろん泣きたかった。借金のせいで自分の会社をたたまざるを得なくなって、再びサラリーマンになったとき、泣きたくなかったか？　泣きたかった。本当に泣きたいと思ったんだよ。

自分で起業するまでにどれくらい時間がかかったか知ってるかい？　二十年だよ。それが一カ月も経たないうちに、大口クライアントが三社も引き揚げてしまい、すべてが終わった。それでも、銀行のアイリスがクレジットカードの口座を凍結すると連絡してきたときですら、涙が出なかった。

それじゃあ、僕がオフリくらいの年の頃、なぜ泣いたのか？　本当にそんなことを聞きたいかい？父親と出かけて、アイスキャンディーを買ってくれとせがんだ時のことだ。父は僕に一リラくれて、キオスクに着くまでちゃんと持っているようにと言った。だがカルメリットの通気口の上を歩いたとき、何のことか分かるよな？　カーメル山の上にも、あんな風にゴーゴーいってる通気口があるだろう？　その通気口で僕はコインを落としてしまった。グレーチング蓋の隙間に落っこちて、シャフトに吸い込まれた。深かった。三メートルはあっただろう。底には、他のコインもいっぱい落ちていた。僕はグレーチングに立って足を踏みならしながら、父親にコインを取り戻してと泣いて頼んだ。父親は言った、一言一句覚えている。シャフトが深過ぎる。そしてこうも言った。アーノン、自分のお金を決して手放さないことを学びなさい。

あの日、窓から教室にいるオフリを眺めながら、僕はアイエレットに電話をした。彼女は出なかった。もう一回鳴らした。すべてを投げうって、学校に来てほしかった。僕が今見ているものを彼女も見れば、もう二度と僕をセックス狂いとは呼ばないだろう。しかし彼女は出ない。七回も鳴らしたが出なかった。彼女はそういうところがある。いつか、電話に出ないときは、出たら後悔するようなことを言ってしまうからだ、と言っていた。

僕は彼女が電話に出ないと、最悪の気分になる。最悪だ。だが受け入れるしかないと悟った。自分には絶対にできないと思っていたその他の妥協とともに、受け入れるようになった。気の強い女を愛するとは、そういうことだ。しかしあの朝はさすがにこたえた。どう説明したら分かってもらえるだろう。受けた衝撃が強すぎて、もうこれ以上は耐えられない、と思う瞬間のことを。僕は電話をするのをやめて、教室の窓を離れ、家路についた。歩道を歩く代わりに、日の当たる車道を歩いた。車道の真ん中を歩いた。ひそかに轢かれたいと思っていたのかもしれない。車にぶつかられたいという。君もそう思ったことはあるかい？　自殺をしたいと思ったことがあるか聞いているんじゃない、全く違う。車道の真ん中を歩いているときは、死にたいとは思っていないんだ。何か強力な、ものすごい力でぶつかられたい、自分はそうなるべきだ、と思っているからだ。

なぜ僕がそうなるべきか？　僕が大馬鹿者だからさ。それが理由だ。僕があの子をハーマンと二人にした、エアロバイクの教室で良い位置に行きたかったから。奴は絶対に何か変だと分かっていたのに。あの子は生まれてすぐに、アイェレットが縫合しなければならなかったので、僕が抱いた。最初にしゃべった言葉はパパだった。あの子の感じることはすべて我がことのように感じられた。もし僕があと二十分待っていたら、五分でも良かったかもしれない、そうしたら、あんな顔で教室に座っていることはなかったかもしれないのだ。

家族写真ではオフリは実物ほど可愛く写っていない。あの子は写真向きじゃない、とアイェレットはいつも言う。だけど本当は違う。あの子の悪戯っぽい目の輝きが、どんな性能のカメラでも捉えられないからだ。あの輝きこそ彼女の美しさを特別なものにしている。しかしハーマンと果樹園に行ってから、その輝きが消えてしまった。全く。跡形もなく。

僕は額を拳で何度も強く殴りながら、学校と家をつなぐ大通りを歩いていた。真剣に、心の底から、後ろから車にはねられ、何メートルも吹っ飛ばされて、複雑骨折をして、救急車で運ばれて、病院のベッドに、ハーマンの隣のベッドに寝かされたかった。

しかし朝のあの時間は、皆が子どもを保育園か学校に送り届けたあとで、道はしんとしていて、車もほとんど走っていなかった。そんなわけで、残念ながら僕はアパートの入り口に生きて辿り着いた。そこに、彼女がいた。ハーマンの孫娘、あのマドモアゼルが。

彼女はちょうどアパートから出てきたところで、あの誘うような歩き方ですーっと僕に近づいてきた。ホットパンツをはいて、細い肩紐の白いタンクトップを着ていた。ノーブラだった。肩紐の片方をずらしている。厚底の白いサンダルを履いているせいか、いつもより背が高く見えた。よけられなかった。そうしたくても無理だった。彼女はまっすぐ僕のところに来ると、サンダルでつま先立ちになり、僕の両頰に、唇の近くの両頰にキスをして、「ボンジュール、ムッシュー・アルノ。ご機嫌いかが。テルアビブまで車を出すところかしら?」と言った。

いいや、と言うべきだった。しかし実際に僕は「ハングリー・ハート」のミーティングのためにテルアビブに行くところだった。僕の作ったNPO法人だよ。一人でやっているわけではない、前職の同僚も何人か誘った。本当に？　話したことがなかった？　僕らはずいぶん長い間、連絡をとっていなかったんだな。テルアビブのレストランで余った食べ物を夜の終わりに集めて、捨てるかわりに、新しいトレーに梱包し直して、南部の貧しい子どもたちに配っている。なかなか良い活動だろ？

というわけで、僕はハーマンの孫娘に、ああ、テルアビブまで車を出すところだ、と言った。嘘をつきたくなかったんだ。

走り始めると、彼女はすぐにサンダルを脱いで裸足になり、ダッシュボードにのせた。足を下ろせと言うべきだった。一体どういうつもりなんだ。しかし僕は小さな足に弱いんだ。

すぐに車は彼女の香水の匂いでいっぱいになった。香水は去年と同じだったが、彼女の体から漂ってくる匂いは何か違っていた。

僕はいつこの国に着いたのか聞き、彼女は昨日だと答えた。

それ以外に何を話して良いのか分からなかった。

すると彼女が言った。「教えて、ムッシュー・アルノ。おじいちゃんに何があったのか、あなたは知っているんじゃない？」

「というと？」

「もちろん、おばあちゃんが事情は説明してくれた。でも、そうじゃなくて、何か私に隠していることがあるような気がする」

僕はさり気ない風を装って、「君はどう聞いたんだい?」と聞いた。

「おじちゃんが道を歩いていて転んだって。それで肩が外れた。病院で検査をしたら、他にもいろんな病気が見つかったたって。だけど何か変な感じ。それに嘘をついている人のことは分かるの。パパが嘘つきだったし、ママも嘘つき。嘘つきの仕草はよく知ってる」

僕はちらりと彼女を見て、すぐに前方に視線を戻した。そして「どういう仕草なのか、すごく知りたいね」と言った。

「うーん、まずは唇。ここね」——彼女の指が不意に僕の下唇に触れた——「嘘をついているときは、ここが少し震える。それとここ」——今度は指が僕の頬を軽く撫でた——「ヘブライ語でなんていうんだっけ?」

「頬?」

「そうじゃなくて……」

「顎?」

「顎、そう。嘘をつくと強張る。それともちろん目ね。みんな、人は嘘をつくときに目を合わせないと思ってるけど、そうじゃないの。嘘をつくときこそ、信じてもらいたくて目を見る。だけど目の中に影がある」

「影？」

「影はお日様の反対の言葉でしょう？」

「そうだ」

「なら、そう、影」

「おばあちゃんは、君に話をしたとき、目の中に影があったの？」

「すっごく大きい影。だからあなたに聞いてるの。何か知ってるかなと思って」

僕は胸の中でつぶやいた。どう答えるか慎重にならなければならない。この子はスパイとして使える可能性がある。うまくすれば、彼女が僕の知りたいことを聞き出してくれるかもしれない。そこで僕は「僕も君が言ったこと以上には知らないな。だがおばあちゃんに何度でも聞くと良いよ」と言った。

「どうして？」

「誰かが嘘をついていると思うなら、その人に何度も聞き続けると、しまいには本当のことを教えてくれるものだ。僕の人生経験からするとね」

彼女は笑って「ウーララ、ムッシュー・アルノ」と拳で僕の肩を軽く突いた。「あなたってハンサムなだけじゃなく、賢いのね。マダム・アルノは幸せね」

「テルアビブのどこまで行くんだい？」と僕は話題を変えた。

「海まで。トップレスで焼くの！」

僕は先に日焼け止めを塗りなさいと言いたかったが、父親くさく聞こえるのが嫌だったので、何も言わなかった。

彼女は「新しいタトゥーを入れたの、見たい？」と言った。

僕らは、目をそらしてはいけないアヤロン・ハイウェイを走っていた。一秒だって危ない。だが見ずにはいられなかった。彼女は僕の側の、まだ肩にかかっていた方の肩紐をずらして、左の胸を乳首のぎりぎりまで剥き出しにした。ダビデの星がそこにあった。三角形の上に、三角形が重なっている。

彼女はきれいだと思うか聞いた。

僕は、ああと答えた。

彼女はダッシュボードの上で足をこすり合わせた。改めて見るとずいぶん小さい。オフリとそう変わらない。

彼女は「おじいちゃんとおばあちゃんがずっと病院にいるけど、いいこともある」と言った。

僕らは海岸近くの渋滞している場所にいて、防波堤がテルアビブとジャッファを結ぶハイフンのように見えた。

僕は彼女を見た。「そうなの？　いいことって何だい？」

彼女は笑った。「家に人がいないから……誰でも連れて来られる」

僕は「ワオ」と言って渋滞に視線を戻した。

「気持ちがいい時は、ベッドでの話ね、相手にもそれを知っていてほしいの。ご褒美よ。彼のお陰なんだから。でも別室のおじいちゃんたちにそれが全部聞こえてると思うと気まずいじゃない」

彼女は言い終わると、反応を確かめるように、僕を見た。

僕は彼女を見なかった。

彼女は窓を開けて大きく息を吸い込んだ――胸が空気で満たされるのが聞こえるようだった。「テルアビブの空気って最高。パリの空気はいつでも……悪い」

僕は彼女をフィッシュマンビーチで下ろした。彼女は僕の両方の頬の、朝よりもさらに唇に近いところにキスをして、「明日もテルアビブでミーティングがあるわよね？」と言った。

それが先週の出来事だ。昨日まで、それが僕の人生だった。毎晩子どもたちが眠ったあと、アイェレットと僕は口論した。何について？　アイェレットは、僕が頭がおかしくなったと言うんだ、セラピーが必要だと。起業に失敗してサラリーマンに戻ったから、ストレスが溜まっているって。そのストレスを全世界に発散している。僕は彼女が結婚したときとは別人になってしまったらしい。そのときの僕なら、病気に苦しむ老人の首を絞めたりしない。僕は自分に世界がどう映っているか、みんなに押し付けている。みんなに、自分と同じように世界を見てほしいと思っている。僕のいかれた説を受け入れられない人は誰でも間違っている。彼女曰く、僕はいつだって強迫観念が強かったらしい。だから結婚前に六カ月の冷却期間を置いた。今起きていることがまさに、彼女の恐れていたことだった。僕がオフリを異様に心配するのは、アイェレットが悪い母親だと思い知らせるためだ。彼女はそれにうんざりしている。何もかもうんざりだと。

僕が何と言ったかって？　弁護士と口論をしてみたら分かるよ。僕が何か言いかけると、彼女が遮って、僕を磔にする。だから僕はほとんど何も言わないんだ。聞いているふりをしながら、彼女の一言ずつが僕を遠くに押しやっていくのを感じている。喧嘩の最後の方に言われた文句は、海の向こうで聞いているようだった。

それから僕はテレビの『グランドスタンダーズ』で出演者が怒鳴り合っているのを見ながら、リビングのソファで眠る。朝になるとオフリが起こしてくれて、僕らは学校に行く。あの子は歩きながら『赤毛のアン』を読んでいるので、木にぶつかりそうになるたびに、僕が注意する。毎朝、ショッピングセンターに立ち寄って、ルゲラーを食べる。あの子はロールを一枚ずつかじり、僕は丸ごとかぶりつく。果樹園で何があったのかはもう聞かない。聞けば彼女が苦しむことが分かったからだ。それに答えは永遠に分からないと諦めた。僕はただ彼女のそばに座り、黙って愛情を注いだ。あらん限りの愛と安心感を、無言で伝えたかった。キスやハグもできなかった。ひょっとしてクラスメートが通りかかったら、彼女が恥ずかしがる。だから、彼女の隣にただ居るというだけだったが、世界中に少なくとも一人は頼れる人間がいると分かってほしかった。七時五十五分に、僕らはベンチから立ち上がる。

最初に遅れたとき、オフリはもう二度と遅刻はしたくないと言った。七時五十八分、僕らが道を渡ると、彼女は僕を置いて一人で校門に歩いていく。

八時五分、先週は毎日、フランス人スパイを拾ってテルアビブまで送った。

彼女は車に乗るといつでもダッシュボードに足をのせた。毎朝、爪に塗っている色が違っていた。

それから彼女はその前の日に、ビーチで自分に言い寄ってきた男の話をする。

パドルを持って彼女に一緒にやらないかと誘ってきた男がいたそうだが、彼女がパドルボールゲームは好きじゃないと言うと、尻尾を巻いて逃げてしまったそうだ。あるいは、とてもハンサムな男性に、父親は庭師かと聞かれ、「いいえ、父は私が六歳のときに蒸発して、今はどこにいるか見当もつかない」と言うと、彼は言葉に詰まったのだと言う。彼女にとって、男が口ごもるほど幻滅させられるものはない。

ともかく彼女はイスラエルの男にがっかりしていた。昔は貝の殻のように強くて屈強だった。だが今は貝の中身のように柔らかい。それに彼らはこちらが送っているサインにまるで気づかない。何にも！　昨日の夕方、年上の男性からレストランでディナーを食べようと誘われたそうだ。その人は彼女にワインをどんどん注いだ。彼女はそのあと彼のアパートに行くことになるのだろうと確信していた。口に出して「シャワーが浴びたくて死にそう」とさえ言った。それなのにしまいには、彼は彼女をバス停に連れていき、片頰に軽くキスをして、映画を一緒に見に行かないかと言ったらしい。「ケスクセ？（仏語で「何なの？」）今から映画？　時には女だってただセックスがしたいということを、理解してないのよ」

彼女の話が全部本当とは思えなかった。証拠はないが、話し方が嘘っぽい。ありきたりで、どこかで聞いたような話ばかりだった。仕入れた知識をそのまま披露しているような感じだった。

僕は辛抱強く話を聞いた。本当に知りたいことを話してくれるのを待っているとは、気づかれないようにした。

いつもはドライブが終わる頃にその話題になる。昨日、彼女は祖父の見舞いに行ったらしい。ずいぶん具合が良かったそうだ。ちゃんと会話ができた。そこで彼女はチャンスを逃さず、何があったのか、なぜ怪我をしたのかと聞いた。すると彼の目の色が突然ブルーからグレーに変わり、押し黙った。祖母が、「おじいちゃんは具合が悪いから困らせないでね」と言った。何か困らせることを言ったか、何に困っているのかと彼女が聞いてもルースは答えなかったらしい。

別の日には、祖父がいつもより気分が良かったので、病棟のロビーにテレビを見に行った。新体操の世界大会が放映されていて、彼女は祖父をひとりぼっちにさせたくなかったので、隣に座って一緒に見ていた。すると彼は唐突にテレビを見ながら泣き出したのだそうだ。彼女は「女の子たちがボールを放り投げたり、リボンを振り回しているのを見て泣くなんて、おかしいと思わない？」と私に言った。

「すごく変だ」と僕は言った。「おじいさんの見舞いを続けると良いよ。君の話を聞いてると、君の勘は当たっている気がするね、カリンネ。やっぱり彼らは何か君に隠している。今突き止めなかったら、永遠に分からないだろうね」

彼女は大袈裟にため息をついて言った。「だけどアルノ、どうすれば良いの？」

「分からないが、君は賢い。考えたら方法が見つかるんじゃないかな」

彼女は体ごとこちらに向けて本当に自分を賢いと思うか聞いた。

僕はそう思うと答えた。

すると彼女は「あなたの車って暑いわね。シャツを脱いで水着になってもいい？　どうせいっちゃうんだから。あ、車から出て行くって意味ね。もうすぐ」と僕の耳元で言った。

彼女の誘いはどんどん大胆に頻繁になっていた。昼間は何とも思わなかった。昼間なら、彼女が僕に触れたり、話しながら自分の太ももの内側をこすったり、車から降りるときに僕の唇のすれすれにキスをするのも、気にならなかった。昼間なら、「パリにバイブレーターを置いてきちゃったのは大失敗。何考えてたんだろ」や「同じ年ごろの子ともセックスはするけど、本当にイケるのは年上の人としたとき」と言っているのを聞いても全くどうでもよかった。

昼間なら、哀れな少女が切ないほどに関心を惹きたくて、それを最も安っぽい方法で得ようとしているだけだと思えた。

しかし夜、リビングのソファで横になっているとき、僕は夢想した。夢のなかで僕は彼女と激しいセックスをしている。髪をつかみ、尻を叩き、親指で軽く首を絞める、彼女は喜んでいる。荒っぽくされると、彼女は、もっと強く、もっと、アルノ……、と言う。アイェレットとセックスをするようになって最初の頃は、彼女も乱暴な方が好きだった。それが、ある日、数年前のある日、理由もなしに突然に、彼女はそれを好きでいることをやめた。それでは全く感じなくなった。僕は受け入れた。僕は女性に何かを強いるような人間ではない。僕がベッドで悦びを感じられるのは、一緒にいる女性が悦んでいるときだけだ。彼女がそういうセックスをもう求めていないのなら、それでいい。僕は未練すらなかった。互いを気遣うようなセックスも悪くはない、なかった、と言うべきか。

ちょっとテーブルを移っても良いか？ 今来た隣の客と少し距離が近すぎて、これから話す内容を聞かれたくないんだ。構わないかい？ 君には本当に感謝しているよ、僕のこんな話を長々と聞いてくれて。それより何か頼んだら？ 僕のおごりで。ここのバーでは割引が効くんだ。インテリア・デザインを手掛けたのは僕なんだよ。天井のモチーフからビールのコースターまで。かっこいいだろ？ 何を食べる？ 飲む？ ステーキは？ ここのリブは絶品だよ。何もいらないの？ 本当に？

ここの方が良いね。プライバシーがある。どこまで話したかな？ 一昨日の朝、彼女が車に乗りこんできた。マドモアゼルだよ、他に誰だというんだ？　夜の妄想のせいで彼女に会えてしばらくは高ぶっていたが、彼女が前の日にビーチで会った男の作り話を始めたので、この子はただの孤独な少女だと思い出して、完全に萎えた。すると今度は突然、いつものパターンと比べると早かったが、僕らはまだヘルツェリアにも着いていなかったのに、彼女がドラマ『ベイウォッチ』風の作り話をやめて、「おじいちゃんに本当は何があったのか、確かめる方法を見つけた気がする」と言った。

「すごいじゃないか」と僕はあまり前のめりに聞こえないように言った。

「おばあちゃんが病院から帰ってきて、エルザにメールを書いていたの。おばあちゃんの親友でチューリッヒに住んでる人。その人にすっごく長いメールを書いていた。絶対、何が起きたか書いていたんだと思う。だから昨日、おばあちゃんがパスワードを入力しているのを後ろから見ていて、手にメモしておいたんだ」

彼女は細い腕を僕に突き出し、そこには「ウルフ1247」と書いてあった。ユダヤ人強制収容所で腕に刻まれた囚人番号のようだった。

僕は彼女を褒めた。「僕の言ったとおりだろう？　君は賢いんだ。知りたかったことを突き止めるのにぴったりの方法を見つけたね」

彼女は悲しそうだった。「でも明日の夜にはママのところに戻るの」

「なら明日の朝、メールを見たら？」

「なんだか怖い」

「どういうことだい？　怖いって？」

「おばあちゃんのメールをこっそり見るなんて怖い。それに何て書いてあるのか知るのも怖いの、アルノ」

僕らは黙り込んだ。彼女は爪を噛んでいた。僕は頬の無精ひげを撫でた。今週は髭の伸びが早くて、朝剃って二時間経つと、もうまた剃らないといけない。

そのとき彼女が、僕が言いたかったことを、言うのが怖かったことを口にした。「あなたが一緒に来てくれない？　おばあちゃんは毎朝八時二十分のバスで病院に行く。明日はあなたはいつもどおりに私を拾って、テルアビブに行く代わりに、果樹園でおばあちゃんが家を出るまで待っていて、それから一緒に家に戻ってエルザに書いたメールを読むの」

「果樹園ではなく」と僕は言った。「スカッシュのコート脇の駐車場で待っていよう。朝のその時間なら人がいないから」

「どこでもいいわ」

昨日の朝、僕はオフリを学校に送った。あの子は『アンの青春』を読んでいて、木にぶつかりそうになるたびに、僕が手を引いた。いつも別れる場所に来ると、あの子は僕の頬にキスをして、「パパ、大好き」と言った。ハーマンと果樹園に行ってから、あの子が僕に大好きと言ったことはなかった。

これは良い兆候だと思った。またいつものあの子に戻るかもしれないと思った。

僕はマドモアゼルを八時五分に拾って、スカッシュのコートの駐車場に行った。思っていたより停まっていた車が多かったので、少し離れた場所まで移動し、ベンチのところで止めた。そこは夜になると近所の少年がガソリンスタンドで買ったウォッカを飲んでいる溜まり場だった。彼女はダッシュボードに足を上げ、昔スカッシュを習ったことがあるが、コーチが彼女を好きになってしまい、母親が怒ってやめさせた、という話をした。彼女はそのあとも母親に黙ってコーチと会っていた。スタジオで。男は既婚者だった。スタジオの入り口の机には、彼の妻と子どもの写真が飾ってあった。しかし彼女は気にしなかった。パリではそんなことは誰も気にしない。

僕は彼女が話している間、ラジオから流れる曲の数を数えていた。腕時計を見て彼女が気分を害したら作戦をやめてしまうかもしれないので、曲を数えた。だいたい一曲の長さは三分程度だ。五曲終わったから十五分は経った。念のためあともう一曲分だけ待った。トム・ペティの「フリー・フォーリン」だった。名曲だよな。今となっては、聴くたびにあの出来事を思い出すから嫌いになってしまったなんて、すごく残念だ。

僕らがアパートに車を止めようとしているとき、三階に住んでいる判事が出て行くところだった。これ以上のトラブルはご免だった。まだ何も悪いことをしていなかったが、僕はカリンネに「伏せろ」と言った。二人で車の中でかがんで、判事が道を曲がって見えなくなるまで待った。それから車から出て、アパートに入った。

ルースが絶対に家にいないと確認するために、僕らは扉をノックした。誰も出てこない。マドモアゼルは鍵を開けて、僕らは中に入った。

リビングにピアノがあって、上にモーツァルトの胸像が載っていた。そのウォルフガング・アマデウスに見つめられているようで、僕は胸像を本棚の方に向けた。二人には何百という蔵書があった。ハーマンとルースはね。ほとんどは古いドイツ語の本で、君なら知っている作家だろう。本棚にはガラスの扉がついていて、いつもはぴかぴかなのに、その日は埃でくもっていた。

マドモアゼルは僕に何か飲みたいか聞いた。僕はやりたいことをできるだけ早く済まそうと言って、書斎に向かったが、彼女が僕の前に立った、というより体を張って僕をふさいだ。「私たちがやりたいことも早くしましょう」と言って、シャツを脱いだ。そして水着の上。ミニスカート。水着の下。一連のスムーズな動きで、前もって練習した振付のようだった。僕がやめなさいと言う間もなく、彼女はペルシャ絨毯の上に、一糸まとわぬ姿で立っていた。

読書用ランプの光が彼女を照らしていた。肌はなめらかで、傷跡や皺はなく、ただダビデの星だけが左の胸にあった。彼女の体は完璧だった。少女の体だった。僕はめまいがした。幸せなめまいではない。高いところで感じるような、うっかり下を見てしまったときのめまいだった。

「服を着なさい」と僕は言った。

「でも、アルノ。あなたも……」

「これは……だめだよ。カリンネ」

不意に彼女が切れた。体を二つに折り曲げて、裸のままで、肘掛椅子の近くの床に崩れ落ちて泣き始めた。子どものような泣き方だった。何度もしゃくりあげて、しゃくりあげながら、「私は醜い。だからあなたはほしくないのね。あんたなんか大嫌い。私は太ってる。足が曲がってる。足が曲がってるからほしくないのね」というような事を言った。

僕も絨毯の上に座って、彼女を落ち着かせないとルースのメールを見られない、と自分に言い聞かせた。そうなると果樹園でオフリに何があったのか永遠に分からない。僕は彼女の髪をなでた。「君はとても魅力的だ、カリンネ。すごく、すごく魅力的だよ。君の体は美しい。君の足は小さくて可愛らしい。今週は夜になると毎晩君のことを夢見ていたんだ」と言った。

彼女はそんなの嘘だと言った。さらさらの髪が彼女の顔を隠し、息づかいとともに揺れた。

僕は嘘なんかじゃないと言った。そして彼女の髪が日に焼けた肩に触れているあたりを撫で続けた。

彼女は「それ、すごく気持ちいい」と言った。

これが君の本の登場人物なら、ここで終わりにしただろう。君の作品では登場人物が最後の瞬間に踏みとどまる。奈落に落ちる前にさ。だが実際の人生はそうはならない。僕の場合、その頃には彼女にかけた言葉を自分でも信じ始めていた。彼女の平らな背中を撫でていた手が腰に下がっていった。

彼女は顔を上げ、僕の手を取ると、僕の指を口に入れた。そしてしゃぶった。僕は固くなった。実際の人生では、男がある一線を超えると止めるのは難しい。

詳細は省くよ。たいして話すような内容でもなかったしね。妄想とはかけ離れていた、とだけ言っておく。すべてがとてもゆっくりだった、セクシーなゆっくりさではないよ。ぎこちない感じだった。いちいち止まってしまうんだ。彼女はサンダルも服も着けていないと、すごく小さくて繊細に見えて、僕はどうしても慎重にならざるを得なかった。自分の大きな体をどうして良いか分からなかったよ。彼女が下でつぶれないか心配で。僕がこの二十年、他の女と寝たことがなかったことも忘れないでくれ。ペニスを彼女の体から引き抜くと、血で濡れていた。さほど驚きはなかった。挿入したときに彼女が息を飲んだ感じや、オーガズムが何なのかも分からずに達したふりをしているから、初めてなんだろうなとすぐに分かった。

彼女が自分をシャツで拭いたあと、僕は彼女になぜ処女だと言わなかったのか聞いた。

彼女は僕の腕を撫でて、「だって……子どもだと思われたくなかった」と言った。

だしぬけに僕は馬鹿げた、しかし恐ろしい錯覚に襲われた。父が部屋に入ってきて、僕をひっつかんでリビングからアパートの廊下に引きずり出し、アイェレットはどうするんだ！　と怒鳴る。

僕はドアの鍵がしまっているか聞いた。

彼女は、うん、絶対にと答えた。

痛かったかと聞くと、彼女は少しと答え、僕の腕を撫で続けた。僕はいらいらした。アイェレットはセックスのあと、僕の首に軽くキスをする。無性にそれが恋しくなった。僕は座り直して、「さあ、おばあちゃんのパソコンを見よう」と言った。

「そんなことしても意味ないよ」彼女が言った。

「意味ないってどういうことだ？　エルザに書いたメールは？」

「エルザなんていないの」

「エルザなんていない？」

「いない」

僕は彼女を叩きたかったが、なんとかこらえた。両手を太ももの上に置き、彼女の頬に飛んでいかないように、モーツァルトの胸像を掴んで彼女に投げつけないように、自分を制した。立つんだ、と自分に言い聞かせた。体を洗う。服を着る。こんなところからさっさと出る。彼女は今夜パリに帰る。それまでダメージを最小限に抑えるしかない。

だから僕はそうした。立ち上がった。彼女の血を体から洗い流した。服を着た。仕事に行くと彼女に言った。君はとても美しい、そのうちたくさんの男たちを幸せにするだろうとも言った。水を一杯ほしいか、あるいはコーヒーをいれようかと聞いた。彼女を気遣った。その間ずっと彼女は何も言わなかった。肘掛椅子に寄りかかって、僕の行動を目で追っていた。彼女は膝をきつく抱えていた。髪に指を絡ませていた。僕がかがんでさよならのキスを頬にしたときでさえ、何も言わなかった。その時は、僕はそれを同意の表れだと思った。大人になったんだと。

それでも念のため、その夜は仕事からできるだけ遅く帰った。彼女と鉢合わせないように。寝室にはもうメモは貼っていなかった。アイェレットが取り下げたのだろう。それでも僕はリビングに自主避難した。僕は『グランドスタンダーズ』を二回見た。続編も見た。続編では、出演者たちが本当に怒って怒鳴り合っているのではないことが見てとれた。ふりをしているだけだ。番組が間延びするたびに監督が出演者に大声を出せと命令しているのだ。見終わると僕は横になって天井を見つめながら、その日の出来事を思い返し、なんてことをしたんだ、この大馬鹿者、と自分を罵った。同時に、落ち着け、彼女は今頃パリにいる、とも言った。

君にメッセージを送ったのは、この時だった。この件について話せるのは君だけだ。長いこと連絡を取ってなかったが。他の友人は新しくて、もともとアイェレットの側の友人なんだ。この件を彼女にばらさないとも限らないだろう。君は絶対にそんなことはしない。君のことは知りすぎているからな。

冗談だって。

謝らなくていいさ。すぐには返事をくれないだろうと思っていた。朝の四時だったろ。いつか君が執筆は夜中にしていると聞いたから、試してみただけさ。いいんだって。

朝になると、僕はオフリを学校に送った。歩いている最中に『アンの青春』を読み終わり、彼女は本を鞄にしまうために立ち止まった。それから学校で起きた友人たちのちょっとしたいざこざについて話した。アルマがこう言った、するとマヤンが怒った、今度はロニがクラス全員の女子にアルマを無視しようと言った、それでアルマは悪口を言われている。僕は目の前で起きていることが信じられなかった。この五週間、学校に送りに行く間、彼女は友人のどんな話もしたことはなかった。

そしていつものお別れの場所に来ると、彼女はまた「パパ、大好き」と言った。僕は彼女が校門を通る様子を、そこで数分立ち止まって見ていたが、あとをついて行くことにした。三階まで上がり、カーテンの隙間からクラスの様子をのぞいた。彼女の席は以前と同じで、前回僕が見たときと同じことをしていた。ペンケースのチャックで遊び、クレヨンを取り出す。ノートに何か書く。ペンケースにクレヨンを戻す。今回は先生が何か質問し、彼女は顔を上げて手を挙げた。そのとき、僕は彼女の目を見た。あの悪戯そうな、きらきらした輝きが戻っていた。僕は教室に飛び込んで、彼女を抱き上げて、空中に放り投げて抱きとめたい衝動をこらえた。あの輝きが戻った！　僕はカーテンのところにしばらく留まって、もう一回彼女が顔を上げるのを待った。僕の見間違いではないと確認するために。それからアイェレットにメールした。「最近のことは悪かった。もう乗り越えたから。仲直りしないかい？」それから家に向かった。その日は車道の真ん中ではなく、歩道を歩いた。人生が俄かにかけがえのないものになった。途中で現金を引き出しに、ショッピングセンターに寄った。アパートの上の階に住んでいる未亡人がATMにいた。僕は後ろに並んで待った。彼女は実際には未亡人ではないが、夫がしょっちゅう外国にいるらしく、いつも葬式から帰ってきたような目をして黒い服を着ているので、僕とアイェレットは勝手に未亡人と呼んでいた。そんな彼女さえも今日は笑顔だった。しかも黄色いブラウスを着ていた。彼女は操作を終えると、「おはよう、アーノン」と言った。僕も「良い朝ですね」と返した。それからウルフ家に払う千シェケルを引き出し、家まで歩いた。大股で歩き、そしてこの五週間で初めて、胸のなかに溜め込んだ空気を大きく吐き出すことができた。あらゆる物事の様々な問題点が大したことはなく、解決できるように感じられた。

しかしアパートに着くと、彼女が外に立っていた。小さなマドモアゼルが。僕の方に歩いてきた。厚底サンダルを履いている。僕はよけられなかった。そうしたくても。彼女は真っすぐ僕のところに来ると、すり寄って「抱きしめて」と言った。

僕は後ずさりして「パリに帰ったんじゃなかったのか?」と聞いた。

彼女は間合いを詰めてきた。「おじいちゃんが……死んだの」

「何だって?」

「昨日の夜よ」彼女は僕の手を取って自分の腰に沿わせた。「抱いて」

「おじいさんが亡くなって残念だったたね。でもこんな道の真ん中で抱き合うなんて良い考えじゃないな」とこの上なく優しく手をほどいた。

彼女は腰骨を僕に押しつけた。「一緒に逃げましょう。あなたがほしいの。必要なの」「無理だよ。この前のことは――あれっきりだ。僕は結婚してる。娘も二人いる。できないよ、ごめん、カリンネ。こんなこと間違ってる」

そこで、いきなり彼女は豹変した。僕らは朝の八時半に、アパートの駐車場に立っていたが、彼女は僕の胸を拳でぽかぽか殴り始めた。「昨日私とセックスしたとき、そんなこと言ってなかったじゃない。人でなし！　あんたは人でなしよ！　あんたはそういう人なんだ！　最低野郎」

運良く、清掃業者が掃除機でゴーゴーと葉を吹き飛ばしていたから、彼女の叫び声が少しはかき消された。しかしこのままでは窓から人々が何事かと顔を出すことが明らかだった。

どうにか彼女の肘をつかんで、車に押し込んだ。彼女は僕をヘブライ語とフランス語で罵っていたが、少なくともここなら窓は閉まっている。僕はスカッシュコートの駐車場に車を走らせながら、なんとか彼女をなだめようとした。嘘をついた。この二分間のドライブのなかで、僕は全人生でついたよりもたくさんの嘘をついた。彼女が「あんたの家のドアを叩いて、奥さんに全部ばらしてやる。あんたが最低だからよ」と怒鳴る。僕は恐ろしくなった。僕は彼女に歯の浮くようなおとぎ話を約束した。時間稼ぎのためだった。パリまで彼女を訪ねる。テルアビブのビーチの近くにホテルの部屋をとる。明日。遅くとも明後日には。僕も彼女が好きだ。あれは僕にとってはただのセックスではなかった。

分かるよ、本当にそうさ。彼女にちゃんと現実を見せるべきだった。でも僕は怖かったんだよ。

僕らはスカッシュコートの駐車場に十曲分、座っていた。七曲目までは彼女は鼻水を垂らして泣いていて、時折、僕のことをくそったれ、嘘つき、くそったれの嘘つき、と小さな声で悪態をついた。七曲目はレディオヘッドの「カーマ・ポリス」だった。曲がコーラスに差しかかったところで、唐突に彼女は祖父との思い出を話し始めた。ビーチで出会った男の話とは違い、とつとつとした話し方だった。話の始まりはなく、時には終わりさえもなく、尻切れとんぼのこともあった。おじいちゃんに抱き上げられて、高い高いをされた。空港のど真ん中で。それで「ここが君の家だ」と言われた。彼女は「どこが？　空港が？　家？」と混乱した。キャンプの引率者にカリンネの父親かと聞かれて、おじいちゃんはためらわずに「はい」と言って、全部の書類に「ハーマンじいちゃんより、永遠の愛を込めて」とサインした。彼女に「お前の父さんは大学に行ったかもしれんが、こんなに素晴らしい子を手放すなんて大馬鹿者だな」とも言った。お昼ごはんの後、おばあちゃんが見ていない時に、二皿目のデザートをくれた。夜寝る時にはお話をしてくれた。カリンネという勇敢で優しい女の子が、動物園の動物たちを故郷のアフリカに帰してやるというストーリーだった。二人は、おばあちゃんは旅行が好きではないから、おじいちゃんとカリンネだけで、彼女の十二歳のバト・ミツバ（ユダヤの成人式）を祝ってアフリカに行った。カリンネは一緒のツアーグループの男の子と仲良くなり、彼とずっと一緒にいた。おじいちゃんは注意したり、からかったりしなかった。おじいちゃんも若いツアーガイドと仲良くしていた。友人を招いてバーベキューをしたとき、裏庭の物置の後ろで、おじいちゃんが、おばあちゃんの友だちにキスをしていた。後でおじいちゃんは「二人の秘密だよ。おばあちゃんに言うことはないんだ。傷つけるだけだから」と言った。二人の間にはいつも秘密があった。彼女とおじいちゃんの間には。だから先週、おじいちゃんが自分に隠し事をしている気がして、おかしいと思った。何かを恥じているようだった。おじいちゃんは、今まで自分を恥じたりしたことは絶対になかったのに。でも今となってはどうでもいい。死んでしまったのだから。

「そうだね」と僕は言って、彼の頭がオフリの膝にのっていた光景を思い出した。「君のおじいちゃんは秘密を墓場まで持って行ってしまったね」

カリンネはうなずいて、ぐずぐずと鼻をすすり、家に連れて帰ってくれと言った。葬儀のための礼服を取りに行かなくてはならない。僕は彼女を抱きしめた。そりゃあ、話を聞いた後だ、抱きしめるだろう。彼女はどうやら本当に祖父を愛していたようだ。特別なつながりがあったのだろう。それに僕は少し罪悪感もあった。僕のせいで死んだとは思わないが、入院したのは僕のせいだ。それは間違いない。でも父親みたいな抱きしめ方だったよ、性的ではない。

帰り道、彼女は静かだった。さっきまでの怒りはおさまったのだろうと思った。いつもどおりの彼女に戻ったと思った。彼女にも、向かいのドアをノックしても意味がない、みんなのためにも今回のことは水に流した方が良いと分かったのだろう。ところが、僕がアパートの駐車場に車を停めてイグニッションからキーを抜きかけた瞬間、彼女は体をこちらに向けて言った。「あなたの奥さんも絶対葬儀にくるわよね？　ちょうどいいわ。そこで全部打ち明ける」

僕が言葉を返せないでいるうちに、彼女はドアを開けて出て行った。

僕は車の中にいた。固まっていた。数分はそこに座って途方に暮れていた。息ができなかった。窓を開けたが、それでもうまく息が吸えない。胸が締めつけられるような気がして、胸が締めつけられるという心配でますます胸が苦しくなった。その時、君からメッセージが来た。

君はいつだってタイミングが良い。

いや、本当にそうだ。こんなことがあった最後の瞬間に君が会ってくれるなんて、当然だなんて思っていない。会ったのはいつぶりだろう、一年ぶり？　謝る必要はないって。僕らはみんな自分のことで大変な時期なんだ。それでも君は来てくれた。

誰かにこうして話をするだけで……

彼女が車から出て行った後、僕はこんなことを思ってしまった。君が聞きたくないような、ひどいことだ。考え始めた途端に、やめたいと思うのに、やめられない。どうやっても無理。そこから逃れられないループのような。そして少しずつ、その恐ろしい考えで心の中がいっぱいになっていく。しまいには、それ以外のことを考えられなくなってしまう。

忘れてくれよ、聞いたらぞっとするぞ。

彼女の後を追いかけようと思った。彼女がアパートの入り口で暗証番号を押す前に捕まえる。車まで引きずって行く。海に連れて行き、ライフガードがいなくなったあとで彼女とずっと沖の方まで泳いで、そこで溺れさせる、彼女の頭を押さえつける、彼女の息の泡が上がってこなくなるまで。

彼女は小柄だ。一分もかからないだろう。

本当にはやらないと思う。ただ、こんなことが僕の頭のなかに浮かんだと君に説明すれば、僕が落ちるとこまで落ちていると伝わるだろう。僕は手にしたものをすべて失う寸前まで来ている。あの子が葬式でアイェレットに一言でも言えば、おしまいだ。僕の築き上げてきたすべて、すべてが、壊れる。

本気かい？　アイェレットがこの件に目をつぶるはずがない。一週間以内に離婚届を突きつけられる。間違いない。結婚する前、はっきりと言われた。「私は人生でいろんな経験をしたわ。辛いことにも耐えられる。自力で立ち直れる。でも浮気を許すつもりはない。そこが私の一線」とね。「今はっきり言っておけば、そのときになって知らなかった、とびっくりすることもないでしょう」とも言った。しかも忘れていないと思うが、彼女は弁護士だ。僕が二度と娘たちと会えなくなるようにするに決まっている。僕らの共有財産はすべて彼女のものになる。僕はストローで生き血をすすられる。言うまでもないが法律的にはマドモアゼルは未成年だ。二人が僕らの家のキッチンに座って、アイェレットが彼女に、女同士の団結と称して、僕を訴えるよう説得している図が目に浮かぶよ。そして裁判だ。裁判官は、彼女の方から誘惑してきたことや、彼女がパリに置いてきたバイブレーターの話をしたことや、彼女が僕が指一本触れる前に自分から服を脱いだことは、聞こうとしない。ガザみたいなものだ。世界中の誰も、奴らがこっちにロケット弾を何年も打ち続けていることを、そこに行って目の当たりにするまでは、気にしない。

実刑になるだろう。出てきたときには誰も僕に仕事をくれない。それにオフリ。学校で嫌がらせにあうだろう。クラスの女の子たちはここぞとばかりに大騒ぎするだろう。「あんたのお父さんが新聞に載ってたけど、変態だね」あの子の人生は惨めなものになる。

どうしてこんなことになったのか? 僕はただ、僕の女性たちを、面倒をみて、守りたかっただけなんだ。決して誰にも傷つけられないように。

僕のやったことすべては、愛ゆえの行為だった。信じてくれるかい?

僕は強く愛しすぎたのかもしれない。それが僕の問題かもしれない。

最近はみんなそんなふうに愛さないだろう。

泣いてない。もちろん違う。目がちょっとしみるのさ。キッチンで揚げている玉ねぎのせいだろう。

僕は玉ねぎに敏感なんだ。本当だ。土曜の朝のシャクシューカのために玉ねぎを切っていたんだが、目を閉じていたんだ。ほら見てごらんよ、指に切り傷があるだろう。

水を一杯ほしいかって? 僕をなんだと思ってるんだ。生ビールを注文してくれ。それとステーキ。

何かに歯を突き立てたいんだ。君も食べるかい？　本当に？　僕の最後の晩餐に加わる気はないのか？　大袈裟じゃない。今まさにそう感じている。磔にされる前のイエス。いや違うな、磔になっているイエスだ。僕の手にはもうすでに釘が打ち込まれている。血が滴り始めている。これが人生の最後の数分間だと自覚しながら生きたことがあるかい？

そうか、そういえば忘れていた。あれは何年前だったかな？

結局陰性だったんだろう？　運が良かったな！

君とシリは軍隊の頃から一緒なんだよな。聞けよ。二十年も結婚していると、一心同体だ。彼女が君と別れようとしても、完全には断ち切れない。少なくとも君の一部は持っていく。僕とアイェレットはシャム双生児だ。ここ数年は、僕は何でもまず彼女に相談してから物事を決めるようになった。外ではいつも、ちょっと検討させてください、と言う。だが本当は、僕は子どもたちが寝るのを待っている。彼女にインスタントコーヒーにチョコレート・ミルクのパウダーを入れたコーヒーを作る、それが彼女の好きな飲み方だから。そして僕の決めかねていることを相談する。そして彼女は僕がどうすべきが決断を下す。必ずしも彼女の意見に従うとは限らないが、彼女はいつでも僕が本当は何に悩んでいるのか言い当てる。物事の本質を、周辺の事情ではなく、本質を分からせてくれる。しかも僕らは時間が経って友だちのようになる夫婦とも違う。僕は彼女に、付き合い始めの頃と同じだけの情熱を感じる。裁判用に着替えているのを見るだけで、いまだに興奮する。彼女の見た目も、匂いも、日曜に娘たちとユーチューブを見ながら踊るところも、たまらなく好きなんだ。

彼女のことをこんな風に話せるなんて素敵だろう？　だけどこんなことは、マドモアゼルが僕たちがルースとハーマンの絨毯の上でやったことを彼女に話した途端、何の意味もなくなる。こういう事に関しては彼女はギロチン並みだ。

目に見えるようだ。カリンネが葬儀の最後に彼女のところに行く。二人は弔問客の列の後ろで居心地の悪い思いをしている。アイエレットは暑さのせいで、カリンネはアイエレットと二人で話したくて。そして静かな声で、カリンネが話しかける。最悪なのは僕にはそれを止める手立てがないということだ。ギロチンの刃が僕の首めがけて落ちてくるのに、それを見ていることしかできない。刃が喉元に触れ、僕はすくんでいる。動けない。

君がこんな立場ならどうする？　今までの話を聞いて。いや、中立の立場というのはやめてくれ。君の記事を新聞で読んでいる。何事にも意見を持っているだろう？　心に浮かんだことを教えてくれよ。

この事を話したのは君だけなんだから、逃げられないぞ。そりゃ、この件を一番話したい相手はアイエレットだけど、それは無理だ。浮気をするとどれだけ孤立してしまうのか、みんな分かっていない。

どうして良いか分からないなんて答えはよしてくれ。

君の友人が溺れているんだ、腕を必死に振り回して、助けてくれ、助けてくれ、と叫んでいるところに、ボートで通りかかった。助けないのか？

君はボートなんて持っていないって言うが、それは嘘だ。持ってるだろう。君の本を読んだ人は誰だってそう思う。

これを君が書いている物語だと考えてみてくれ。僕が今まで話したことは、物語の最初と、真ん中と、四分の三くらいまでだ。そして今最後の部分まで来た。結末は良い終わり方にしたい。主人公は十分苦しんだし、まわりもずいぶん苦しめた。ゆっくり考えて。僕はステーキとフライを食べ終えるから、その間、君はこの話が迎えられそうなハッピーエンドを考えるんだ、いいね？

# 二階

こんにちは、ネッタ。

この手紙を受け取って驚いているでしょうね。もう長い間、話していなかったし、最近では手紙を書く人なんていないでしょう。でもメールは危険すぎるし（理由はすぐに分かるわ）、とにかく、打ち明けられる人が他に誰もいないの。

セラピストに電話をして話そうとしたのよ。前に通ってたセラピストを覚えてる？　彼女とは相性が良かった。結局は何事も相性、セラピストとだって。ハーアダールにある彼女の家の小さな地下室に通っていた。行くときはボロボロ、帰るときもやっぱりボロボロ、でも少しだけ迷いはなくなっていた。彼女はイド（無意識の心的エネルギー）とかエゴ（自我）、母親の影響、あなたはどう感じる？というような型どおりの話はしなかった。彼女は純粋に私という人間に向き合い、ときには自分のことも交えて話をしてくれた。少しくらい時間が過ぎてもどうこう言わなかったし、セッションの最後には私の肩に手を置いた（彼女が私に触れたのは現実よ！）。あの頃は、万が一自分がまたおかしくなっても、頼れる人がいると思っていた。

電話には彼女の息子が出た。

私はミカエラと話せるかと聞いた。

沈黙があった。長い沈黙だった。そして息子は彼女が亡くなったと言った。二年前だそうよ。

「なぜ？」と私は聞いた。

「癌でした」

なんと言って良いか分からなかったから、「お気の毒です、本当にご愁傷様です」と言った。

「ええ」

「あなたのお母様は本当に素晴らしい方でした」

「ええ」

彼は明らかに私が患者だと気づいていた。明らかに、このような患者からの電話にどう対応すれば良いのかよく知っていて、一刻も早く切りたがっていた。

私は電話を切ったあと、電話を手に、通話終了のツー、ツーという音を聞きながら立っていた。なんて女、と思った。勝手に死んでしまうなんて。

この電話をする一週間前からずっと想像していた。私はあの肘掛け椅子に深く体を埋めて彼女と向かい合い、足元には濃いワインレッドのカーペット、私たちの間には、伝熱線が一本切れてしまっているヒーターが置いてある。想像の中の彼女は髪が少し白くなっていて（十五年も経ったのだから）、でもあのくたびれた茶色いセーターを着て、大き過ぎる眼鏡をかけている。彼女はセッションの初めにヴェルタースオリジナルのキャンディが入った小皿を置いて、私がキャンディの包みを何個開けるかで、精神状態を把握する。

話し出しも決めていた。何か知的なことを言うつもりだった。会話が進んでいき、ある瞬間に二人とも黙り込む。彼女は私がリリの心配をするのは母親と関係があると言い、私は感情を解き放って泣き出し、彼女が微香性のティッシュを渡してくれる。彼女が私の背後の左側にある時計をチラッと見て、私は財布からお金を出して料金は以前と変わっていないか確認する。私は彼女の手を想像した。さよならを言う前に私の肩に置かれ、しばらくそこに留まっている。私は自分の足を想像した。颯爽とした足取りで地下室のドアから、花の咲く美しい庭を抜け、駐車場に行く。私は渋滞を想像した。一号線に向かう坂のあたりは混むので、私は好きな音楽をかける（そうね、ニール・ヤングで曲は『週末に』がいい）。私は音楽が体のなかに入ってきて、血になって全身を駆け巡るような感覚をまた味わう。

それが、もう、庭もニール・ヤングもなし。たったの一本の電話で、梯子の一番下まで一気に突き落とされた。

何かがおかしいの、ネッタ。誰にも言えない。だけど言わなきゃ。誰かに話しておきたい。

昨日は特にひどかったから、告解室のある教会を探した。アメリカ人入植者のエリアに行った。ノミが「自然を守る会」で働いて、いつも「すんばらしい」と連呼していた頃のことを覚えてる？ 当時彼女があそこに案内してくれて、私たちは外国人労働者の教会に行くはめになったでしょう？

だから今週はそこに行って二時間は歩きまわったのに、跡形もなかった。困って、自転車で通りかかった男性（髭が濃くて肩ががっちりした、あなたの絶対好きなタイプ）に聞いたら、確かに以前は教会があったが、昨年ブルドーザーで壊されて代わりにオフィスビルが建った、この場所がまさにそうだ、ということだった。

「教会は永遠に建っていると思っていたわ」と私は言った。

彼は意味も分からずうなずいて、またペダルをこぎ出した（若い男たちの目には、もはや私たちは見えないのよ、気づいてた？　でもあなたのことなら見えるかも）、そこで私は一気に体の力が全部抜けてしまった。

そんなの私が知ってるハニらしくない。あなたが胸でつぶやいたのが、あるいはミドルタウンのリビングで実際に声に出したのが聞こえるわ。

だからこそあなたに手紙を書いているのかもしれない。あなたは快活だった私を知っているから。最初にあなたの名前を書いただけで、すでに少しだけ頭がすっきりしてきた。

ここにも友人はたくさんいる。友人がいないとは思わないでね（私、人気者なのよ！　人生で初！）、だけど実は誰も信用していない。ほとんどの友人は（本当は全員だけど、全員と書くと悲しいでしょ）、子どもを通じて知り合った。郊外ではそうやって友人を作るの。幼稚園で子どもを迎えに行った時に少し話して、そのまま今度一緒に遊びましょうとなって、それが悲劇で終わらなければ次にまた遊ぶ約束をして、子どもたちが遊んでいる間、母親たちはおしゃべりする。最初は子どもについて、お互いの子をなんていい子なのと褒め合い、いくら子どもにうんざりさせられていてもね、それから幼稚園の先生の噂話、一週間に二日も休みをとるって多すぎない？　一日なら分かるけど二日もよ？　先生が朝、新聞を子どもたちに読んで聞かせているのは良い習慣ね。だけどあんなに小さな子たちに「カッサム・ロケット」と「グラート・ロケット」の違いなんて教える必要がある？　ところで公園でお楽しみデーがあるのを知ってる？　子どもの食べ物は無料なんですって、というか、ピザでも頼めば十分元は取れるということよ、夏に新しいプールができるって聞いた？　市長が選挙前に得点稼ぎをしたいからに間違いないわ、そうそうカスピ先生はこのあたりでは一番の小児科医よ、果てしない待ち時間と無愛想な受付嬢に耐える価値はある、家族旅行でシュバルツバルトに行ったときの写真を見たら、子どもはあっという間に大きくなってしまうんだなと思って……。

初めのうちは、こういう上っ面な話のなかから真実が現れるのを待っていた。まだお互いを知り合う段階で様子見なんだと思っていた。もうすぐ誰かが、自分の完璧な暮らしを披露し合うゲームから抜け、本当の会話が始まるのだろうと思っていた。

しばらくして、そんなことは起きないと分かった。ずっとこのままなのだ。目的地のないフライト。でもあなた次第じゃない？　と言ってるあなたの声が聞こえるわ、太平洋の向こうで（大西洋だった？　私たちの間にある海がどっちだったか、いつも分からなくなる）。ハニ、あなたが面白いと思う方向に会話を持っていけばいいのよ！

それもだめだった。最初は私もやってみたの。餌を投げて、でも誰も食いつかなかった。

「ときどき、本気で何もかも投げ出したいと思ってしまう」「子どもが生まれてから、まともに本も読めなくて、自分が空っぽになった気分」「娘はまだ見えないお友だちと遊んでいて、私の母みたいに頭がおかしくなるんじゃないかと心配」というようなことを話してみた。

みんな気まずそうに黙り込んでしまった。目をそらして。

そんな気まずい沈黙を何回か経験して、努力をやめた。おしゃべりに落ち着いた。何年か経って、そういう作法を知らない新しいママが近所に越してきて、柔道教室の前で子どもを一緒に待っている時にいきなり、「いつも悲しくてたまらない、悲しみが止まらない、このままだったら夫に捨てられてしまうかも」と話しかけてくる。ずっと沈黙してきた私は、一言でも口を開けば溶岩が溢れ出してすべてを焼き焦がしてしまうのが怖くて、例の沈黙を守る。

(ガテマラで火山に連れて行かれたことを覚えている？　二百年間休火山だったのに、突然溶岩を噴き出したときのことを？　あなたと知り合ってから、あなたが怖がっているのを見たのはあの時だけだったと思う。本当に怖がっていたのは)

＊

アスタリスクは、私がスナックを食べたりトイレに行ったりして中断したときの印よ。あるいは、書くのが辛すぎる内容で、深呼吸をしなくてはいけないとき。

今は怖いの、ネッタ。何が起きているのか誰かに言わなかったら、本当に頭がおかしくなってしまうと思う。今に始まったことではないでしょ、ハニ、とあなたは言うでしょう。そうね、と私は答える。だけど今回は本当なの。森にいるフクロウが一羽なら、分かる。二羽でも、まあいい。だけどある夜、三羽になっていたら、どうなるの？

でも待って、フクロウの前にあなたに謝らなければいけない。この前あなたがイスラエルに来たときの私の態度よ。

（もう全部忘れた？　そもそもそんなに気にしていなかった？　友情がこんなにも鮮やかなのは私の方だけで、あなたにとって遠い昔の話？　今までの括弧の内容は何のことかさっぱり？）

私たちが子ども時代を過ごしたイェルサレムへあの子たちを連れていくのはすごく良いアイデアだった。本当に。私たちが「けんけんぱ」をした路地や、家出をしたときに隠れた場所、初めて補助輪なしで自転車に乗れるように練習したところ……。

ただ、私が嫉妬に耐えられなかった。

そのときは気づいていなかった。今になって初めて、ここ数日の出来事で悟ったの。あの時お腹に感じた突然の痛み、そのせいでぎりぎりのタイミングでキャンセルしてしまったけれど（実際にはぎりぎりを過ぎていたわね、もうあなたたちは着くところだったんだから。だからあんなに怒った）、あの痛みが嫉妬のせいだったんだと。厳密には嫉妬の予感。私とあなたの家族がイェルサレムで合流することから身を引かなければ、その数日前にあなた方が私たちを訪ねてきたときと同じ耐え難い状況になるという予感。

それはあなたの見た目のせいではないの（だけど信じられないくらい綺麗ね、年をとるごとに美しくなっていく）。あるいは、あなたの仕草がアメリカっぽくなっていたせいでもないの。座り方、立ち上がり方、コーヒーカップを小指を上げて持つやり方……。

ノアムのせいなの。ノアムが悪いと言っている訳ではないのよ、いや、ノアムが悪いんだけど。私がノアムに惹かれているということではない。もう、全然説明になってないわね！　これを言うのが、まだこんなにも辛いなんて、自分でも信じられない。

あなたと彼が同等に育児をしているせいなの。

分かりやすく言うとね。二人とも子どもに関するすべてを一緒に担っている。彼は世の男性がよく言うように、あなたを「手伝って」などいないし、彼はあなたと全く同じ。骨の髄まで子育てをしている。

もっと分かりやすく言うとね。あんなふうに良い父親を見ていることが耐え難かったの、アッサフが出張ばかりして、良い父親ではないから。

ノアムほど良い父親を今まで見たことない、ということではないけれど、その人たちはあなたの夫ではなかったんだもの。自分をあなたと比べて、たいがいは私が負けるというあの長すぎる歴史よ。

それでも良かった、もっと頑張ろうと思えたから。おそらく私が努力をやめたのは、あなたがここにいなくて、競い合う人がいなくなったことと関係がある気がする（六百メートル走のときのあなたの背中を覚えてる。いったいどういう距離なんでしょうね、六百メートル？　あんなことを思いつくのはヘブライ大学高校くらいのものよ、あのときは丘の上のゴールが走っても走っても遠ざかっていくように見えたわ）。

誤解しないでほしいのだけど、お嬢さんたちが我が家に来てくれて、本当に嬉しかった（あなたのアルマとうちのリリが絵を一緒に描き始めたとき、すごく自然で昔から知っているみたいな様子だったから、私たちは二人で顔を見合わせて無言で同じことを考えていたわね〝レディース・アンド・ジェントルメン、第二世代の、突然で運命的な、女同士の固い絆の世界へようこそ〟って）。

それにあなたのミア。あの子はすごい美人さんね。ハリウッド女優みたいな名前なのに、ヘブライ語しか話さないのがおかしくて、私は声を出して笑いたくなっちゃった。それに私が、ニムロッドを産んでから働いていないと言った時、あなたが気を遣ったことや（もっと根掘り葉掘り聞いて私を傷つけることもできたのに）、自分の富を見せびらかさないようにしていること（あなたが子どもたちに着せている服とか、新しく買った家の写真は撮っていないから見せられないとか、ちょっとしたこと）に気づかなかったとは思わないで。ネタッシュ、あなたは私の記憶のなかと同じ、素敵な女性だった。

だけどノアムが娘のどちらか泣いていると、どうしたのか様子を見に行くとき……。お腹が締めつけられた。実際に体が痛くなったの。誰かが腎臓をつかんで捻っているんじゃないかと思うくらい。

そういうことなの。塩をかけている本人はサラダを台無しにしていることや、傷を踏みつけていることに気づかない、ということがある（私の比喩は手紙を書いているうちに上達するはずよ、辛抱して。しばらく書いてなかったの）。

なんにしても、懐かしのイェルサレム行きを直前にキャンセルして本当に悪かったわ。あなたが帰る前にきちんとさよならを言わなかったのもごめんなさい。十年生の時、私のせいでアリエラ・クラインと喧嘩させたのもごめんなさい。

分かってくれる？　許してくれる？

きっとそうしてくれると信じるわ。それ以外に私にできることはないから。

＊

結婚する男がどんな父親になるか分かりようがないけれど、参考になるヒントはある。たとえば、彼が私の年下の弟妹とどう関わるかね（オメルとガイはアッサフが大好きだった。彼が夕食にうちに来ると、弟たちは彼にとびついて、肩からぶら下がり、三人は夕食の前に隠れんぼをした。夕食のあとには、アッサフが宝探しの手がかりを家じゅうに隠し、二人が手がかりを次々に追っている間、大人たちは束の間の平穏を楽しむ。彼はストロベリーゼリーのご褒美も用意していた)。

　あるいは、小さな子が自分の世界に飛び込んできたときの、対応の仕方もそうね(私たちがハネムーンでパリに行ったとき、レストランの隣の席に泣き止まない小さい女の子がいた。彼はいらいらして席を替えてくれとウェイターに言う代わりに、女の子に向かって、野菜の物真似をして、笑わせようとした。ヘチマの真似をしたところで、ご両親が私たちを彼らのニースの別荘に招待した)。

　あと一番よく分かるヒントは、相手のなかにいる小さな子どもに対する態度ね。どんなに強い女でも、守ってもらいたいときはある。インフルエンザにかかったときかもしれない。上司に意地悪なことを言われたとき。小さな事故を起こしてしまったとき。市の入り口で。大したことはなかった。バンパーが少し凹んだだけ。でもすっかり怖くなってしまった。そんなとき、ただ彼の声が聞きたくなる。守ってくれるような、だけど偉そうではない。私が自己憐憫に浸っているのを感じても、一緒には溺れない。そういうところも、私が彼と結婚した理由のひとつだった(他にもあるのよ。映画を見ている間も話をするのが好きで、他の恋人のように静かに、と私を止めないところ。彼の頭皮の匂い。私の才能を心から、本気で信じているところ。歩き方が踊っているみたいなところ。出会った頃、切手を集めていたこと。彼なら絶対に私と別れないと確信させてくれたところ。人生を宝探しのように考えていること。初デートのあとも、キーホルダーを聾唖の人から買い続けていること。初めてのデートで私のラビオリを一緒にシェアしたこと。もう充分ね。やめるわ。だってこのリストは役に立たなかったのよ。書いているうちに目が潤むかと思っていたけれど、赤の他人の話を書いているような気分になった)。

ちょっと書くのを止めて、ここまでの内容を読んでみたら、全部が三つになっているのね。文章の区切りが三箇所、例を挙げるときも三つ。これって、私が三角関係になったことと関係があるのかしら？　三角関係の当事者になると、世の中のすべてが三という単位で起きるものなの？

＊

でも今はまだエヴィアターのことは書かない。その話をしたら、あなたは私を手厳しく批判すると思うから、まずは背景を知ってほしいの。それから批判して（手厳しくね、それ以外にないでしょ？）。

じゃあ、彼の弟の話から始めるわね。

＊

それは、私の分娩中にまで遡る。アッサフは私の陣痛の最中に携帯電話でメールを打っていた。想像できる？　私は痛みで引き裂かれそうになっているのに、彼は楽しそうにメールをしてるのよ。確かに硬膜外麻酔でペースがゆっくりになっていた。その時点で六時間は経っていた。でもそれにしたって……ちょっとは気を遣ってほしかった。彼に、ここはメールをする場所じゃない、と言った。怒鳴らないように努力したのよ。分娩時に夫に怒鳴り散らす典型的な産婦になりたくなかったもの。そしたら彼はどうしたと思う？　部屋から出ていった。外でメールをした。私はそのとき陣痛が来て叫び声をあげた。かなりの大声で。当然、彼が慌てて部屋に戻ってきて、心配するはずと思った。ところがなんと、彼は外に出たままだった。メールをしていて。その後も数分は戻らなかった。

病室で彼はリリを抱きたがらなかった。あの子があまりに小さくて、手から落っこちてしまわないか怖いからだって。それにこうも言った、この子が今最も必要としているのは母親だと思う、と。なんて偽善者なの。いつも少し偽善者っぽいところはあったけれど、その性格が、投資家を前に偽善者面をするようになって、いっそうひどくなった。

ところで、彼は四日後に仕事に戻った。そりゃあ、育児休暇を私と半々で取ってほしい、とは思っていなかった、ここはノルウェーではないのだから。だけど連帯を示して一週間は家にいてくれるだろうと思っていた。職場から少なくとも一日に五回は電話をかけてくると思っていた。私が大丈夫か？　何か起きてないか？　産後うつは始まっていないか？

リリが生後一カ月の頃から、こういう例は挙げたらきりがないのだけど、くだらなく聞こえるでしょう（修学旅行でエイラトに行った最後の夜のことを覚えている？　私たちとノミで「絶対やらないことリスト」を作った。愛していない人とは結婚しない、金曜の夜に友人を招くなら政治の話はしない、子どもの習い事を勝手に決めない、子どもには休暇中に宿題を強制しない、嫌いな仕事を半年以上続けない、ロックのライブ会場で食べ物を頼まない、お互いの恋人を盗まない、友だちでいることをやめない。不意に今思ったわ、ノミは若くして死んだから、この約束を破らないで済んだわね。こうも思う。このリストを書いたのが早すぎた。あの頃の私たちはまだ、その先の人生で何が待ち受けているか、大人になったら本当はどんなことに用心しなくてはいけないのか、知らなかった。たとえば、自分の夫がひどいと親友に説明するために、くだらない例を次から次に挙げるような女にならない、とかね)。

それに、いくつ例えを挙げられるかが問題ではないの。アッサフがなるだろうと思っていた父親像と実際の彼との違い、その闇があまりに深いことが問題なの。

そうだ、この話とは関係ないけれど、どうしても知りたいことがある。あなたにもノミの声が頭の中で聞こえることがある？　彼女のことを思い出すとか、考えるとか、そういうことを聞いているのではなく、彼女が実際にあなたに話しかけるか、ということ。おそらくないでしょうね。いつもそういうことは私にしか起きないのよ（あと私の母）。一番最近それが起きたのは、アルベル山に家族旅行に行ったとき。今年、私たちは、子どもと一緒に長ったらしいくたびれる土曜日を過ごす、という以外に特に何のつながりもない人たちとツアーに参加した。みんなで少しずつ（大金だったけど）お金を出し合って、ガイドを雇い、子どもを日帰りの登山に連れて行く、というアイデアだった。ただ、子どもを自然の中に放置するわけにはいかないでしょう？　だから大人たちも険しい山を登って息を切らしながら、ガイドがマスチックの木の伝説を話しているのを聞いていたわけ。私はその伝説の説明を集中して聞くことができなかった。前から知りたいと、本当に知りたいと思っていたのに、途中で意識が花粉みたいに飛び散ってしまう。検査をした方が良いかしら。ひょっとするとツアーガイドの話にだけ発症する注意欠陥症と診断されたら、もう一時間ツアー延長のサービスがあるかもしれないもの。とにかく、いきなりノミの声が頭の中で言った、それはマスチックの木じゃなくて、テレビンの木の話でしょ。私はしおらしくうなずいた。それで静かになると思った。でもあなたもノミを知ってるでしょう。彼女は言った。彼に言いなさいよ、子どもたちに間違ったことを教えてるのよ！

何も言わないったら！　伝説の話の途中なんだから!!　と私は怒鳴った。

問題は、それが口から出ていたということだった。みんなの頭が、大きい頭も小さい頭も、一斉に私の方を向いた。あなたなら、突然大声を出した理由をもっとスマートに説明できたでしょうね。でも私は、ただ申し訳なさそうに笑って、無言で十二秒数えた。

まあ、みんな私をおかしな鳥だとでも思ったでしょう。カッコウか。家族旅行に配偶者がいないなんて。

このことはアッサフに伝えなければ。前もって彼は無理かもしれないと言っていた。「会社が株を売りに出すところなんだ。その辺の土曜日は家にいられないかもしれない」と言っていた。私は「家にいるなら、参加して。無理なら私たちで何とかする」と答えた。

間違いだった。家族旅行に片親で参加することは（そういう意味では郊外の地域活動は全部そうなのかも）、深刻な逸脱行為なのよ。ブルジョアジーに対する犯罪。ノアの方舟を壊す氷山。

何が起きるか？　ここでざっくり分析するとね、女が一人だと男たちは違った目で見る（子どもを二人も産んでいて、くたびれたタイツを履いていて、アッサフが格闘技クラスの最後にもらったTシャツを着ていても）。すると女たちは、自分の夫が目でその女を追っているのを見て心配になり、その女を潜在的な脅威とみなす。女たちは私の夫について色々と尋ねて、男たちに私には夫がいるんだと思い出させる。いつお戻りになるの？　そんなに出張ばかりで子どもたちが寂しがりません？　こういう活動に一人で参加するなんて偉いわ！　私なら家にいると思う。

だけど家にいると私は自分が怖くなるの！　私は彼女らにそう言いたかった。家では、私はいつも胸がどきどきしているの！　髪に電流が流れてるの！　木に止まったフクロウたちが話しているの！

＊

アッサフの出張は絶妙なタイミングで、つまりニムロッドが生まれた直後に始まった。彼の働いている会社がヨーロッパとアメリカに支社を作ることになり、彼は進捗を確認するために、出張「しなければならなく」なった。アメリカ出張は一週間から十日ほど。ヨーロッパの場合はもっと短くて、長くても三、四泊だった。

もし夫にこの件に関して答える権利があるのなら、次のようなものになるでしょうね（パワーポイントでプレゼンテーションをしている彼の姿が目に浮かぶ。スクリーンの脇に立って、スライドを次々に読み上げて、時おり自分の主張を裏づける小話を挟む）。

一．私は偽善者か？　彼女こそ偽善者だ。私たちの生活を一つの角度から見ることに全力を注ぎ、ぶち壊して、他の側面を見えなくしている。他の側面といえば、

A．僕は毎朝、出勤途中に渋滞の車から彼女に電話をして、少なくとも一度は笑わせるまで電話を切らない。

B．たいがいにおいて、「コップ半分の幸せ」は僕のお陰だ。ニムロッドは僕としか踊らない。リリは僕と一緒のときだけ、おかしな癖を抑えようとする。

C．もちろん月に一回は、妻が母親を見舞いに精神療養施設に行くのを送る。彼女が見舞いを終えた時に、必要なら抱きしめられるように、外のベンチで一時間、ときには二時間待っている。

D．「あなたがいなければ、私はどうしたらいいの」と、彼女は駐車場に歩きながらいつも言う。

二・私の出張の何が問題なのか分からない。遊びで行っているわけではない。仕事なんだ。空港に行くタクシーが迎えにくるとき、私だってちっとも嬉しくはない。免税店では、彼女と子どもたちのために、なるべくたくさんお土産を用意しようと、自分の便の搭乗アナウンスが流れるぎりぎりまで買い物をしている。

三・もちろん、明日にも退職してかまわない。しかしリリの乗馬レッスンやニムロッドの水泳教室や、彼らの母親の自分探しのカルチャースクール代をどうやって払うんだ？

四・彼女が鬱憤を抱えているのは私のせいだって？　私たちは、彼女が産休を取ったあとはバービンズ・スタジオには戻らないで、フリーランスのデザイナーになることで納得していた。彼女がそう望んだ。「自分より頭の悪い人から命令されるのはもうこりごり」と彼女が言った。私はそれを応援した。彼女が幸せそうではなかったからだ、またもやね。何度も言うが、私は彼女に幸せでいてほしい。誰かを愛すればそう思うものだろう。愛する人には幸せでいてほしい。だから彼女は産休のあと、バービンズ・スタジオには復職しなかった。だが彼女は同意していたもう一方の約束を果たすのを忘れていた。私が上司にメールの返信をしないでは済まされないことが、それほど理解不能か？　たとえ妻が分娩中でもだ。出張に行けと言われたら断れない。たとえ上

司が私より頭が悪かったとしても。なぜなら、

A．私はヘブライ大学高校に行っていない、世界が自分の前にひれ伏すとも思っていない。

B．毎月の月末に給料が支払われる。そのおかげで、家族旅行の馬鹿高いガイド代が払えた。

五．ところで、その旅行中に男たちが「彼女を目で追う」なんて、すごく素敵じゃないか。驚きはしないよ。三年間、金を注ぎ込んでフィットネスジムに通った甲斐があった。彼女はそれをここに書かないと決めたようだが。ただ、私たちがセックスするときに、彼女の引き締まった体が全く感じなくなっていて、とてつもなく残念だ。

六．一緒に寝ている女から、情けをかけられる以上に屈辱的なことはない。

七．いや、あるぞ。女が親友に、私がひどい父親だと手紙を書くことだ。

＊

思いもかけない方向から、目を開かれる瞬間があるというのは、面白いわね。子どもを連れて、古い寂れた公園に行ったの。もう他にどこにも行く体力がないときに行くような公園。砂場にはスナッ

クのゴミが埋まっているような。ブランコが軋むような。フクロウさえ、爪をだらんと伸ばしているような。

階下の小さな女の子もそこにいた。オフリ。リリより二つ年上で、二人は友だちというわけではないけれど、頭の良い子ども同士は互いの目に知性の輝きを認めるのでしょうね、偶然会えて二人は喜んでいた。オフリの母親は下の子を小さい子用の滑り台とブランコに連れて行ったので、私が女の子たち二人の見守りをした。そしたらふとオフリが、「リリのママ、未亡人ってなに？」と聞いてきたの。

「え……と、未亡人というのは、女性で、その人の夫が、その……亡くなっている人のことよ」と私はしどろもどろに説明した（無垢な魂を傷つけるのが怖くて）。

「それなら、私のママとパパは、どうしてあなたを未亡人と呼ぶの？」とオフリが言った。「リリのパパは死んでないのに」

「そうね、なんでそう言うのかしら」と私は答えた。「パパとママに聞いてみたら？」

＊

一カ月ぶりにノートパソコンを開けて、死亡広告を書いた。

中央に大きな文字でアッサフのフルネームを書いた。

上段に、「愛すべき夫そして父」と書いた。

下段に、「早すぎる死（ビジネスクラスで到達）を悼んで。シバ（服喪期間）の弔問は未亡人宅まで。朝十時以前はご遠慮ください」と書いた。

黒い枠で周りを囲んだ。そしてプリントアウトした。フォントで遊んで、決定的な感じを強調してから、もう一度プリントアウトした。次の日、子どもたちが保育園に行ったら、実際にこれをドアの外側にかけて、シバが執り行われているようにドアを少し開けておこうと思った。

本当にやっても良かった、本気だったの。それくらい頭がおかしくなっていた（今年はすでにクレイジーなことをいくつかやっていた。二時間半車を走らせてビリヤに行き、ヘルモン山を眺めながら赤ワインを一杯飲んで、子どもたちのお迎えに間に合うように、家までとんぼ返りした。あるいは、ラジオ番組の相談コーナーに電話して、五歳のときに父親がアメリカに行ってしまったために自分は傷ついて、今に至るまで、男性と関係を築けない、という作り話をしたりもした。真夜中に言い争った――大声で――フクロウと）。

しかしその時、誰かがドアをノックした。

＊

現代社会の秘密について、私の秘密を書く前に（辛抱強く待ってくれてありがとう）、一つ言わせて。秘密はない。

現代社会において秘密は存在しない。すべてがさらされ、放映され、シェアされ、ツイートされ、フリックされる。スナップチャット、ワッツアップ、バイバー、ウィキペディアで見ることができる。何も秘密ではなくなり、プライバシーは死んだ。葬儀は実況中継で流されるようになるだろう。だとしても、もしあなたが、私がこれから書こうとしていることを誰かに話したら、あなたの秘密も全部ばらして復讐するからね（ヒント：シナイにて、あなたの結婚式の二週間前）。

＊

エヴィアターがドアの向こうに立っていた。小さい緑のスポーツバッグを持って。彼には十年以上会っていなかったので、最初は誰か分からなかった。

「エヴィアターです」と彼は自己紹介した。

「アッサフは留守なの」と私はそれ以上ドアを開けずに言った。

「知ってるよ」と彼は言った。「じゃなきゃ来るもんか」

＊

二人の間の喧嘩がいつ始まったのか、私は知らない。その原因もよく知らなかった。アッサフが話さなかったからではない、彼は話してくれた。しかし毎回話が違った。あるときは、それは子どもの頃に始まったと言った。二歳半という歳の差が近過ぎたせいで、エヴィアターは長男ほどには望むものが得られないと思ったらしい。彼は父親を喜ばせようと、アッサフのやっていることをすべて真似して、そのどれも彼の方が上手いと証明した。柔道。チェス。女の子。

のちに両親が離婚するときに、二人はそれぞれの肩を持った。「あいつが父の味方をしたなんて理解できないよ」アッサフはあるとき言っていた。「悪者がどっちなのか明らかなのに」ある夜、彼がキッチンに立って電話口に怒鳴っていたのを覚えている。「お前がペサハ（過越祭）に母さんの家に来ないのなら、二度とお前と口をきかない！」

それでもエヴィアターは私たちの結婚式に来た。参列客に混じって、友人と一列になって踊っていた。アッサフが私の耳元に「なんて恥知らずな。あいつに友だちを呼んで良いなんて誰が言ったんだ」と囁いた。私はテキーラのショットを彼に渡して、騒ぎが起きないようにした。

リリが生まれたとき、彼は「お嬢さんの誕生おめでとう」というお祝いのカードと一緒に小切手を送ってくれた。ものすごく気前の良い金額だった。六千シェケルだったと思う、もっとだったか。アッサフはそれをびりびりに破いて、古新聞の箱に捨てた。

その数年後、新聞にエヴィアターの顔写真が載るようになった。面長で、幅の狭い顔。高い鼻梁。白黒の新聞でも、彼の目は射抜くような緑色をしていた。写真の下には「バブルの王子」「マオズアビブの宣託者」「不動産の重鎮」というキャプションが書いてあった。「一体どんな馬鹿野郎が弟に金の管理を任せるんだ」とアッサフは怒って言った。そう言いながらも記事を最後まで読んだ。弟の言葉の引用も含めて。そしてぶつぶつ言う。「信じられん、信じられん」

＊

「安全な場所が必要なんだ」とエヴィアターは言った。

「何があったの」と私は聞いた。

彼はもう家の中に入っていたが、立ったままだった。スポーツバッグが所在なく彼の右手で揺れていた。彼はリビングの様子をスプリンクラーのように見回した。首が右から左までゆっくり回って、素早くもとの位置に戻った。

「困ったことになっていてね、ハニ、今――」

「もっと静かな声で」と私は遮った。「子どもたちが起きるわ」

「ごめんよ、そんなつもりは……うっかりして……いや、忘れていたというわけでは――」

「コーヒーでも？」と私は助け舟を出した。

「ワオ」

「何がワオ？」

「誰かにコーヒーを勧められたのがすごく久しぶりで」

「入って」と私は言った。「あなたにそんな風に立っていられると落ち着かないわ」

「だけど、最初に事情を――」

「もちろん何があったのか聞きたいけれど、座っていても話せるでしょう？」

（手紙のなかの私は、実際の自分より賢く振る舞っているけれど、ちょっとした詩的な味つけくらい良いわよね、どうか分かって。だけど最初の数分間、私が緊張しなかったという事実、それは本当なの。エヴィアターが私たちの家のドアをノックするに至った、ありとあらゆる理由が頭の中で回っていて、そのどれをとっても、私には到底打ち明けないだろうとは思っていた）。

「数日泊まれるところが必要なんだ」彼はキッチンテーブルに座って言った。声が少し震えていていた。「みんな僕を探してる。だけどここなら見つからない。彼らが最も探さなそうな場所がここだ、分かるかい？」

「いいえ。最初から話して」

「ごめん」彼は叱られた子どものように見えた（思うに、彼に最初に喚起された感情は母性本能ね。もしかしたら女性はいつだって、寝たいと思う男性には最初はそう感じるのかもしれない）。

「僕がアパートを買って、人のために投資しているのは知ってるね？」

「ええ、もちろん」

「僕は評判が良くてね」と彼は言った。私はどういう意味か聞かなかったが、彼はあらかじめ言うことを準備していたように続けた――「市場の読み――トレンドをつかむのが上手い。クライアントが来て、僕にお金を預け、その金で僕はアパートを買う。高値になったときに売って、クライアントに――」

「じゃあ、その人たちはアパートには一度も住まないの？」

「普通は住まない。賃貸にすることは時々ある。だが僕のところに来るほとんどは、売買だけを目的にしている。僕が専門家と信頼してね」

「なるほど」

「ここイスラエルだけにしておけば、みんなハッピーだった。満足していた。だが競合が外国の不動産投資に手を広げるようになり、僕の顧客も外国の市場に投資したくてウズウズし出した。そこで僕は東欧の数カ国と南アメリカを試したよ……そして大損した」

「つまり顧客の金をね」

「そうだ。しかしそれを僕は……、客に知らせるわけにはいかなかった」

「どういうこと？　なぜ？」

「だってもし彼らが金を一斉に引き上げてしまったら、彼らに返せる金は一銭もなくなってしまうからだ、分かる？　この投資では金を常に右から左に動かしていることで儲けが出る」

「それなら、じゃあ……何をしたの？　どうやって損失を顧客から隠したの？」

「僕は信頼されていた。名の知れた投資家だから、みんな信じた。彼らに送るレポートの数字を書き替えて、アパートの価格が再び上がるのを待った。一方で、キャッシュフローを確保するために、小さな投資をした、今まで手をつけたことのない類いの。数十万シェケルほどの預金を投資したいと思う連中がやる小口の投資だ」

（ネッタ、話についてきてる？　ミドルタウンのリビングで美しい眉間に皺を寄せているのでしょうね。この話がどこに向かうのか分かったら、あなたは外に出ると思う。あなたの大学にあるたくさんの美しい公園の一つに行って、この手紙を持ったまま、先日の雨でまだ湿っているベンチに座る。時々、まわりに誰もいないか確かめながら）

「何か食べる？」と私は口を挟んだ。彼はいつも痩せ型だったが、今日はまるでユダヤ人収容所から帰ってきたばかりのように見える。「野菜があるからサラダができる。シュニッツェルも温められる」

（おかしいんだけど、誰かに何の料理があるか説明しようとすると、家にいるときでも、背筋がぴんと伸びてしまうの、オクトパス・クラブ時代の名残ね）

「いえ、どうもありがとう……全然食欲がなくて」

「分かったわ。続けて。それからどうなったの？　あなたは損が出始めたので、クライアントにそれを隠した。だけど一体……」

「高利貸しを知ってるかい？」

「もちろん」（確かに五年も専業主婦で頭がおかしくなりかけていて、妄想と白昼夢の区別もついていないけれど、義弟よ、それくらいは知ってるわ）

「分かってくれ、他にどうしようもなかった」と彼は裁判で被告人席に立っているような口調で、訴えた。「クライアントに問題ないと思わせるために借金をしなければならなかった、銀行には行けない、だから自分に今だけだ、と言い聞かせたよ。海外の物件がまた値上がりするまでの辛抱だ、と。だけど――」

「値は下がり続けた」と私が後を続けたが、思っていたより先生っぽい口調になってしまった。

「そうだ。それで彼らは僕を追っている」彼はアッサフもよくやるように、頭の後ろで手を組んだ。これはきっと二人が父親から受け継いだ仕草で、本来は男らしく、大きく横に広げた肘が、ともすれば傲慢に見える満足感を表し、自信に満ちているポーズだ。しかしこの時のエヴィアターは、肘をしめ過ぎて、満足感も傲慢さもなかった。頭を守ろうとしているように見えた。

「具体的に誰に追われているの？」

「みんな。高利貸しの取り立て屋。クライアント。警察もそのうち加わるだろう。もう逃げ回って三日になる。果樹園で眠っていた。君には全部を知ってほしい。僕を匿うのがどういうことなのか分かっていてほしいから。アッサフとの不和はみんな知っているから、追っ手がここに来ることはないと思う。だけどどうするかは百パーセント君次第だ」

「どれくらいここにいないとダメなの？」と私は聞いた（この時点であなたは自分の髪をかきむしって、あんたバカなの？　と叫んでいることでしょうね。だけどネッタ、もう少し待って、もっと大声で叫びたくなるだろうから）。

「最長でも四十八時間。知り合いの軍人が明後日キプロスまで行くヨットを手配してくれているから、夜にね。そこから、彼が予約した飛行機を二便乗り継いで、ベネズエラに行く。そこで整形でもして新しい人生を始める」

私は何も言わなかった。

「アッサフに電話をしたら」と彼は言った。「僕が説明する前に電話を切ったよ。だが他にどこにも行くところがないんだ」

私は何も言わなかった。

「借金は払うさ。みんなに。ただもう少し時間が必要だ」

彼の下唇が震えていた。顎全体が震えていた。この瞬間にも土下座をされるのではないかと思った。

「どんなに長くても、いられるのは明日の朝まで」と私は言った。「今はあなたを追い出さないけれど、明日の朝には、別の解決方法を考えてね」

＊

いいわ、ネッタ。私を遠慮なく罵倒して。

そしてそう、私は間抜けよ。もちろん、大間抜け。いつもそうだった。学校で行く旅行では、私はいつも列の後ろをだらだら歩いた。数学の授業では提出物が遅れた。処女を失ったのも一番遅かった(あなたの初めてがひどかったことは知っているけれど、ひどくても記録は記録)、ノミの葬儀で弔辞を読むのも最後だった(笑える内容を用意していたから、式の途中でまずいと気づいて、頭のなかで編集し直していたのよ)。

本題を避けているわね、分かってる、いったいなぜか、でしょ? なぜ私は彼を泊めたのか。ノミのお母さんが教えてくれた、物事を決める前に書き出すべきメリットとデメリットのリストが、デメリットだけで埋まってしまうのに?

同じ立場に置かれた母親なら九十九パーセントが、子どもを守るというシンプルな理由で、彼を放り出すでしょう。では私はなぜ残りの一パーセントなのか。私だって、もし誰かがリリかニムロッドの爪の先にでも触れたら、虎のように襲いかかる。リリが一年生の頃、休み時間にイタマールという子に虐められていたんだけど、私は十時頃に学校に行って、守衛に娘がサンドイッチを忘れたと言って通してもらい、そのイタマールを見つけて、あと一回でもリリを虐めたら、お前をシャクシューカにしてやると言った（突然口をついて出てきたの、シャクシューカ）。

それならなぜエヴィアターを入れたのか？

実を言うと分からない、ネッタ。

ただときどき、体の内側が束になって叫ぶの「間違ったことをしろ！　間違ったことをしろ！」と。

分かる？

あんまり？

そうでしょうね。私にも分からない。フクロウにも分からない。

この手紙をあなたが途中で読むのをやめても構わない。この手紙で、私はあなたの同意を得ず、あなたを犯罪の共犯者にしてしまっているのだから。私はクライド（『俺たちに明日はない』）であなたはボニーね。私のことだったら、いつでもこの手紙を全部、あの再生紙用の青いゴミ箱に捨ててくれて構わないの。私の記憶が正しければ、あの公園の近くに一つあったはず。

＊

私は彼にシャワーを勧めた。こう言ったの、「あのね、エヴィアター、優しい言い方ができれば良いんだけど……、人として、シャワーを浴びた方がいいわ」

彼は悲しそうに笑った。「服の替えがないんだ」

私はアッサフのスポーツウエアを貸した（この点は不満リストから外していたけれど、つけ加えさせて。アッサフは毎週土曜日の朝は家にいないの、トライアスロンの練習をしているから。血液にアドレナリンを送り込まなくてはいけないから。意味不明よね？　そうしないと彼は皺くちゃになってしまうそうよ）。

リビングのソファにシーツをかけて、薄いブランケットを置いた。私たちのベッドからアッサフの枕を取り上げ、それもソファに置いた。

彼がシャワーから出てきた。数サイズは大きいアッサフの服を着た彼は、案山子のようだった。水を垂らした案山子。彼の脚は浅黒くて細かった。葦みたい。女性の脚だったらセクシーだったろうと思う。だけど彼は男。それに彼は踵から膝まで毛が生えていた。絡まった毛むくじゃらのすね毛が濡れていた。

「ありがとう」と彼はソファーで作ったベッドの方を顎でしゃくって言った。

「七十二時間、寝ていなかったんだ」

「それはそうでしょうね」

「ここでも眠れるか分からない」

「それならテレビを見て。でも消音でね。いい？」

私は彼にリモコンを渡した。彼は一瞬ためらった。

「いいから」と私は重ねた。「他人の不幸は蜜の味よ」

「君は天使だよ、ハニ」と言って、彼は突然を燃えるような目つきで私を見た。「アッサフは幸せ者だ」

「いいえ、私は天使ではないわ。もう一回言わせてもらうけれど、明日の朝には……」

「僕は消えてる、忘れてないよ」

＊

ぐっすりなど眠れないと思っていた。なんと言っても逃走中の犯罪者がリビングにいるのだ。しかし私はすぐに眠りに落ち、ぐっすり寝られた。モンテヴェルデの夢を見た。あなたも一緒にいたような気がする。私たちはアンディとサラの家にいた。家の中は土砂降り雨で、庭ではハンモックの間に暖炉があって、火が暖かに燃えていた。奇妙ではあったけれど、夢のなかで私は、これもあの旅の途中で起きたたくさん驚きの一つなんだと思っていた。

私が起きたとき、リリとニムロッドはキッチンに座って、コーンフレークを食べていた。ベッドの手すりに翌日の服を用意していなかったはずだが、二人ともちゃんと着替えを済ませていた。「ママ、エヴィアターおじさんだよ」リリが言った。その時初めて彼が目に入った。背中を向けて何か作っている。数秒後、三つの蓋つきのタッパーを持って振り返った。そして大袈裟な身ぶりで言った、「サンドイッチの完成です！　カッテージチーズはリリ。ツナは……アンドレア、で良かったね？　ハムは君に、ニムロッド。ハニ、良かったかな？」と彼は私に向き直った。

「君に少しでも長く寝ていてもらいたくて」

「だけど……どうやって……どういうこと？」

「このお姫様に起こされたんだ」彼はリリを指さした。「それで僕が誰かって聞かれた。僕はパパの弟だよと答えた。彼女はどうして今まで聞いたことがなかったのかと言った。そこで君のパパと僕は喧嘩したんだと説明した、大げんかだった。だから今まで遊びに来られなかったんだ、と」

「アンドレアと私もいつも喧嘩してる、って言ったの」リリが口を挟んだ。「でも最後には仲直りする。だからおじさんもパパと仲直りして、って言ったの！」

「だから僕は、次にチャンスがあったら必ずそうすると約束した」とエヴィアターは続けた。「それから彼女が〝朝の仕切り〟を手伝ってほしいと言って、僕がやるべきことを教えてくれた」

「僕は一人で靴紐を結べたんだよ」ニムロッドが言った。

「そうよ、ママ、本当にできたのよ」リリも言った。

「すごいじゃない」私は心から嬉しかった。あの子は半年間も練習していてうまくいかなかったから。

「スクールバッグはここよ」リリが言い、エヴィアターのところに行った。「アンドレアのお弁当は私のバッグに入れて。彼女そうしてほしいって」

私は起き抜けのまま、よれよれの部屋着でその場に立っているのが恥ずかしくなった。普段は面倒なので子どもを車で送っていくときには、ジャージに皺くちゃのTシャツだった。でもその日は私は部屋に戻って素早く服を脱ぎ、ジーンズと黒いシャツに着替えた。鏡を見て、長いことクローゼットにかかったままだった赤いシャツに替えた。そしてヒールを履いた。高いものではなく。そしてリビングに行った。

「行きましょうか」と誰も私の格好に何か言う間を与えないように声をかけた（リリなら〝ママ、今日はすごくおしゃれしてるね！〟と言いそうだもの）。

「ママは今日は送ってくれなくていいんだよ。エリのママが七時四十五分に迎えに来てくれるから」と彼女は高らかに言った。

「リリが、君を起こさないで、その人に電話しようと言ったんだ」とエヴィアターが事情を説明した。

「送り迎えで時々、頼みっこをするみたいだね」

「ええ」と私はうなずいた。「子どもたちが同じ学校に行っているから」

エリのママ（情けないんだけど、私は彼女の名前を知らない。電話の連絡先登録も〝エリママ〟で、話しているときはいつでも彼女の名前を呼ばなくて良いように工夫している）は、もう家を出たと電話をしてきたそうだ。私が二人のバッグのファスナーをしめて、駐車場まで歩こうとしていたとき、エヴィアターが言った。「待って、おじさんにハグはなし？」すると子どもたちは彼のところに戻って、二人で別々の頬にキスをした（その時はまだ、ニムロッドが彼に少しでも似ているとは気づいていなかった、もっとあとの話よ)。すると彼は二人を抱きしめた。板についたおじさんぶりだった。「アンドレアもハグしてほしいって」とリリが言った。エヴィアターは調子を合わせて、腕を広げてもう一人そこにいるようなふりをして、「いってらっしゃい、アンドレア」と言った。

私が駐車場から部屋に戻ると、エヴィアターがスポーツバッグを手に持って玄関に立っていた。

「これからどこに行くの？」と私は尋ねた。

「わからない」

本当に絶望している人間というものに、私たちは何人出会うかしらね、ネッタ？　人は絶望をうまく隠してしまうから、まわりには分からないのよ。でもエヴィアターの場合は、完全に剥き出しだった。眉に、丸まった肩に、太ももをゆっくり一定のリズムで叩いている広げた指に、絶望があふれていた。

「それならせめて出発前に朝食を食べましょう」と私は言った。彼はスポーツバッグを床に下ろした。

＊

朝食は昼まで続いた。意外なことに、私の話ばかりをした。彼のことを聞こうとするたびに、「聞かないで。知らなければ巻き込まれないから」と言われた。私は背もたれに寄りかかり、皿の上に残っているサラダのかけらを時々フォークでつついた。彼は前屈みになって、両手で頬を包むようにしていた。指の間から、灰色の無精髭が飛び出ていた。私はそれを見てはっとした。弟の方が先に白髪になるなんてことはない、と思っていたのだ。

彼はずっと私に質問をしていた。心に踏み込まれるような質問だった。ずいぶん長い間、私にこんなに興味を持った人間はいなかったの、ネッタ。こんなに屈託なく。最初にノミが死んで、あなたは遠くに行ってしまい、そんな風に話せる人がいなくなった。午前中、ずっとあなたたち二人と話しながら過ごすこともある。ノミやあなたのセリフを演じていると、すっかり没頭して我を忘れる。ちょっと前にポール・オースターがインタビューで、執筆中に本の登場人物たちが話しかけてきて、彼と言い争ったり、彼に逆らったりする、という話をしていた。幻聴が聞こえるのは私だけじゃないんだって安心したわ。

彼は（エヴィアターね、ポールじゃなく）聞いた。「普段は二人を送り出したあと、何をしているんだい？　ずっと家に一人でいておかしくならない？」

それからこう言った。「お母さんの具合は？」

それからこう言った。「リリのごっこなんだけど……アンドレアだっけ？　空想のお友だちを持つには、あの子はちょっと大きすぎないかい？」

他にもたくさん聞かれたが、どれも核心をついたものばかりで、ぐさりときた。そして私が話すときに、彼は私から目をそらさなかった。アッサフのように携帯電話を見なかった。首をひねったまま動かず、他の考え事をしているのではないかと私に思わせることもなかった。特大級のトラブルに飲み込まれそうになっているこの瞬間にも、彼が私に興味を持っていることが、ずいぶん奇妙に思えた。電気椅子に連れていかれる死刑囚が明日の天気を気にするようなものだ。そしていきなり――フクロウの話が喉まででかかっていた――十二時半になっていて、私はパニックになった、まだ昼食も作っていないのに、あと数分で子どもたちを迎えに行かなくてはならない、すると彼が言った。「僕でもシュニッツェルを温めることはできるし、マッシュポテトを作るよ。あの子たちはマッシュポテトが好き?」

「ええ」私は言った。そしてまだ椅子から立ち上がらなかった。もう椅子から立っていなくてはいけなかった。しかし彼の好奇心に満ちた視線を、もう少し浴びていたかった。もう長いこと、誰かにこんなにも素直な好奇心をぶつけられたことはなかった。

「デザートはフルーツサラダにする?」彼は聞いた。

私は立ち上がって言った。「そうね、帰りにお店でオレンジを買ってくる。オレンジなしのフルーツサラダなんてだめでしょう。ぱさぱさになってしまう」

「そうだね、確かに」彼は答えた。

こうして彼はうちにいることになった。

＊

まだミドルタウンのベンチに座っているの？　それとも授業のためにもう立ち上がった？　手紙の残りはあとで読むことにして。

あなたを訪ねたときに、一番印象に残ったのはそれなの。

あなたが教室で生徒を教えているのを見た時のことね。教室に、イスラエルの映画のポスターが額に入って飾られていたのを覚えている、古い作品も新しい作品も（私の目の前は『セイント・クララ』だった）。何人かの生徒（胸の谷間が露わだった女子生徒、その右側には一生懸命すぎる子、左側にはジョナサン・サフラン・フォアのそっくりさん）を覚えている、そしてあなたを覚えている。すごく感心してしまって、嫉妬するのも忘れていた。すばらしい授業に感動したというわけではないの（授業は素晴らしかった、あなたの挙げた映画はどれも見たことがあったけれど、ジェンダーの視点から考えたことはなかった）。そうではなくて、あなたの教育方針に感動した。

説明しましょうね（リブカ・グーバーを覚えてる？　学年主任補佐だった彼女の〝説明しましょうね〟を覚えてる？）

あなたは授業の間、他の教師のように喋るためではなく、聞くために教室にいるということがよく分かった。生徒たちの意見を心から知りたいと思ってるのね。一番すごいと思ったのは、あのアメリカ人の生徒たちが、ニキビ顔の思春期と見せかけの無関心から抜け出して、彼らの考えを話し出したとき。考えというより、自分の気持ちを語っていた。あれくらいの年齢はその二つが切り離せないから、私みたいな参観者にもすぐ分かる。もちろんあなたにも分かっていたでしょうけれど、あなたはその繋がりをあえて指摘せず、私なら絶対にしてしまうと思うけど、その二つを彼らの言葉に、とても優雅に集約させるから（優雅、そうよ！　この部分を書きながらずっと探していた言葉）、その様子がダンスの授業みたいに見える瞬間があった。思考のダンス、そしてあなたは振付師。あと『シュロー』のサウンドトラックのなかから「ザ・スネイクス・シェッド・スキン」を歌って、歌詞を説明したのもすごかった。そして授業が終わって、聞きに来る生徒たちに丁寧に対応しているのも偉いと思った。あのイライラさせられる女子生徒（どのクラスにも絶対に一人はいるタイプね）が、もう一度歌詞の意味を教えてと言ったときも嫌な顔ひとつしなかった。

あなたの抜きん出た才能があの授業で発揮されていた。カリスマ性、知性、感受性、さりげないユーモア、タイミングの良さ。

これらすべてに加え、心の平穏。世界に自分の居場所を見つけた人間の穏やかさ。

今気づいたのだけど、これはすごく巧妙な作戦ね。あなたをたくさん褒めて、手紙の続きを読んだあなたが、私をあまりひどく批判できないようにしている。

確かにこの賛辞は作戦でもあるけど、心からそう思ったのよ、ネッタ。授業の最後には、もしこの人と友だちでないのなら、絶対に友だちにならなくっちゃと思った。

＊

昼食の後、彼はリリの隣に座って宿題を手伝った。そうしてと頼んだわけではなかった。彼が進んでやった。彼女が「ママ、アンドレアが算数の宿題を手伝ってほしいって」と言い、私は何も言わなかったが、算数という言葉に頬が引きつったのを見た彼が、「僕が見てあげようか」と言った。二人は彼女の部屋に行った。二人が話している内容は聞こえなかった。彼の声の響きだけが聞こえた。そして顧客がなぜ彼にお金を預けるのかよく分かった（そうよ、ネッタ。その人たちは今や一文無し、だけど少しの間、彼の行いに審判を下すのは待ってくれない？　あとで戻ってくるから。ちゃんと）。それから彼はニムロッドとバスケットボールの「練習」をした。洗濯室から籠を持ってきて、ニムロッドのベッドの下から、いつの間にか無くなったまま忘れられていた禿げかけたテニスボールを見つけ、ニムロッド属する「正義の味方チーム」がニムロッドの正確無比なシュートで、「悪のチーム」を倒すという壮大なストーリーを作り上げた。それは一時間か一時間半ほど続き、その間、私はサマーキャンプの書類に一息に記入した。その後、彼はニムロッドをお風呂に入れた。あの子をお風呂に入れるのは悪夢なの、ネッタ。シャンプーのたびに泣き叫ぶ。シャンプーが顔にすら垂れていないのに。お風呂に入るのをすごく嫌がって、入ると、全然出たがらない。その間に、私に水をかけて、ただでさえみっともない服をさらにぐしゃぐしゃにする。だから、風呂場からほとんど音がしないのに、心底驚いた。ときどき、ぱちゃんという以外は。

(あとになってニムロッドが教えてくれたのだが、エヴィアターおじさんが紙の船を作ってくれて、二人でその船を「キップロン」に走らせたのだそうだ)。

二人がお風呂から出てきて、エヴィアターはびしょ濡れのニムロッドをバスタオルにくるんで抱いていた。「この子のパジャマはどこかな」と言った時、初めて私は二人がびっくりするくらい似ていることに気づいた。尖った鼻、少し出っぱった耳、それに目。色も、光を受けたときの感じも、陰り方も……。

分かる？　リリは私の母にそっくり。ニムロッドもアッサフには似ていない。アッサフだけが誰にも似ていないわけを考えていたら、今ふと思った。もし子どものどちらかでも彼に似ていれば、事態は違っていただろうか。さらに思ったのは、彼もまたニムロッドがエヴィアターに似ていることに気づいていたのではないだろうかということ。だから腹を立てているのだ。

そんな考えに気を取られていると、私の前に立っている二人の足元に水溜まりができていた。

「その子のパジャマは枕の下」と私は言った。

彼は寝る前にお話をした。

本当は、彼がどの本を読んでほしいかと聞くと、子どもたちが言い争い始めたので、いつものことだけれど、それが罵り合いと涙にエスカレートする前に、彼が「僕が考えたお話は？」と言ったのだ。提案が子どもたちには衝撃的すぎたのか、二人は喧嘩も忘れて期待をこめて静かになった。

私も静かにしていた。隣の部屋で壁に肩をつけるようにして聞いた。

「森の中で火事が起きました」彼は始めた。

「アンドレアは怖いお話が嫌いなの」リリが言った。

「大丈夫だよと伝えてあげて」とエヴィアターは言った。「ハッピーエンドだから」

「約束ね？」

「約束だ」

「なら、いいわ」

「森の動物たちは、森の真ん中を流れる川を渡って火から逃れようとしています。でもサソリだけは川岸から動かず、ハサミで頭をかいています、こんなふうにね、川の中に入りません。どうして川に入らないか、分かるかい？」

「だって水にアレルギーなんだよ」とニムロッド（この子はチョコレートとヨーグルトとハチとぜんまいにアレルギーがある）が言った。

「そのとおり」とエヴィアターが言った。「サソリは陸上の生き物だからね、水の中に入れる体じゃないんだ。だけどこのサソリはすごく運が良かった。その瞬間にだれが通りかかったと思う？　カメだ。こんにちは、カメさん、とサソリは言った。ひょっとして僕を背中に乗せて、反対岸まで運んでくれないかしら？　いやだね、絶対お断り、とカメは言いました。お前はサソリだろう。僕を刺すだろう。一体なぜ僕が君を刺すのさ、とサソリは言いました。刺したら君と一緒に自分も沈んでしまうじゃないか。だけど君はやっぱりサソリだから、最後には僕を刺すに違いない、とカメは言いました。誓うよ、カメさん、絶対に君を刺さない、とサソリは言います」

「神様に誓わなきゃ」とニムロッドが言った（あの子の幼稚園の先生は信心深い）。

「僕は君を絶対に刺さない、とサソリは言いました。そこでカメはサソリを背中に乗せてやりました。炎は森の木々を焼き、すごい勢いで迫ってきます、カメは急ぎました、カメの足で精一杯の速さで、そして水に入りました。カメは反対岸に泳ぎ出します。サソリはカメの背中の上で、ハサミに水がかからないように、ぶるぶる、そんなの嫌だね、と寝っ転がっていました」

「やっぱり怖い話」とリリが言った。「アンドレアに怖くないって約束したのに」

「じゃあ、手を握っていようか？」

「うん」

「二人が川の真ん中あたりに来たとき」とエヴィアターは少し声の調子を明るくして続けた。「サソリは突然、なんだか体じゅうがくすぐったくなったような気がしました。このむずむずをサソリは知っています。このむずむず始まると、刺したくなるのです。そう、今、サソリはどうしてもカメを刺したくなってしまったのです。いいえ、カメを刺さなくてはいけない、と感じていました。さもなければ、自分はサソリではないと」

（この瞬間、私は隣の部屋に入って行こうとした。怖い話になって、彼がリリとの約束を破ったら困ったことになると思って。あの子はときどき現実とお話の区別がつかない。あとあと、サソリが部屋を歩き回っていると怖がるかもしれない）。

「だけどその時」エヴィアターは声を大きくして、まるで壁の向こうで私が息を飲んで聞いているのを知っているように言った。「二人の知らないうちに、とても大きな優しいワニが近づいてきました……」

「どうして気づかないの」ニムロッドが不満そうに口を挟んだ。「そんなに大きいならさ！」

「とっても良い質問だね」――エヴィアターは言葉を引き伸ばして答え、その間に説明を考えているようだった。「というのもね、こういうことなんだ……ワニは体がすごく大きいけれど、動くときは静かで、しーっとしてるんだ。それに、カメもサソリも、自分たちの役割をちゃんとしようと必死だったから、心の優しい大きなワニが、心の優しい大きなワニらしい行いをしようとしているなんて、夢にも思わなかった。ワニは水の下から二人にゆっくり近づいて……すごくしーっとね、それから口を大きく開け……二人を口の中に入れました」

「神よ、救い給え」ニムロッドが言った。

「突然」エヴィアターは続けた。「二人は口の中に入ってしまったことに気づいた。ワニの口の中は、真っ暗だった。日の光が一筋も入ってこない。そんな暗闇で、サソリはどうしたと思う？」

リリとニムロッドは答えなかった。

「ママが電気を消しておやすみを言ったら、君たちはどうする？」

「お互いに悪口を言い合う」

「それから？」

「寝ちゃう」リリが言った。

「そのとおり」エヴィアターは言った。「サソリはカメの背中の上で眠って、尻尾の先からいびきをかいた」

「ならワニが二人を食べたんでしょ？」ニムロッドはまだ反抗していた。

「そうはならなかった。心の優しいワニは、二人を食べるつもりではなかった。二人の味も好きじゃなかったしね。いつも水の上に出している片目で様子を見ていて、次に何が起きるか分かった。サソリがカメを刺して二人とも溺れてしまうと思ったから、二人を助けるたった一つの方法は、横から近づいていって……不意をつくことだと思った。だから、口の中に二人を入れると、すぐに反対側の岸に登って、二人を吐き出したんだ。カメはゆっくり歩いて去っていき、サソリはゆっくり目を覚まして、ささっとカメとは反対の方向に行った。こうして三人は――カメとサソリとワニは、火から助かりました。だって火はやっぱり火だから、水を渡れない。ハッピーエンドでおしまい」

「すごくハッピーエンドね。別のお話をして！」リリが言った。

「もう遅いから」エヴィアターが答えた。

「じゃあ、しーっのところだけ、もう一回やって」ニムロッドがおねだりした。

「しーっしーっのしー」エヴィアターが真面目くさって言ったので、ニムロッドだけではなく、リリも笑った。私も壁の反対側で静かに笑った。

「じゃあ、かわいい子たち」彼は言った。「僕が電気を消したら、いつものことをして」

「意地悪なことを言い合う！　それから寝る！」

ニムロッドが叫んだが、まったく眠そうではなかった。

「ママに来てもらって、しょっぱい夢を、って言ってほしい」とリリが言った（あの子たちが寝る前にいつも、甘い夢、しょっぱい夢、胡椒の夢、とキスに合わせてスパイスの名前を言うの）。

「もちろん」とエヴィアターは言った。「呼んでくるよ」

私が部屋に入ろうとしたときに彼が出てきて、互いの肩が触れた。どきっとする瞬間のように聞こえるでしょうけれど、実際は彼があまりに痩せ細っていて、ごつごつした肩の骨がぶつかって痛かったわ。

子どもたちはそれとは正反対に、いつもどおりすごく柔らかかった。一日のうちで好きな時間なの、分かる？　私は二人のそれぞれのベッドに上がって一緒に横になる。まずニムロッドを掛け布団でくるんで、リリにも同じようにする。キスしてハグして話す。ニムロッドは背中を撫でられるのが好きで、リリは髪を撫でられるのが好き。二人とも私が鼻の頭で首筋をくすぐると喜ぶ。

自分を褒めて良いと言われたら、母親として一番誇りを持っていることの一つは、愛を伝える大切な方法が、体を使って表現することだと教えたことね。二人が他のお友だちにさよならを言っているのを見たことがある。いつも最初に両手を広げてハグを求めるの。たまに、意味が分からなくて、両手をだらんと垂らしたままの子もいて、笑ってしまうのだけど、そういう光景を見ていると幸せで胸がいっぱいになる。なぜって？　少なくともこの点においては、連鎖を断ち切ることができたもの。祖母は母を抱かなかった、だから母は私を抱かなかった、でも私はリリを抱く。きっとあの子も娘ができたら抱くでしょう。

リリは半分眠りながら、アンドレアがうちに泊まっていって良いか聞いた。「暗いなかで家に帰るのが怖いんだって」リリが言った。「夜は道にサソリがいっぱいいるから」

「いいわよ」私は答えた。

「アンドレアのママに伝えてね？」彼女は言った。責任感の強い子、いつものように。長女だから。私のように。

「もちろん」私は約束した。

ニムロッドは何も言わなかった。息づかいから全然寝ていないのが分かったけれど。これはすごく不思議なんだけど、あの子は姉の手から何かをひったくったり、彼女のノートにペンで落書きをしたり、髪を引っ張ったり、彼女の言うことをしつこくオウム返しにして、怒らせたりする。

だけど、アンドレアのことでは一度もからかったことがない。ときどき、姉が近くにいないときに私のところに来て、小声で「アンドレアって本当じゃないよね？　リリの想像なんでしょ？」と聞くだけだ。

＊

子どもたちがぐっすり眠って三十分も経たない頃、エヴィアターが皿の汚れをとって食洗機に並べていたとき、チャイムが鳴った。私は特に何も考えず、ドアの方に歩いて行った。しかし彼が慌てて来てドアと私の間に立ちはだかり、自分の唇に指を当てて静かにという仕草をして、覗き穴から外をうかがった。それから紙を出して、「奴らだ。今鍵を探してると言って」と書いた。私はそうした。がちゃがちゃと物音を立てて、探しているふりをした。その隙に、彼は引き戸を開けて、外のバルコニーに出た。私は身ぶりで彼を呼び戻し、紙に書いた。「隣の家族は外国にいる。手すりを乗り越えて、そっちのバルコニーに行って、子どものおもちゃの家の中に隠れて」

私は玄関のドアを開けた。わざとチェーンを外して、隠し事などないという風に笑顔で、「こんばんは。どちら様かしら？」（名演技だったと思う）と言った。借金取りたちは小柄だったが、髪型が悪者そうだった。一人はぴちぴちの白いTシャツを着ていて、角張った顎をしていた。もう一人は黒いぴちぴちのTシャツで尖った顎をしていた。

「エヴィアター・ガットを探してる」ととんがり顎が言った。

「何かお間違えではないかしら。ここはアッサフ・ガットの家です」

「知ってますよ、奥さん」と言って、彼らは勝手にドアを開けて入ってきて、家の中を歩き回り始めた。

「ちょっと、何するんですか」私は怒って止めようとした。彼らを追いかけた。それ以上先に行かせまいとした。「ここには子どもがいるんです！　こんなふうにいきなり……」

彼らは私を無視して（あとになるまで、それがどんなに恐ろしいことか気づかなかった）、エヴィアターを探し続けた。肘掛け椅子の下。天袋の中。台所の食器棚。クローゼットのシャツの中。洗濯物をひっくり返す。私は止めようとして、警察を呼ぶと言い、携帯電話で彼らの写真も撮った。しかし彼らは全く気にしていなかった。

ニムロッドとリリはこの騒ぎの間、ずっと眠っていた。彼らが子ども部屋の電気をつけたときでさえ（そういう意味では、あの子たちがアッサフに似ていて良かった、並大抵のことでは目を覚まさない）。もし奴らが子どもに少しでも触れたら、護身術教室で学んだ技を繰り出そうと思って、白シャツの股間に狙いをつけて、片足に力を入れていたが、彼らは子ども部屋の捜索は素早く切り上げた。彼らもそこにいるのが気まずいようだった。

ついに彼らは引き戸を開けてバルコニーに出た。こういう瞬間、「息が止まった」という描写はよくあるけれど、私の場合、息は止めずに、親指を人差し指の付け根に当てて、とんとんと鳴らす、緊張するとこうなるのだ。

奴らはバルコニーにしばらく留まっていたが、やがてリビングに戻ってきた。白シャツが「お騒がせしてすみませんでした」（本当にそう言ったのよ、誓って）と言った。「ガセネタをつかまされたようで」黒シャツが「奥さんのためにも言っておきますが、万が一、エヴィアターが来ても入れないことです。厄介ごとを持ち込むだけですよ。お子さんがいるんでしょう、そのことを考えて」と言った。

「散らかしたものを片付けて」私は言った。

「なんだって？」彼らは驚いて私を見た。

「この家をぐちゃぐちゃにしたのは、あなたたちよ。さあ、片づけて」私は責めた。

彼らは従わなかった。いや、本当はこんなこと言わなかったの。でもそう言ってやったらどんなにか良かったか。書きながら、本当に起きたことではなく、こうだったら良かったのに、という内容を書きたい衝動とずっと闘っている。しばらくは自制しているけれど、気をつけてよ。いつまで自分を抑えられるか分からないの。

＊

取り立て屋たちが車に乗りこんだあと（フクロウが近くの枝にいた。気持ち良さそうで何も言わなかったが、明らかに非難がましい目で私を見ていた）、私たちはバルコニーの境目でひそひそ話をした。もちろん彼はもうこれ以上、うちには絶対にいられない。色々と厄介すぎる。私はお隣の留守を預かっているので、鍵でお隣の部屋に入ることができる。彼はキプロス行きのヨットが準備できるまでの間はそこに隠れていても良い、ということにした。あのアゴ男がまたこのアパートの周りをうろつくようなら、出ていく。

「もちろん」彼は言った。

「先に言っておくけど」私は言った。「お隣さんはちょっと変わってるの」

「なるほど。しかし選り好みできるほどの身分ではないのでね」彼は答えた（あなたに聞きたいんだけど、映画の専門家のあなたに。窮地に立たされてもユーモアのセンスを失わない人ってセクシーだと思う？　それとも、アクション映画のマッチョが皆そんな風に振る舞うから、勘違いさせられているだけ?）。

上階の住民が、退職した判事なのだけど、彼女がシャッターを開けた。全開にはしなかったが、とにかく開けた。それだけで私は震え上がった。法の番人が（引退はしているがまだコネクションはあるだろう)、目と鼻の先で何が起きているのか知ってしまったら、と恐ろしくなった。私はエヴィアターに待っているように身ぶりで伝え、隣家の玄関を開けた。

＊

私たちのアパートのお隣さんの部屋は、時計でいっぱいだった。いっぱいというのは、溢れかえっているということだ。リビングに時計、すべての寝室に時計、廊下にも時計があった。というより、彼らの家には、チクタクいう時計のない空間はひとつもなかった。時計のすぐ横に時計がかかっている。二つの間に隙間はほとんどない。

もともとは、一家の父親のコレクションだった。妻は言った——まるでイケアで買う家具のように、至って普通だという風に——、夫がアパートにそれを持ってきて、毎年、少しずつコレクションを加えているのだそうだ。

彼らの異常さがきちんと伝わっているかしら。壁には写真は一枚もない。ただ時計と時計とまたまた時計。丸いの、楕円の、ローマ数字の、数字のないもの、鳩時計、ここにもそこにも、時計が時間を示している。それらが全部、家じゅうで、一秒ごとに、チクタクいっている。彼らは慣れているのだろうが、私はあの家に入るたびに、瞼がひくひくする。

子どもは四人いる。一番年上の子は十八歳の女の子。一番小さい子は六歳の男の子だ。

時間は常に流れているという概念を突きつけられて育つというのは、どんな感じなのだろう。笑ってしまうのは、彼らがとても静かな家族だということ。きちんとしている。想像できる？　時計フェチを除けば、彼らはすごくまともな家族なの。典型の典型。

毎年のバカンスも同じ場所に行く。クレタ島。そして毎年ぴったり十日間。彼らは私に鍵を預け、私は二日に一度は部屋に行って、換気をすることになっている。時計は呼吸をしなくてはならない、一家の父が以前私に言った（本当よ、そう言ったの）。

たいてい、私が換気に家に入るときには、少し中を探検して、普段は客が入らないようなプライベートな部屋に新しい時計が加えられてないか見て回る。時計を見ると、人生のいろんな成長過程にいるのが分かることもある。十代の男の子の部屋には、女性の脚と腕が針になっている時計がかかっている。だけど、どういうことなのかよく分からないこともある。十八歳の女の子の部屋に、中の機械構造が丸見えの時計があるというのは、どう解釈したら良いのかしら。

ともあれ、このときは時計にかまっている暇はなかった。電気さえつけなかった。私はエヴィアターに言った。「誰が来てもドアを開けてはダメ。どんな状況でも。明日はお昼ご飯を持ってくるけど、合図のノックは、三回、休符、二回」

「ありがとう。ごめん、こんなことになって……」

彼の下唇がまた震えていた。

「ごめんは明日のランチの時で」私は遮った。

＊

その夜、私は二人の夢を見た、私とあなたの。二人でグラナダの道を歩いているの。土産屋の店主たちが、歩く私たちを睨め回すように見ている。あなたではなく自分が見られていると感じていて、すごく気分がいい。そのとき、私の部隊の指揮官ラミ・ライダーがなぜか現れて、明日内戦が始まるから、一刻も早く町を出ろと言う。私はこの町では何年も交戦はない、と反論したが、彼は情報源は確かだと言い、私たちをバス停まで連れて行く。私は幸運のセーターをホテルに忘れてしまったことを思い出す。あのフリーマーケットで買ったチェック柄のセーター。どうしても取りに行きたいと思って、バスを降りようと席を立ち上がる。そのとき、ネッタ、あなたの顔がフクロウみたいに白くなって、私をすごい力で座席に押さえつける、そして、もう取りに行くには遅すぎる、でも心配しないで、アンドレアがセーターを取って来てくれる、と言う。

＊

朝七時半、早くも私は隣家のドアをノックしていた。間違っていると分かっていた。自分を危険にさらしていると分かっていた。しかし子どもたちがエヴィアターおじさんに会いたがっていた、会わせろと要求していた。それぞれのやり方で。リリはベッドに戻って枕で砦を作って、掛け布団の下にもぐり、きっぱりと、でも静かな声で、自分とアンドレアはエヴィアターおじさんが来るまで、ベッドから出ないと言った。ニムロッドはリビングの真ん中に立って「エヴィアタンおじさん、エヴィアタンおじさん」と叫んでいた。リリが部屋から出てきて、「エヴィアターだよ。バカ」と言った。ニムロッドは「お前がバーカ!」と言い返した。

私はハンガーのように子どもたちの洋服を腕にかけて、二人の間に立ち尽くし、こんなときはあれしかない、と思った。週に十回はしている。すべての親がやっているだろうが、けじめをつける態度に切り替える。横隔膜の少し下に力を入れ、有無を言わさない調子で「起きなさい。今すぐ。エヴィアターおじさんはいないの。学校に遅れるわよ。起きないのなら……」

しかし七年間で初めて、うまくいかなかった。私は筋肉に力を入れようとした。しかし言うことを聞かない(自分の体と心に何かしろと命令したのに、それに拒まれるなんて、すごく変な感じよ)。

私は廊下の向かいの部屋に行って、三回、休符、二回、のノックをした。エヴィアターがドアを開けた。目は困惑していて、まるで今日はどんな表情をするかまだ決めかねている、といった様子だった。そして言った。「おはよう」

「おはよう。あの……助けてほしいの」

十五分も経たないうちに、子どもたちは服を着て、髪をとかして、歯磨きも終わっていた。お弁当の中には、子どもたちがそれぞれ頼んだサンドイッチが入っている。その途中で、エヴィ・ポピンズは、ニムロッドに頼まれて「木」になった。リビングの真ん中で膝をつき、腕をのばして枝にして、ニムロッドが上まで登れるようにした。そしてリリとアンドレアと一緒に、ビーズのゲームをした（最初にビーズを使いきってしまった方が負け）。だけど彼が子どもたちと何をしたかではなく、どうやったかがすごいの。完全に、まるっきり没入している。取り立て屋に追われているなんて嘘みたいに。いや、それすらも違う（思ったことをそのまま書いているから、堂々巡りみたいになっていたらごめんなさい）。すごいのは、彼が（どうやって？　そんなに一瞬で？）子どもたちの一番の困り事を見抜いたこと。問題は動線だった。リビングから洗面所へ。洗面所からキッチンへ。キッチンから玄関へ。子どもたちはその途中で必ず立ち止まってしまう。まるで歩けなくなったように。そこでエヴィアターは、子どもたちが意識さえしないうちに、部屋から部屋へスムーズに動けるよう工夫した。私はそれをずっと横から見ていて、感じた（必ずしも次の順番ではなかったけれど）。私はここでは必要ない。手放してもいいんだ、ずっと頑張ってきたことを、やっと少しだけ手放せる。緊張の連続だったから、それが普通になってしまって、本当の意味でリラックスできなくなっていた。エヴィアターを見ていると、体の奥から泡が湧き上がってくるような感じになる。優しい泡で、水が沸騰する寸前のような、でもこれから大きくなる泡。フクロウはそれを良いこととは全く思っていない、今夜そう言われるだろう。

家のドアを開けて出ようとしたとき、彼はリリに膝をついて言った。「約束を覚えてるね！」（もう約束するような仲なの？）

リリはうなずいた。自信がなさそうだった。

「もしミカが休み時間に君と遊びたがらなかったら」エヴィアターは言った。「なんて言うんだっけ？」

「あんたが損してる」

「そうだね、それはどうして？」

「私は最高の女の子だから、一緒に遊ぶ人たちは良いことしかない」

「そうだね、じゃあ良いことしかないってどういう意味？」

「楽しいってこと」

「そうだ。それと君とは」——彼はニムロッドの方を向いた——「ハイ・ファイブをしよう。強く。もっと強く。一番強く。じゃあハグ。強く、もっと強く、一番強く」

「ママ、エヴィアターおじさんに運転してもらって学校まで行けない？　お願い、お願い……」リリは懇願した。

「いいや、プリンセス」と彼が、私が慌てて答える前に言った。「それはできないんだ」

私は娘が絶対に駄々をこねると思った。地団駄を踏むだろうと（あの子の地団駄は手なの。両手で自分の腰をばんばん叩く）。しかし彼の言葉の響きから、それをやっても仕方がないと感じたようだった。彼女はただ彼にぎゅっと抱きついた。長いハグ。それからもうひとつ、アンドレアからの長いハグ。やっと彼から離れてまっすぐ立つと、言った。「エヴィアターおじさん、あなたってもいい人ね！」

＊

駐車場から家に戻るとき、郵便受けから新聞を取った。エヴィアターの顔が一面の端に載っていた、実物より若い写真だった。見出しは経済記事の扱いで、「不動産王が失踪。顧客と警察が追跡中」と書いてあった。私はその場で立ったまま読み始めた。なぜか誰かに見られているような感じがしたので、家の中に入った。

記事には、彼が私に話した以上のことは書いていなかった。

というより、記事は別の視点から書かれていた（倫理的に許されない、と思っていたでしょう？これがそうよ）。顧客側からの視点で書かれていた。

私たち（イエルサレムで生まれ育ち、ヘブライ大学高校に行った女性）は、お金と感情は対極のものと教えられてきた。お金のためにすることと、心からの感情ですることは別だと教わった。でもそれは間違い。お金は感情よ。不安。自尊心。嫉妬。もし誰かがお金をあなたに預けるなら、その人は、そのお金を稼ぐために費やした努力と、そこに至るまでのつまらない、苦々しい、屈辱的な妥協、そういうものすべてを預けるということ。それによって、その人はとても傷つきやすくなっている、そうね、恋をしているのと同じくらい。

ハデラの年金生活者の例が載っていた。この老夫婦は預金をすべてエヴィアターに預けてしまったので、来月の支払いをどうしたら良いのか分からない、ということだった。二人がフォーマイカのテーブルに座って、手を握っている写真が載っていた。ロマンチックな雰囲気ではない。溺れないようにしっかり手を握り合っているように見えた。

キリヤット・オノに住む、三人の子持ち夫婦は、来週から子どもたちを保育園と幼稚園に通わせられなくなり、それをどう子どもに説明したら良いのか分からないと途方に暮れていた。いきなり友だちから引き離される理由を子どもにどう話すのか。お前たちの両親は馬鹿だったから、お前たちがその代償を払うんだ、とでも？

そして交通会社のオーナーの話も載っていた。二台のミニバスを、エヴィアターに預けて運用するつもりのお金で買ったが、今や経費削減のために従業員――彼らもまた養う家族がいる――を解雇しなければならない。

多少の差異こそあれ、どれも同じ話だった。友人から勧められてエヴィアターに会い、そのあとで彼から良い物件を紹介してもらう。明朗会計のレポート（銀行とは違う）が三カ月に一回送付されてくる。文句なしの儲け。書類上は。しかしここ数週間、怪しい兆候があった。秘書が代わった。その秘書にメッセージを残しても折り返しがない。報告書が二日遅れで届いた。

今でも騙されたなんて信じられないんです、と年金生活者は痛々しい当惑を隠さない。私たちは彼はとっても良い人だと思ったのに。

十年間がんばって稼いだお金をドブに捨てたのです、と若い夫婦は言っていた。

警察の捜査官は一般市民に捜索の協力を仰ぎ、本件は彼がここ数年担当した事件のなかで最も大規模な詐欺事件だとコメントしていた。

ぞっとするでしょう？　これがアメリカ映画なら、私は新聞を手に隣の家に怒鳴り込んで、彼の顔に怒りを込めて投げつけ、七つの大罪を一度に犯したと告白しろと迫り、彼が土下座しようとも背中を向けたままこう言うの。許されない事というのがあるのよ、と。あるいは、あんたのように卑劣な犯罪者とは関わりたくない、と。

でも私は、警察に追われていることを彼に知らせなくては、と思った。

＊

しかしその前にアッサフから電話があった。

国際電話はいつでも一瞬遅れて声が届くが、この時は沈黙がいっそう長く感じられた。

「新聞を見たか？」と彼は言った。

「ええ」私は答えた。

「実はあいつから、あの恥知らずから、一昨日俺に電話があったんだ。トラブルに巻き込まれたと。金が必要だと。すぐに電話を切ったよ。信じられるかい？　この俺まで引きずり込もうとしたのさ。もし金を払っていたら、と考えてみてごらんよ。警察が今頃そっちのドアをノックしに行ってる」

「なんだか大変なトラブルみたいね」

「自業自得だ」

「そうね」

「まったくあいつらしい」アッサフは過熱している。「人に幻想を売り、幻想が崩れたら逃げ出す」

「みんなが彼を探しているんでしょう？」と私は言った。

「捕まえてほしいよ。それで何年も何年も刑務所に入れてほしい。奴に教訓を与えてやる。いや違うな、教訓なんて必要ない。あいつは救いようがない」

「救いようがない人なんていないのよ」私は言った。

「あいつを庇うのか？」

「違うけど」私は用心した。「そんなことはないわ。彼は顧客の人生を壊したのよ」

「本当にそうだ。母さんからちょっと前に電話があった。穴があったら入りたいってさ。俺には分かるが、母さんは数週間は家から出ない。いつもそうだった。奴が問題を起こして俺たちに迷惑をかける、だから俺は母さんがご近所さんに会わないで済むように、食料品の買い出しに行く。十歳の子にとって、スーパーで皆にジロジロ見られて、あそこの子のせいだ、あそこの子は絶対に何かおかしい、って思われるのが、どんなか想像できるか？」

「だからあなたたちは仲が悪いの？」

「それも一つの理由だ」

「スーパーの買い出しの話は初めて聞いたわ……」

「この期に及んで俺に電話をしてくるとはね、神経を疑うよ」

「本当に困ったら手段を選べないのよ」

「また奴を庇ってるのか？」

「違うったら――」

「ごめん、頭に来て君に八つ当たりしてるな。今朝はずっと事情を聞かれていてね。俺は奴の代理人でもないのに。俺が兄だと知られているから。俺だってネットで見る以上のことは知らないのに」

「大丈夫、すぐ終わる嵐みたいなものよ」

「そうだね、君の言うとおりだ」

「こんなことが起きているときに、外国にいて良かったじゃない。国内にいたらもっと色々聞かれて大変だったでしょう」

「確かにそうだ、君は鋭い。会いたいよ」

「いつ帰って来られるの？」

「明後日、朝だ」

「明日の予定じゃなかった？」

「そうなんだが、急遽、新しい会議が入った。大きなチャンスにつながりそうで」

「では、明後日ね」

＊

さて、「倫理概論」のためにちょっと休憩しましょう（想像してみて、大学のラジオ局で、若い博士課程の女性が少し震える声で、だってそれが彼女の初めてだから、ラジオに向かってしゃべっているところなの）。

「これからの議論の前に、一般的な倫理観、つまり社会上、仕事上の付き合いをするときの行動規範と、特定の倫理観、つまり家族や仲間など近しい人と一緒にいるときの行動規範とを、分けて考える必要があります。この二つの倫理観が一致していれば良いのですが、現実には互いに相容れず、選択を迫られます。どちらの倫理観があなたにとって、より重要ですか？　どちらにより価値を認めますか？」

＊

やれやれ！　私がおかしくなっていないと証明するために、すごい努力をしているのよ。ネッタ、私は変わっていない。ここで私が言っている（これから言う）ことにもかかわらず、私はあなたの知っているハニなのよ。

冷静《クール》になろうとすごく努力している。手紙の最初から読み返してみたの。挿入句のなんて多いこと。それに、自分がもうクールな女性ではないことを、なんて巧妙に隠す文章なんでしょう。私は打ちのめされていた。妊娠に。睡眠不足に。リリと母が似ているのが外見だけではないことに。朝、アッサフとしゃべる以外は他の大人と話すことのない長い一日に。しかもそのアッサフが私を笑わせようとするせいで、前に進んでいく彼と比べて私は家で朽ち果てていると実感し、よりいっそう悲しくなる。おおっぴらには誰も言わないけれど、子どもとずっと一緒にいると干上がってしまう。子どもと小さなブロックを組み立てるのが楽しい母親もいるでしょう。自分一人でもやる親だっているかもしれない。でも私はそうじゃない。ブロックは大嫌い。ああいう知育玩具をもう見たくもないの。リリの最初の二年間は一緒にパズルをはめるのが面白いこともあった。だけどもう無理。幸せな瞬間もあるけれど、もう八年よ、私は囚われている、そう、ぴったりの表現。母にはできなかった、仕事での成功を追求したいという自分の欲求に囚われている。そうする間にも、私は時間という埃をかぶっていくの、ネッタ。そして私は埃に埋もれるままになっている。陳腐な例えでしょう、私は陳腐な人間なのよ。私の内に残っていない幸せを感じているふりをできるほど、強くない。

＊

こんな説明じゃなくて、もっとシンプルな言い方があったわ。緑の目をした男が現れた。その男が私の子どもたちと触れ合う様子の何かが、私に再び欲望を呼び起こした。

そう、欲望。

アッサフへの欲望は、彼と子どもの関係性のせいで死んでしまった。まるで父性と性的な魅力が、私の心の中では同じ場所を占めているみたい。あるいは、違う場所にあるけれど、スイッチで繋がっているみたいに。一方が点けば、もう一方も点く。フロイトの言うように、すべての性的欲望は、男の子が母親に、あるいは女の子が父親に初めて抱く性的欲望の亜流に過ぎないのかもしれない。あるいは、アッサフがフクロウのことを知らないという事実、至極まともな人間である彼にそんなことは話せない、という事実が二人の間に壁を作っているのかもしれない。なんにせよ、厳然たる事実として、アッサフとのセックスで、私の体と魂は沈黙のメロディを奏でる（オーガズムに達することができないことがある、ということを言っているのではないの。彼は私の体をよく知っている。そうでなくて、そのオーガズムさえ沈黙なの、意味が分かる？）。

＊

もし彼がこの手紙に返事を書く機会を与えられたとしたら、次のようなものになるでしょう。

一・沈黙のオーガズム？　なんだそれは。

二・私が父親業から逃げている？　私が逃げているのは、子どもたちを自分のそばから離そうとしない女からだ。彼女はいつでも、私のやり方が正しくないと思っている。子どもの手の握り方、チャイルドシートのバックルの締め方、ご飯の食べさせ方。最初の最初から彼女は私を信用していなかった。そして現実を彼女の不寛容に当てはまるように歪めた。なになに、エヴィアターがニムロッドを風呂に入れたって？　すごいな。私だってニムロッドを風呂に入れたさ。楽しかったよ、すごく。彼女が様子を見に来て、湯量が多すぎると天まで届くような叫び声を上げるまではね。私は信用できない、子ども溺れさせるつもりか、それでも父親なのか、とね。それでおしまい。私がニムロッドを風呂に入れた最後だった。

三・彼女は私をリリのそばにも寄せ付けない。厳密にはちょっと違う。些細なことだ。私が外国からリリ宛のメッセージを送っても、彼女はそれを娘に見せない、単に忘れていたと言って。私が仕事から帰ったときに娘に会えるように、いつもより少しだけ寝る時間を遅らせることをしない、とか。また、私が娘の「詩的な魂」を傷つけると言う。だが言わせてもらえば、あの年で見えないお友だちがいるのは、「詩的」ではなく「問題」だろう。

四・もしハニが私に機会をくれるなら、立派な父親になってみせるさ。のっぴきならない事情で数時間でも私と子どもたちだけにしてくれたら、絶対うまくいく。ニムロッド——ところであの子はエヴィアターに全く似ていない——は私に抱きつくだろう。体をすり寄せてくる。そしてリリはアンドレアに話しかけるのをやめる。私は彼女の母親とは違って、そんな頭のおかしいごっこ遊びに付き合わないからだ。しかし私たちにはそんな機会がなかった、子どもたちと私だけの時間。ハニは私を信用していない。彼女は、数時間でも子どもたちと離れていると心配になって、彼らを捨てたような罪悪感に苛まれると言う。嘘っぱちさ。彼女はただ、子どもたちを常に自分のそばに置いておきたいだけなんだ。子どもたちに何かあったら、私ではなく自分が求められたいんだ。私に失敗してほしいのさ、少なくとも一つにおいては。そう、これこそが彼女の本心だ。出張が問題なんじゃない。私の父親業でもない。私の成功が彼女を傷つけている。ヘブライ大学高校に行ったのは私ではなく彼女の方だ。高給取りになって外国に出張するのは、彼女の方のはずだった。ところがいきなり、ナハリアの田舎者が彼女の人生にぶち当たり、彼女の先の道をずんずん進んでいく。となれば、その男は少なくとも、ひどい父親でなければならない。そうすれば彼女は彼に対して限定的ではあっても優越感を保てるから。

五．彼女のちょっとばかり特権意識に甘んじているようなところが、大学で出会った頃はセクシーだった。高嶺の花だった。それにその特権意識とは裏腹の自分探し、彼女が何度も専攻を変えたり、自分が本当に向いているもの、自分を心から幸せにしてくれるものを見つけるための、終わりなきウィノナ・ライダー的自己探求、そういうのもセクシーだった。二十代の頃は。

六．私はまだ彼女に狂おしいほど恋をしている。それが真実だ。しかし、ここではないどこかをいつも夢見て、現状に満足していない人間と一緒にいるのは疲れる。

七．正直に言うと、出張でまだ唯一楽しいことといえば、彼女を失望させているという気分から、数日間は解放されるということだ。その間は心おきなく息が吸える。

＊

アッサフとの電話のあと、この四年、毎朝やっていることをした。つまり、仕事の傷をむしる。新聞の広告をくまなく見て、私のデザインしたロゴがまだ使われているか、あるいは新戦略で変えられてしまったか、チェックする。ここ八年で、この国のすべての会社はブランド再生を図っているようだ（本当の変革ではなく、表面上の変化）。実際に、私の作ったロゴ、つまりデザイン・レガシー（笑）のなかで、残っているのは牛乳のロゴだけだった。その日、そのロゴが広告の下段から目に飛び込んできた。私はそれを見て誇らしいというより、古風だと感じた。恥ずかしくなるくらい古臭い。

そこで私は新聞を置き、クローゼットの前に行った。

私がエヴィアターを誘惑するつもりで着替えたと言うのは、正確ではない。しかしセクシーな服を選んでいる自覚がなかったと言えば嘘になる。だから、何を着たかだけを簡潔に言うわ。腰回りにぴったりフィットするグレーのスカート（二人でミドルタウンのレストランに行ったとき、着ていたと思う）と、あなたが知らない、タイトな黄色いブラウスと、それと合う黄色っぽいオレンジのヒール、それほど高さのないヒールを履いた。メイクも。あまり気合を入れずアイライナーと薄いファンデーション。それと、八角形のペンダントがついたチェーンのネックレス。このスタイリングのなかで一番目立つかもしれない、リリが生まれてから着けたことのなかったアクセサリーだった。

私は片手に温めたシュニッツェル、もう片方の手に新聞を持って、ドアをノックした。

答えはない。苦い液が喉元に込み上げてきた。ひどい男、私に何も言わず去ったんだ。

しかし数秒後、ドアが開いた。

「寝ていたんだ」彼は謝った。

「そろそろお昼の時間」私は微笑んだ。

「そうだね」と彼も笑い返した。虚ろな笑み。

私は後ろ手でドアを閉めた。壁には私が覚えていたよりもっとたくさんの時計がかかっていて、私が覚えていたよりもっとひしめきあっていた。

彼は私の視線を追って言った。「チクタクでおかしくなるね。叫びたくなる」

「あなたの場合は良い考えではないわね。上階の住人に聞こえてしまうもの。もし私があなたなら、元地方判事のデボラ・エーデルマンの関心を引きたくはないわね」

「情報をありがとう」

「あなた有名人みたいよ」私は新聞の一面をテーブルに広げた。腰を下ろした。

彼が読む間、きまり悪さや羞恥心といった表情が浮かばないか顔を探った。しかし彼は記事を斜めに素早く読み、状況だけを知ろうとしているようだった。逃げ切るために。

「ねえ、出航を早められないの？」私は聞いた。「あなたがここにいると、私たちみんなが危険よ」

「昼間にヨットに乗るわけにはいかない」

「それさえできればね」

彼は新聞を畳んで私に返してから言った。「ここに載っているすべての人に、一人一人に、金は返す」

「責めてないわ」

「もちろん、責めてるさ」

私は微笑んだ。「お腹は空いてない？」

「とっても」彼は言った。

私はキッチンから皿とフォークを持ってきてテーブルに並べた。

彼は「アンドレアの皿は？」と言った。

私は笑った。思いがけず、たっぷり、心から笑った。私は、私たちは、絶対にアンドレアを笑いのネタにしたことはなかったのに。

「素敵な笑い声だね、もっと笑えばいいのに」

私は何も言わなかった。何と言って良いか分からなかった。

彼は「たっぷり召し上がれ」と言った。

私たちは食べ始めた。

彼に塩を渡したとき、私たちの手はうっかり触れなかった。テーブルの下で、私たちの足はぶつからなかった。

彼はナプキンで口を拭って、私の目をじっと見据えると、言った。「なぜ僕を助けるの、ハニ？」

「なぜって？」

「断れただろう」

「あなたが絶望していたから」

あるいは、こうだったかもしれない。「私しか助ける人がいなかったから」

あるいは、こうだったかもしれない。「アッサフが私にそうするなと言うから」

あるいは、何も言わなかったかもしれない。

「実は」と彼は言った。「ガールフレンドに電話したんだけど、電話を切られてしまった」

「無理もないわ」

「そうさ、だけど……」

「どれくらい付き合っていたの？」

「八カ月」

私は頭をのけぞらせて笑った。

「そんなふうに僕を笑うなんてひどいよ」

「あなたを笑ったんじゃない、あなたと笑いたかったの……」

「何ていうか、うまくいかないんだ。女性とね」

「それなら、またチャレンジして」

あるいは、こう言ったかもしれない。「残念ね、すごく良い父親になれるのに」

あるいは、何も言わなかったかもしれない。

（洒落た文体にしようとしているわけではないの、ネッタ。本当に、何と言ったか覚えていない。何と言いたかったかも。何が起きたのか。何が起きてほしかったのかも。本当に）

「実は……」と彼は唇をかんだ。

「何？」私は少し身を乗り出した。

「なんでもない」と彼は言った。

こういうことを人にされるのが、私は大嫌いなの。私はふんぞり返った。腕を組んだ。眉をひそめた。持てる武器を総動員して憤慨を表現した。

「分かったよ」と彼はぎくりとして言った。「おそらく君とはもう二度と会わないから、これを言ったところで、どうということもないな」

「これって？」

「だけど恥ずかしい話だからね。先に言っておくよ」彼は人差し指を立てて、私に向けた。

「脅かさないで」

あるいは、「私はめったに恥ずかしがらない」と言ったかもしれない。

あるいは、「聞いてるわ」と言ったかもしれない。

あるいは、何も言わなかったかもしれない。

彼は私から目をそらして、時計を見た。教えてくれないのかと思った。しかしその時、「君とアッサフが付き合い初めの頃」彼は私を見ないで話し始めた。「週末、ナハリアの家に泊まりに来たことがあったね。アッサフは家を出ていたから、僕の部屋を君たちに使わせるよう、親に言われた」

「覚えてる。アッサフが初めてご両親に会わせてくれたときね」

「そう、そのとき。僕らはカチューシャ砲のことを話した。君は、ロケット弾が飛んで来るなかで暮らすのがどういう感じか、聞いてきた」

「そうだったわね！」

「そこはどうでもいいんだ。夕食の後、僕はキブツ・エブロンのパブに行った。軍隊にいた頃はよく行っていた。僕は少ししか飲まなかった。踊った。バーにいた女の子を連れ出すのに成功した。なのに僕は勃たなくて、自分でも変だと思った。お互いに望んでいたのに。しかもセクシーな子だった。それでも僕は勃たない。酒のせいかなと思った。だから彼女の家に行くのはやめて、土曜の夜にデートの約束をして家に帰った。僕はちょっと酔っ払っていて、鍵を鍵穴に入れるのも大変だった。なんとか家に入って、習慣から、自分の部屋にまっすぐ行って、ドアを開けた」

「うそでしょ……」

「君が……ベッドの上で兄貴の隣に寝ていて……それで、すごく……」

「ちょっと待って、裸だった？」

「え……と」

「私は裸だったの、どうなの」

「丸見えではなかった。脚の間にシーツを挟んでいたから……片方の脚は覆われていたけど、もう片方はそうじゃなかった」

「上半身は？」

「何もかかってなかった」

「まさか……」

「窓が開いていて満月かほぼ満月の光が差し込んで、君の身体をゆらゆら照らしていた。僕はただそこに立ち尽くして、あまりの美しさに息を吸うのも忘れていた」

「大袈裟ね」

「大袈裟なんかじゃない。ただ困ったことに、胸に溜め込んでいた息を大きくついてしまった瞬間があって、それが喘ぎ声のようになって、アッサフが目を覚ました」

「うそ、うそでしょ」

「僕は逃げ出した。絶対兄貴が追ってくると思った。だけど追ってこなかった。そのかわり次の日の朝、君と母さんがキッチンにいるとき、僕が洗面所から出ると、兄貴に掴まれて、廊下の壁に押しつけられた。兄貴は僕を変態野郎と言った。それから、この先、君に少しでも近づいたり、話しかけたりしたら、殺すといった」

「アッサフらしくないわ」

「兄貴は文房具のカッターを手に持っていた。刃を出して僕の喉元に突きつけて言った。〝ハニは生涯にただ一人の女性だ。俺が結婚しようとしている女だ。彼女にもちょっかいを出したら、お前の人生を終わらせてやる〟と」

「ますますアッサフらしくない」

「君の知らない一面があるんだ、ハニ。あいにく僕はそちらもよく知っている。だから、兄貴の言ったことを重く受け止めた。僕はダッフルバッグをまとめて、部隊に呼び戻されたと言った」

「そんなこと全然覚えてないわ」

「そのときは、僕は君にとってなんでもなかったのさ、空気だった」

「そんなことは……」

「いいんだって。謝らないで。それが普通だよ」

突然、私はタバコが吸いたくなった。いいえ、吸いたいのではない、必要だった。リリを妊娠したとき、タバコはやめた。それ以来、ときどき、たいがいは夜だったが、吸いたい気持ちが寄せては返すことがある。それだけだった。しかし今、体の中で火が燃えていた。指から炎が出ている。この家の住人が、今年になってから、アパートの供用スペースの庭で、ベンチに座ってタバコを吸うようになったのを思い出した。ということは、部屋のなかにタバコが一箱くらいはあるかもしれない。「ちょっと待ってて」と私はエヴィアターに言い、探した。

寝室に一箱あった。隣にライターが置いてあった。ウィンストン・ライトは好きではなかったが、このような緊急事態なら何でもいい。私はキッチンに戻ってエヴィアターにも一本勧めた。

「いいや、ありがとう」と彼は言った。「タバコはやめたんだ。顧客に不健康な印象を与えてしまうからね」

私は火をつけて大きく息を吸い込んだ。彼の方には吐かないようにした。「不健康」という単語がラスベガス近郊の安いモーテルのネオンサインのように、私の意識のなかでちかちか光っていた。

「シーツを挟んだ君の体が」と彼は言った。「何年も目に焼きついていた」

「そんなことはないでしょう」

「冗談ではなく、真面目に」

「顧客に対して真面目だったように？」

「そんな言い方はフェアじゃない」

「あなたは何がフェアかどうかなんて言える立場ではないはずよ」

「いいさ、信じたくないのなら、信じなくて良い。だけど本当なんだ。僕は君を妄想した。いろんな筋書きを考えて」
「いろんな筋書き？」

＊

ちょっと買い物に行っていたわ。これを書いていると赤面してしまう。オクトパス・クラブ時代には、セックスの話をたくさんしたわね。男たちがいつもあなたに言い寄ってきて、あなたは話題に事欠かなかった。時々は私も言い寄られていたのよ。完璧よりちょっと劣る女の子との方が落ち着けるという、完璧よりちょっと劣る男からね。

私たち二人がうまくいったあとでの会話が好きだった。そこには嫉妬なんてない。そこにあるのは、共犯意識。スキャンダラスな真実を発見する喜びも。男ってみんなやり方がちょっとずつ違うと知ったわね（ふと思い出したのは、超正統派のエリダって人で、あなたがオーラル・セックスをしようとするたびに、タルムードの一説を唱えるという。あと、心理学専攻のヨアフという人で、あなたが髪を撫でると泣いて、その涙をあなたの乳首に落とすとか。今思ったのだけど、この話はあまりに出来すぎよね？　あの頃私に話してくれた他の奇妙な小噺のように、作り話だったの？　多分そうじゃないわね。あなたは私みたいに嘘つきじゃないもの。あなたを感心させたくて、エヴィアターを一から作り出すようなことをするのは、私の方よ）。

やがてあなたはノアムに出会った。私はアッサフに出会った。そしてこういう話をしなくなった。もうそれほど大事ではなくなったからかもしれない。あるいは、自分と相手の間で増す親密さを、互いに邪魔したくないと思っていたからかも。

ここでちょっと休憩して、思い返してみるわね。過去のことの方が、書きやすいかもしれないから。

＊

最後に（エヴィアターの前ということ）私が性的に旺盛で奔放になったのは、ノミの葬儀のあとだった。

厳密には、思い出してみると、まずは彼女のご両親に会いにベイトハケレムに行ったから、葬儀の直後ではなかったわね。

家の入り口に忌中の文字があった。そこに立ち尽くして、彼女のフルネームをただ眺めていたら、あなたが私を押して歩きなさいと言ったの。押したというか、優しく私の背中に触れた。

それで私たちは家に入った。私たちのお気に入りの場所だった。私の家は母親がもう施設に入れられていて、家にいなかったから、楽しくなかった。父はすごく頑張っていたけれど、母の代わりにはなれなかった。一方あなたの家はお母さんがいたのに、いつもあなたを批判する理由を探していた。思い出すだけで、あの時のあなたを抱きしめたくなる。これは子どもだった頃の私の気持ち。今自分が母になって、母親の力がどれだけ強大で、たった一言でどれだけ子どもも傷つけられるか知っているけれど……。あんな家で育って、あなたがどうやって普通になったのか不思議よ。ひょっとすると、これがあなたの答えなのね？　彼らに勝ったことがあなたの本当の勝利なのね？　普通でいることが？

そんなわけで、ノミの家しか残らなかった。お父さんのジョシュは半分残った髪をポニーテールにしていて、ベン・イエフダ通りのショッピングモールに「ミスター・ポップ」という店を出していた、覚えてる？　私たちの世代で、あの店でマイケル・ジャクソンとポリスの缶バッジを買わなかった子はいなかったと思う。

お母さんのバーバラはウッドストックに行ったことがあって、サンタナのレコードをかけて、私たちに、男の子の気を引きたいときの踊り方と、純粋に踊りたいときの踊り方の違いを教えてくれたわね？

ジョシュとバーバラの二人は、その日の夕方、リビングに座っていた。私たちが会いに来たことを喜んだ。バーバラは私たちをぎゅっと抱きしめて、「会えてすごく嬉しい。ずいぶんここに来ていなかったものね」と言った。彼女の抱きしめ方は、私たちが子どもの頃より弱くなっていた。ジョシュは英語で私に「とても美しかったよ、君が葬儀で読んだ内容は」と言った。私は思わず言いそうになった「ありがとう」を、かろうじて飲み込んだ。こんなときに、誰がありがとうなんて言うかしら？

バーバラは「座って。なんで立ってるの?・」と言った。彼女はアッサフとノアムと握手をして、「はじめまして」と言った。それから奇妙に明るい声で、「あの子は、あなたたち二人が大好きだったのよ」と言った。あなたは「私たちも彼女が大好きでした、バーバラ」と答えた。私は黙ったまま思った（私はいつだって物事を台無しにしてしまう、何もしなくたって、考えているだけで）。私とあなたの方が固い友情で結ばれていた。私たちはノミを喜んで仲間に入れたけれど、どこかでちょっぴり馬鹿にしていた。髪にさしていた花、あの編み上げブーツ、好きになる男の趣味の悪さ、そういうものが冗談みたいで。間違った時代に生まれてきたんじゃないかしら。それでも私たちは彼女を必要としていた。彼女がいないと私たちはあまりに「イエルサレム過ぎ」て、まじめ腐っていた。彼女がいなければ、私たちはあんなに頻繁には会っていなかった、彼女の家で集まっていたから。それに彼女はいつも楽しいことを思いついた。アラドのミュージックフェスティバルに行こう、学校の旅行のあとエイラトでもう一泊しよう、シナイに遊びに行こう、キブツ・マネラで林檎の収穫をしよう（最後の例！もしあのエンリケというアルゼンチン人ボランティアがいなかったら、私はかなりの確率でヴァージンのまま入隊していただろうし、初めての相手が、私の体を彼が今まで見た何より美しいと言ってくれた人で良かった。翌週には私の心をズタズタにした人だったけれど）。

ノミがいなければ、私たちはどこにも行かなかった。それは本当だ。

彼女が私たちの仲間になりたいと強く望んだおかげで、初めて「私たち」の存在に気づいた。そしてその意義にも気づかせてくれた。そう考えると不思議ね、私とあなたは親友だったけれど、ノミこそが三人の原動力だった、だから彼女なしには——。

シバの最中に私があなたの手を握ったのを覚えている？　あなたはそれをぎゅっと握り返した、全く正しいことをした、いつものように。

私は落っこちていくように感じたの、ネッタ。墜落。ジョシュとバーバラの家には床がないみたいに。自分の知っている人生がノミの死と共に終わったんだと思った。これから何か新しいことが始まろうとしている、でもその新しい何かと私の間には、混乱という闇が横たわっている（今感じていることも、それよ。変化の前の恐ろしい闇）。

イエルサレムから戻る途中、シャー・ハガイのすぐ手前で、私はアッサフに右に曲がってもらって、空軍兵士慰霊碑の丘に続く舗装されていない道に入った。まだ車道の光が見える場所だったけれど、それ以上待てなかった。私は「あなたを感じたい」と言った。最初彼は分かっていなかった。私を抱きしめた。暖かい抱擁。そこで私はシートベルトを外して彼のシートを倒した。やっと彼は察した。だが私が上になると思っていた。そうではなく、私は彼に犯されたかった。だから自分の下着を下ろしてワンピースを脱ぎ捨てて、自分のシートに戻り、脚を広げた。「早く来て」

そこには情熱があった、そこには渇望があった。あのフィアットウーノのなかで起きたことは渇望だった。私は誰かに打ちのめされたかった。すでに打ちのめされている人間は、何も怖くない。すでに打ちのめされている人間は、闇を恐れない。彼女はただ助手席に横たわっている、身体の主導権を明け渡して。彼女の脚はダッシュボードの上で広げられ、痛いほどの快感が体を突き抜ける、彼女は信じる、ほんの数秒だとしても、この一瞬は何も変わらない、時は死に向かう静かな歩みを止めている、すべてがこのままでいる。永遠に。

ところで色々計算してみると、あの晩車の中で、私たちはリリを授かった。絶対とは言えないけれど。あまりに象徴的すぎるけど。

*

「そうさ」エヴィアターは言った。「僕は君に出会う物語を作った。偶然に会う筋書き。そして最後には……分かるね。そんな妄想ストーリーを寝る前によく作った。時には隣に他の女性がいるときでさえ……ベッドでね」

「嘘なんでしょうけど、悪い気はしないわ」と私は言った。

あるいはこう言ったかもしれない。「なぜそんな事を私に話すの？　話して何になるの？」

あるいはこう言ったかもしれない。「例を挙げて」

「例って？」

「妄想ストーリーの一つを話して」

「恥ずかしすぎる」

「やっぱり嘘なのね」

「タバコを吸っていいかな？」

「喫煙は顧客に不健康な印象を与えるんじゃなかった？」と私はからかった。

彼はタバコに手を伸ばした。全く気にせずに。そして火をつけた。顔を寄せて、私のタバコから火をつけることもできただろう。しかし自分で火をつけることを選んだ。彼の手の甲に大きなシミがあった。

彼は大きく吸い込んだ。そして吐き出した。私の煙と混ざり合った。

それから彼は言った。「目を閉じていて。そうでなかったら話せない」

私は目を閉じた。薄く開けて、彼も目を閉じているか確かめてから、ちゃんと閉じた。聞こえるのは彼の声だけだった。アッサフとよく似ているが、彼の声には切迫した響きがある。

「イエミン・モシェ地区の向かいに、カフェがある。僕がイエルサレムでするビジネスミーティングはすべてそこで行う。ある日の夕方、君がそこにやって来る。君はお父さんを訪ねてきたんだが、家にはインスタントコーヒーしかなかったので、店でコーヒーを買ってすぐに戻るつもりだった。僕はちょうどミーティングが終わって客を入口まで送っていくところだった。そこで、バーにいる君を見つける。僕はあいさつするが、君は最初は僕が誰だかわからない。それから気づく。君はジーンズを履いていて、ノースリーブのタンクトップを着ている、ホルターネックの。ああそう、言い忘れていたけれど、夏の夕方なんだ。空が濃い青に変わっていく。僕は一緒に飲まないかと誘い、君は無理だと答える、家で父親が待っているからと。僕はそれなら家まで一緒に歩いて送ると言うと、君は受け入れる。僕らはイエミン・モシェの外で立ち止まる。話のなかでは君のお父さんはそこに住んでいる、良かったかな？　僕らは小道を歩きながら話す。むっとするようなジャスミンの香りが辺りを満たしている。会話が深まるにつれ、僕らも路地裏にどんどん入っていく。すると小さな公園に突き当たり、そこのベンチに座る。誰も住んでいない家に囲まれたベンチは死角になっている。僕らはおずおずとキスをする。キスは深まっていく。ところが君は僕を止めて誰かが来るかもしれないと言う。そう言った途端、日本人観光客の団体が公園にやって来た。ガイドが英語で、イエミン・モシェは旧市街の壁の外に作られた最初のユダヤ人入植地で、イエルサレムの恋人たちに人気のデートスポットでもある、と説明している。彼らは一斉にこっちを見て笑い、日本語で何か言っている。それ以上そこにいられないのは明らかだった。僕は君の耳元に、ミシュカノット・シャナニム・ホテルに行かないかと囁く。君は同意する」

「行かないわよ」

「だろうね。でもこれは妄想だから、なんでもありさ」

「そうね」

「続ける?」

「もちろん」

「本当に?」

「いいえ」

「そんなわけで……僕らはホテルの部屋に入った。スイートで二間続きの。リビングにはテレビがあって、あとは寝室。君は僕に服を脱いでリビングで待っているように言い、自分は寝室に行く。数秒後、君は僕を呼び、僕は寝室に入る。君はベッドの上に横になっている、片方の脚だけをシーツで覆って」

「ナハリヤのときみたいに」

「そう、そのとおり。違いは、今回は兄貴がそこにいないということ。君は指で僕をベッドに誘い……」

「それから?」

「それからって?」

「それからどうなったのよ」

「セックスした」

「それだけ? もっと詳しく教えて」

「詳しく？」

「そうよ、最初に私に触れるのは、どの部分？」

＊

彼は最初は答えなかった。私は目を開けかけた。でもそれをしてしまったら、すべてが消えてしまうと分かっていた。体の中で流れ始めた何かが、すべてが。

ライターをつける音がした。

ルースのピアノの生徒がエチュードを弾いているのが聞こえた。

フクロウが私の頭のなかで話しているのを聞いた。「何してるの、何してるの」

＊

「どこを触ってほしい？」

「首」と私は間髪入れずに答えた。勇気を出した甲斐があった。私は首が感じる。

「指先で、それとも唇で？」

「唇」

「分かった。僕はベッドに行き、両手で君の肩に触れて、かがむ……」

「ゆっくり、焦らないで」

「とてもゆっくりと。それから鎖骨の近くにキスをする。感じやすい場所に次々キスをしながら、唇を上に這わせていく……どこまで？」

「耳」

「君の耳に近づくにつれ、僕のお腹が君の腰に触れそうになる。胸と胸が触れそうになる」

「静電気を感じるわ」

「僕もだ。それからもっと近づくと……」

「私の耳たぶを舐めて」

「わかった」

「それから私の耳の中に舌を入れて」

「いきなり？」

「いきなり。奥の奥まで」

「入れたよ。どう？　君はどうしてるの？」

「どう？」という彼の言葉を聞いた瞬間、太ももが震えた。脚を広げそうになった。「私は脚をあなたに巻きつけて……思い切り引き寄せる」

こんなふうに私たちは続けたの、ネッタ。目を閉じたまま。テーブルを挟んだまま。最初はただの言葉に過ぎなかった。自分が話しているのを聞いていて笑い出したくなった。でもゆっくりと、その言葉がイメージになってイメージは快感になる。どう説明したら良いかしら（ひょっとしてやったことある？　説明する必要ない？）、本当にするのとはもちろん違う。でも没入すると（私はもともとファンタジーに溺れるのは得意だし）、快感が限りなく本物になる。実際に触れられているように体が反応する。「背中」という言葉を聞くと、本当に背中が感じる。「爪先」と言われると、引っかかれたような感じがする。

私たちは二人ともオーガズムに達した。私が彼より早かった。「僕を待って」と彼は言った。しかし私は待てなかった。激しすぎた。気持ち良すぎた。切なすぎた。感じていることをずっと話し続けた。心臓の鼓動の早まり、太ももの内側に広がる快感、どんどん強くなっていく痙攣……、私は話して、話して、声が次第にかすれて、かすれて、ついに呼吸と一緒に「あ」という声しか出なくなった。

彼は立ち上がって自分を洗いに行った。

ルースの生徒はまだエチュードを弾いていた。私は、来年リリを音楽教室に入れてみようかと考えた。

時計がチクタクいった。どうして今まで音に気づかなかったのか不思議に思った。

エヴィアターが風呂場から、隣人のような匂いをさせて戻ってきて、再びテーブルの向かいに座った。

彼がそこに座って嬉しかった。近寄ってほしくなかった。触れられたくはなかった（変に聞こえるでしょうが、もし触られていたら、叩いていたわ）。

私は箱からタバコを二本取り出した。一本は私に、一本は彼に。

彼は自分の顔が載っている新聞の一面を破いて、折り紙で灰皿を作った。

私たちは灰を、紙でできた灰皿に落とした。すました様子で。まるで何も起きなかったように（それに実際に、そういう意味では、何も起きていないでしょう？）。

私は彼が灰を落とすところを見ていて、彼の指がアッサフより短いことに気づき、アッサフの方がハンサムだと考えていた。

「君にお願いしたいことがある、ハニ」と彼は言った。

「何？」彼が私の名前を、第二音節をかすかに強く言ったのが好きだった。

「ヨットを出すギリシャ人の船長に金を払わなくてはいけない。しかし僕は一文なしだ。口座は凍結されてＡＴＭも使えない」

（分かってる、ネッタ。これは彼がクライアントに使ったのと全く同じ手よ。私は愚かかもしれないけど、馬鹿ではない。そうね、もちろん分かってる。それでも私は尋ねた）

「いくら必要なの？」

「二千シェケル。ベネズエラに着いたら返す」

「できるわ」と私は言った。「ここにいて。十分で戻る」

＊

私はATMまで踊って行った。本当には踊ってないわよ、私を知っているでしょう。今まで一度だって自然に踊れたことはない。だけど私の体のなかのサウンドトラックが変わったみたいだった。頭につっかえていたニック・ゲイブのCDを、誰かが別の……そうね、ブラック・アイド・ピーズに入れ替えたみたいだった。

ATMに一緒に並んでいたのは、階下の住人だった。オフリの父親。妻と一緒になって私を「未亡人」と呼んでいる男。こんな私を見たのが彼で嬉しかった。私が男に抱かれたあとで。札束を取り出して振り返り、「おはよう、アーノン」と言った。彼が私の変化に気づいたか確かめるために、しばらくそこで待った。「良い朝ですね」と彼は答えた。彼の表情が、あんたのことなら分かりきっている、から、おやおや、分からないものだな、に変わった。それで十分だった。彼を追い越して、お金をバッグに入れ、家までふわふわ浮いていった。

（独立記念日に、早朝の映画館から家まで歩いて帰るとき、どんなだったか覚えてる？　外で一晩中過ごしたという興奮がまだ体に脈打っていて、足が長くなったみたいにふんわり歩いていたときのことを？　そんな感じだった）

警察の車がアパートの駐車場に停まっていた。

＊

彼らがアパートの中にいる間、私の親指は人差し指の付け根に触れなかった。お手のものだ、こういう状況には慣れている、と思えた。それに自分をセクシーだと思えた。彼らは男で、私は魅力的で、私の方が強い。何より、嘘をつくことは私にとって朝飯前だった。父親に、これはママに言ってはいけないよ（言えば父を無駄に危険にさらすから、まるで近道のために一方通行の道を逆走しているように、あるいは、ライフガードがいないときに波の高い海に入るように）、と言われて育った。母親に、これはパパには内緒ね（気まぐれな散財や、道で言い寄ってくる男たちのこと）と言われて育った。

バト・ミツバの一週間後に母親が精神療養施設に入れられて、残された一人の親の関心を、弟たちと争って勝ち取るには、学校の男の子たちがいじめる、ガールスカウトのリーダーが皆の前で私を叱る、という悲劇を作り出すしかなかった。作り話のコツは、中心に真実を据えることだ。その方が本当らしく聞こえる。それから跡形もないくらい変形させる。父はいつもそれを信じた。何度でも。「もしエヴィアターが現れたら、すぐに通報します。それが私のためですから」と私が言ったのを警察がころっと信じたのと同じだ。

＊

念のため、もう三十分待ってから隣の部屋をノックした。三回、休符、二回。

彼は少ししか開けなかった。私たちはその小さな隙間から話をしたが、彼はこわばって、額から鼻の頭、そして首まで、見えない糸で繋がっているようだった。彼の恐怖が伝わってきた。隙間で詰まってしまう言葉もあった。

「ごめんなさい、長くかかってしまって」私は言った。「警察が――」

「寝室の窓から見たよ――」

「あなたの居場所は知らないと言ったわ――」

「ここにいちゃいけないよ、ハニ。奴らはまだアパートを見張っているかもしれない」

「あなたに持ってきてあげたいものが――」

「危ないからやめてくれ、今すぐ行って。あ、待ってハニ」と彼はもう少しだけドアを開けて私に触れた（初めて本当に触れた）、腕に。「君がしてくれたことすべてに心から感謝している。それと……心配しないで、リリのことだけど。彼女はきっと……」

「どうして分かる――」

「ただ分かるんだ」

「あなたのしてくれたことすべてに心から感謝しているわ」と私は言った。

あるいは、私は爪先立ちになって彼に本当の、唇に、キスをしたかもしれない。

あるいは、ただ阿呆のように突っ立っていたかもしれない。

彼の背後で、おじいさんの古時計の巨大な振り子が鳴った。「おじいさんの古時計」という言葉を彼も可愛いと思うか聞きたかったが、時間がなかった。

別れのときには必ず何かが途中でちぎれてしまう。

＊

その晩私は、すべての人間の物語は、その人固有のフォントで書かれている、という夢を見た。私はフォント委員会の委員長に、自分のフォントを変えたいと頼んだ。彼はそれは不可能だ、人のフォントは生まれたときに決まっていて、変えられない、と言った。私はリリがよくやるように、手を自分の腰に打ちつけて駄々をこねたが、彼は腕を組んでそこに立ち、断固として認めない。

この夢にはもっと別の展開があったのだけど、起きてすぐに話さなかったから、忘れてしまった（コスタリカに旅行したとき、抗マラリア薬のせいで前の晩に見たおかしな夢について朝一番で話し合ったのを覚えている？　あなたが私の夢を分析しないように我慢していたのが、すごく嬉しかった）。

＊

アッサフが帰ってきたら、すぐに何があったかすべて話そうと思っていた。彼に長い間、隠し事はできない、一刻も早く打ち明けた方が良いと思った。しかし彼の出張はあまりうまくいかなかったようだったので、私は勘弁してやって（彼も言っていたけれど、彼が何かに失敗すると、私は彼のことが少しだけいつもより好きになる）、打ち明けるのはあと一日待つことにした。緊急事態というわけではない。

私は子どもたちを早く起こして学校に送った、彼が起きる前に。万が一、彼らが話してしまう危険を冒したくなくて。

送る途中、彼らはエヴィアタ—おじさんのことは一言も言わなかった。私も話さなかった。

帰宅するとアッサフは起きて新聞を読んでいた。エヴィアタ—の捜索について新たな報道があった。アッサフが「時間の問題だ。なんて愚かなんだ。自首すべきだろう、少しでも心象を良くするために」と言った。

私は彼の言葉を聞きながら、思った。彼は何が起きたか知らない、彼は何が起きたか知らない、彼は何が起きたか知らない。そして思った。何が起きたか言わなければ、私たちの間には新しい溝がまた増える。

夕方、子どもたちは帰って父親に会ったときも何も言わなかった。

ニムロッドなら分かる。でもリリが？　ドラマチックなことが大好きなのだ。

エヴィアターが発つ前に子どもたちに自分の訪問を秘密にするように言ったかどうか、思い出そうとした。できなかったはずだ。私の知る限り彼は隣の家に閉じこもっていたし、子どもと話す機会はなかった。

それよりは、子どもたちは、アッサフが持って帰ったたくさんのお土産を開ける興奮の渦のなかで、おじさんのことは忘れている、と考える方が妥当だと思った。子どもというのは、瞬間の生き物なのだ。

だとしても……。

どこかのタイミングで、子どもたちが何かの拍子に彼を思い出し、眠っていた記憶をかき乱されて、話すだろうと分かっていた。

そのあとどうなるかも手に取るように分かった。

アッサフは怒鳴らない。彼は消去する。誰かに信頼を裏切られると、彼はその人物を自分の側のリストから消去する。そこから消去された人物は二度と元には戻れない。彼の友人や同僚でそのような目に遭った人を見てきた。

しかし私は心配していなかった。全くその逆だった。私は、人生がひっくり返ろうとしている人物にしては、奇妙に落ちついていた。その夜、この上なく気持ちのいい夢を見た。イエミン・モシェの風車が回って、私にそよ風を送ってくる、あまりに気持ちが良いので私はオーガズムに達しそうになる。私はエヴィアターにアマゾンで会い、巨大な、心の優しいワニに乗っている、彼の見た目は整形のせいで変わっているが、心はそのままなので、すぐに彼だと分かった。

翌日、食洗機に皿を入れながら、この食洗機を使うのは最後かもしれない、と思った。子ども部屋のクローゼットでハンガーを動かしているとき、このクローゼットでハンガーを動かすのは最後かもしれない、と思った。

そんなことをしながら、私は冷静で理性的だった。文化人類学者が自分の人生を外から観察しているように。パニック映画で悲劇が起きる直前の主人公のように。考えれば考えるほど不思議だった。私は普通の家庭を築くために、相当な努力をしてきた。そしてその人生における偉業が今にも壊されようとしているのに、私はなんということだろう、全く無関心だった。

＊

しかしリリは何も言わなかった。ニムロッドも何も言わなかった。アンドレアも何も言わなかった。私は二日間待った。三日。四日。何も起きない。エヴィアターはどうやらベネズエラに着いたようだ。しかし警察はまだ公開捜査をして情報提供を求めている。

子どもたちはいつもどおり喧嘩ばかりしている。アッサフは子どもたちと関わらないで済むように、仕事から遅く帰ってくる。私は自分がおかしくなったのだと思い始めた。私と現実世界をつなぐ糸はここ一年でかなり細くなっていたが、ついに切れてしまったのだと。

＊

私は昔から頭のおかしいヒロインが出てくる本が大嫌いだ。そういう本では、たいてい屋根裏部屋が出てくる。映画化されると（ミドルタウンの新学期で取り上げるのにぴったりの題材でしょ？）、ヒロインの髪は必ずぼさぼさで、ずたずたのガウンを着ていて、いかにも半狂乱なので、見ている方は、とっくに白衣を着た男たちに連れて行かれているはずなのに、と思う。だからはっきりさせておくわね。私はずたずたのガウンなんて着ない。我が家に屋根裏はない。それでも……。

＊

今年になって何度かそれは起きている。いつもアッサフの出張中。いつも夜遅く。子どもたちが眠ったあとで。まず、甲高い声が私を呼ぶ。ハーニー、ハーニー。そこでバルコニーに出ると、フクロウが一羽いる。白い、ハートの形の顔をした種類の。それが私を見て話しかけてくる。女性の声で。

私の悪口しか言わない。私が母親として失格だとか、すべてにおいて駄目だとか。私は反論して弁明するが、やがて嫌になり、くたびれてしまう。フクロウはフーッと言って羽の中に首を埋める。
変なのは分かってる。だから誰にも言えないの。アッサフにさえ。私は父が母との最後の頃、母にどんな風に話しかけていたのかを覚えている。声のトーンを。私はアッサフにそんな風に話しかけさせない。ここまでを全部書いて、やっとあなたにこの話を打ち明けることができた。けれど、ここであなたに言ってしまった今、この感じをどう説明したら良いのか分からない。頭がおかしく聞こえないように。なんというか……ちょっとだけ白昼夢に似ている。でも心地良さは全くない。自分が経験したことが現実なのかそうでないのか、あやふやな時というのは、全く心地良くはない。そしてエヴィアアターが去ってから何より恐ろしいのが、木にもう一羽のフクロウが止まっていることよ。一年中、フクロウは一羽しかいなかった。それがいきなり二羽になっていた。一羽だけなら特定のフクロウでない可能性もある。でも二羽なら、ちょっとした事件だ。二羽が同時に私に話しかけてくる。批判する。一羽にやっつけられるのと、二羽にやっつけられるのとでは、根本的な違いがある。我慢できることと、できないことがある、ということ。

*

フクロウたちとの話はいつもすごく短い。一分、長くても二分。でもここで私は、この丸々二日間の出来事を書いている。明らかにナンセンスでしょう、ネッタ？

そうよね、本当にそう。リリに聞いてみれば良い。エヴィアターおじさんが来たことを覚えているか聞く。でももしあの子が私を、「いったいなにを言ってるの」という目で見たら？　どうしたら良いのかしら。白衣を着た男たちに連れていかれるまで、どれくらいかしら？

＊

彼らは日曜の午後に母を連れて行った。どうして覚えているかと言うと、日曜の夕方五時半からテレビで「大草原の小さな家」がやっていて、見ていたのにいきなり父がテレビを消して、今まで聞いたことのない声で、今すぐ子ども部屋に行きなさい、と言ったからだ。良かれと思ってやったのは分かる。子どもたちに、これから起きることを見せたくなかったのだろう、その光景が目に焼きついてのちの人生もずっと苦しむのは可哀想だと思ったのだろう。しかし結果的に、私たちは壁の向こうから聞こえる音から、何が起きているのか想像するより他なかった。想像もまた、のちの人生でずっとその人を呪う。

ところで父が彼らを呼んだ判断は正しかった。その週末、母は鬱から一気に危険な状態にワープした。同じ立場なら私もそうしただろう。私は父に腹を立てていない。

母が連れて行かれてから、父は私たちの部屋を開けてリビングに戻らせてくれた。リビングには母の香水の匂いがまだ残っていた。私たちはその日のエピソードの最後だけ見ることができた。インガルス・ファミリーがテーブルを囲んで座っている。女の子たちは皆ドレスを着ている。チャールズは目を閉じて、手をとんがり屋根の形にして、その夜食卓に上った食べ物を神に感謝していた。

*

最後にあなたに助けに来てと電話したときのことを覚えている（あなたは来てくれた！　はるばるキブツ・マルキヤまで！　イエルサレムから三時間半かけてキリヤト・シェモナに行き、それから、キブツ内の各所に全部停まるバスに半時間揺られて！）。あの頃は携帯電話がなかった。許されている電話は木曜の夜、両親に週末は帰らないと伝える一本のみだった。しかし私はあなたに電話をして「ネッタ、おかしくなりそう。明日ここに来られない？」と言った。そしてあなたは「やってみる。ママがどういう反応をするか分からないけど」と言った。金曜の午後二時、キブツのゲートで自分の見張りのシフトが終わって部屋に戻ったとき、あなたはもう来ないと確信した。今から来ることはないだろう。しかし二時半、ゲートの守衛が無線で私に面会者がいると知らせてきた。私は走った。自分の部屋から最初のロータリーまで全速力で走った。しかしゲートに近づきながらスピードを落とした。あなたをびっくりさせたくなかったから。あなたは私服を着ていて（今になって思ったのだけど、なぜ私服だったの？　ああ、そうか。あなたはまだ入隊してなかったのね）、私の方に歩いてきた。

そしてお互いにきつく抱き合った。それまでの中で一番強いハグだったと思う。そしてあなたは、「ハニ子、おかしくなるなら……もっと近くにいるときしてくれない？」と言った。私は声を出して笑った。私たちは食堂に行く道を歩いた。あなたのような人と並んで歩いているだけで落ち着いた。大騒ぎしてあなたをこんな遠くのマルキヤまで呼び出してしまったことが、ちょっと恥ずかしくもなっていた。だからあなたが「ねえ、何があったのか話したい？」と聞いたとき、私は「いいの、もう終わったことだから」と言った。だけどあなたは――あのとき十八歳だったのに！　どうしてあんなに賢かったの――、「話すまでは本当には終わらないよ」と私を促した。「ここは動物との触れ合いコーナー」と私は言った。「ここが子どもの家。知ってる？　ここでは、子どもを親と一緒に寝させない方針をまだ守っているの。あとこっちはプールなんだけど、五月から十月までしか使えない。ここは工場、おもちゃ工場よ。キブツにこんな工場があるなんてすごいよね？……」

あなたはそんな誤魔化しに騙されなかった。しんと黙って、私がほころびるのを待った。そしてついにキブツ・ストアの入り口で、それは起きた。私たちは中に入ろうとしていた。長旅をしたあなたに何か飲み物を買ってあげたかった。でもあなたはそれを止め、「ちょっとここに座ろう」と言い、私たちは縁石に座った。あなたは私の肩に手を置いた。自信たっぷりではなく、遠慮がちな、探るような手だった――私たちは当時、お互いの危機をどれだけ経験していたというのだろう――しかし、あなたのあのおどおどした手が、私を決壊させた。大泣きして鼻をすすりながら、私は説明しようとした。「この何日か、自分がどうしてしまったのか、分からないの、ネッタ。本当に怖くて、まるで……。私たちの内側には、心や魂の中には、自分の全部につながっている何か、記憶を溜めて、意思決定をする何かがあるでしょう。すべてはそこから来て、すべてはそこに帰る。本質みたいなもの、自分そのもの、脊髄のような、でも骨の真ん中ではなく、感情の真ん中、意味が分かる？」

確かあなたはうなずいたと思う。とっても優しかった。だってその時は何のことだかさっぱりだったはずだもの。

「自分の命綱みたいなもの」私は続けた。「でもそれだけじゃなくて、その命綱なしには、自分は自分ではない。ひどい混乱のなかで、人であるが由の混沌のなかで、そこだけは揺らがないもの、現実と向き合い、理解させてくれるもの、この数日間で、それが……壊れていく。私は壊れていく。見張り台に座っているのは、かつて私だった誰か……それにここでは読書が許されていないの、ネッタ。ラジオも聞いてはいけない。友だちもいない。こんな研修に来たのが間違いだった。もう分からない、分からなくなってしまったの……ほら、この瞬間もそれが壊れていく、文章を終わりまで言えないんだもの……。母もそうだった、連れて行かれる前……文章を最後まで言えなかった、まるで途中まで話したら最初を忘れたみたいに、あるいは最後を忘れたみたいに……どうだったかな……」

「だけど、その何か、あなたの言う脊髄は、まだ壊れきってないよ。ちゃんと私に電話をできたでしょう」

「そっか、そうだね……いいこと思いついたんだけど」

「いいこと？」

「あなたが……私について話してくれない？」

「あなたについて話す？」

「そうしたら、自分がどんなだったか思い出せる気がする」

「分かった」とあなたは真横になって私と向き合い、私の両肩に手を置いて、私の目を覗き込んだ。

私がそれまでできなかったことだった。

「いいわ、あなたについて話す」そう言ったあなたは、私が心の迷宮の話ではなく、具体的な望みを口にしたので、ほっとしていた。

「昔々、ハニという名前の女の子がいました」とあなたは始めた。「アロン・ゲバ、私たちの聖書学の先生が、七年生の時、バト・シェバとヒッタイト人のウリヤに起きた事件について、ダビデ王の模擬裁判をするので、参加したい生徒はいるかと聞いたとき、彼女と私しか手を挙げなかった。するとアロン・ゲバは、〝それならネッタが弁護士で、ハニが検察官だ〟と言った。〝検察官って何ですか？〟とハニという名前の子は聞いた。クラス中が笑ったけれど、私は、ヘブライ大学高校の、皮肉屋たちの集まるクラス全員の前で、何かを知らないと言えるなんて、その子はすごい勇気があると思った。だから私はその子を家に呼んで裁判の準備を一緒にすることにした。私たちはユダヤ法史上初めて、協働した弁護士と検察官になった」

「そうだったわね！」私は言った。すでに思い出に引き込まれていた。

「最初は私の家で会うことにした」あなたは続けた。「なぜなら、ハニは自分の家は悲しいと言ったから。私は、そっちの方が良いかもしれないと言いたかった、だって私の母が意地悪だから。でも言わなかった。本当を言えば、その時は、自分の母親をそんなふうに思っていなかった。家族というのはそれ一つで惑星みたいなものでしょう、時々は違う星から来た人に見てもらって、初めて理解できる。そのハニという女の子は、私に理解させてくれた。二回目に私の惑星に来たあとで彼女は言った。〝なんだか、あなたのお母さんは、あなたの継母みたいな態度だね〟。私は息ができないほど笑った。そのときまで、そんなにはっきりと、言葉を選ばずに言った人はいなかったから」

そしたら、あなたは私にこう言ったのよ、「ああ、ハニ、裁判であなたに負けそう。凄腕の検察官よ」と。

「そうだった」

「ごめん、ネッタ、中断させてしまって。続けて」

「役に立ちそう？」

「ええ、そう思う」

「あるときこんなことがあった。オクトパス・クラブのメニューのデザインをハニが変えて、ボスには言わず一枚だけプリントして、一つのテーブルだけに置いた。その日の夜の営業が終わると、彼女はボスに、新しいメニューのテーブルが一番売上が良かったと説明し、自分にすべてのメニューを新しくデザインさせてくれと頼んだ。あるいはこんなこともあった。ここからそう遠くないキブツ・マネラで林檎を収穫していた時に、エンリケというアルゼンチンのボランティアが、ギターを片手に木の下に立って、ビートルズの『サムシング』をおかしなスペイン語訛りで歌っていた。歌い終わると果樹園の皆は拍手し、彼はキスを期待した。しかしハニは誰かのために踊ることが嫌いだったので、ただ素敵に微笑んで、リンゴ摘みに戻った。キスはその晩にとっておいて。彼の部屋で、二人が本当の自分になれて、二人きりになれるまで。そしてまた別の時には……」

＊

あなたは、私が落ち着くまで、話し続けた。それから立ち上がって、母親と金曜の夕飯を一緒に食べる約束をしたと言った。「だけどもうバスはないわ」私は言いい、あなたは「平気、ヒッチハイクするから」と言った。「でもこんな時間は車も通らないよ」私は言い、あなたは「大丈夫よ」と言った。ゲートに着くと、工場の人がちょうど出るところで、もちろん美しいヒッチハイカーを喜んで乗せるよ、なんという偶然、彼もイェルサレムに行くところ、ということだった。車に乗る前、あなたはもう一回私を抱きしめて、両肩に手を置いて、「約束して。大丈夫だよね?」と言った。私は約束した。そして私は大丈夫だった。

あなたをまた、全く同じように必要としているなんて、ちょっと恥ずかしいわね、二十数年も経ってから。あれ以来流れた時に、何かしら意味があると思いたいから。夫と二人の子どもと自分の部屋が、私にある程度の安定感を与えたと思いたいから。だけどどうやら、私たちの魂は、前には進まず円を描いているようね。私たちは宿命的に、同じ穴に落ちてしまう、何度も、何度も。

＊

この手紙を送るわ。お話や映画が終わったのに、手紙が送られないなんて、すごく嫌なの。最低よ。あなたは返事を書かなくてもいいの、ネッタ。ここまで、たくさんのクエスチョンマークをちりばめたけれど、あなたに実際に答えてほしいとは思っていない。弁護士は必要ない、ましてや検察官も。本当に必要なのは証人。

私には、この話を誰かに書く必要があった、検閲されずに。エヴィアターが本当にいたんだと信じるために。あるいは、少なくとも私が彼を本当に想像したと信じるために。彼を創り出してしまうほど絶望していたと信じるために。

＊

今、この手紙を最初から全部読み返してみた。これを、あなたのミドルタウンの目で見てみようとした。私があなただったら、心配になってしまうわね。すべてを投げうって今すぐ飛行機でやって来て、私をぎゅっと抱きしめて、大丈夫になると約束して、と言いたくなるでしょう。

でも、どうかしら。書いている間に感情的になり過ぎているのかもしれない。物を書くということは、私にとって、すべてを先鋭化させてしまう作用があるのかもしれない。あるいは、朝の九時なら、頭のおかしい死亡広告、やたらたくさんの挿入句も、面白かったのかもしれない。そして、あなたに手紙を書いているという行為、その間はあなたが一緒にいるという感覚だけで、私はすでに少し落ち着いてきた（これこそ正気を失うことの恐ろしさよ。寂しさから引き起こされるだけではなく、寂しさを作りだしてしまうの。誰にも知られたくない狂気のループにはまり、そういうものに囚われてしまう。がんじがらめになって、息ができなくなる）。

なんにせよ、もう朝の九時ではなくなってからずいぶん経つ。あと十分でリリとニムロッドを学校に迎えに行かなくては。私以外に、二人のひよこちゃんを巣に連れ帰る人間は、誰もいない。誰も！そんなことは考えたくもない。途中で郵便局に寄って切手を買って封筒に貼る、そして封筒を局員に渡す。それからスーパーに行って、シュニッツェルを作るためのチキンの胸肉を買う。シュニッツェルを作ったら冷凍して、いつかまた温め直す。私は大丈夫、だと思う。

アッサフは今夜発つ。今回は短い出張。一泊。

子どもたちが寝た後で、恐らく私たちはセックスをする。儀式みたいなもの。私の記憶を彼の体に刻み、一緒にいないときでも私を感じられるようにする。

この手紙には書かなかった、たくさんの幸せな時もあったのよ。私たちの結婚の真実は、ここに書いたよりもずっと捉えどころがない。それに、経済的な事情も書かなかった。

朝、私はバービン・スタジオに電話をした。アミカムは私に弱いの。いつもそうだった。彼は私が復職しても良いと言ってくれた。今になるまで自分のスタジオを持てないということは、きっとこの先も無理でしょうね。今私が一番差し迫ってすべきことは、家を出ることなの。ある晩、フクロウが三羽になっていた、となる前に……。

誰もが皆、ある程度の寂しさを抱えていて、それに耐えているのでしょう。私は家族の病歴を考えれば、気をつけなくてはいけなかった。自分に深く潜り過ぎてしまったから、浮かび上がって戻ってこなければならない。

私のために幸運を祈ってくれる？　穴の壁はすごく滑りやすいのよ。

あなたのハニより

追伸
何か書いてくれたら嬉しいわ。あなたがまだ生きていると確認したいから。

あなたも秘密を打ち明けてくれてもいいし。
秘密がないなんてことはないのよ。女は誰だって秘密がある。

# 三階

確かに突拍子もないことよ。でもね、マイケル、あなたに話さなければならない。この重荷を分かち合えるのはあなた以外にはいない。この二週間というもの、完全に頭がおかしくなったと思わずにあなたに話す方法があるか、ずっと考えていた。私は、墓地まで行って墓碑の前でぶつぶつ言う哀れな老人にはならないし、手紙を書いて「天国のあなた」宛に出したり、霊媒師のところで、水晶体にあなたの顔を映し出してもらうとか、こっくりさんの板の上でコップを動かすなんてことはしない。それは私のやり方ではない。あなたに話す必要があるというのは、現実的な問題なの。そして最近、その必要性をいっそう強く感じる出来事があった。

数日前あなたの書斎で、捨てるものと、ダンボールに詰めて引っ越しに持っていくものを整理していたとき（引っ越しについてはあとで説明します。順序立てて話したいから）、引き出しの中に留守番電話の録音機があるのを見つけた。分厚い埃をかぶっていたから、ずいぶん前に役目を終えたものだったのでしょう。

私は整理をやめて――今でも隙あらば家事を途中で放り出すのよ――、録音機を電話に繋げて、家の電話を鳴らした。四回目の呼び出し音で再生が始まり、あなたの温かい、落ち着いた声が流れてきて、家じゅうに響いた。「もしもし、エーデルマンです。発信音のあとにメッセージをお願いします。できるだけ早く折り返します」

あなたの声を最後に聞いてから一年が経った。一年以上ね、実際には。最後の数週間、あなたが絞り出す声は違うものになっていたから。弱々しく、自信なさげだった。死に近づくにつれ、自分が間違っていたという可能性をしきりに考えていた。人生すべてが間違いだったのではないかと。

しかし留守番電話から流れてきたのは、昔の声だった。あなたが話し終わると、ピーッという音がして、長い沈黙が訪れた。埋められるべき空っぽの空白が。

●

もちろん、そのあとで何度か確かめた。あなたの応答メッセージから、テープの終わりを告げる三回の発信音までどれくらいの時間があるのか（二分だった）。二分間で何語を吹き込めるか（話す速さにもよるが、二百から二百五十ワードだった）。あなたがいなくなってから、ずいぶんゆっくり話すようになったのよ）。そのときにはもう、決めていた。これこそ、私があなたに話しかける方法だと。留守番電話に、伝言を何度もつなげて残す。

この方法もまた、さっき私が挙げた例に劣らず馬鹿げている。普通の人なら選ばないでしょう。しかしあなたの声を聞いた瞬間、その時だけは、私の職業的人格の「デボラ、馬鹿はやめなさい」という声を傍に置くことができた。そして空白を埋めることができるような気がした、埋めるべきだと思った。

●

愛しいあなた――こんなふうに呼んだことはほとんどないわね――、私の人生に何が起きているか話す前に、この国で何が起きているか知りたいでしょう。そちら側にはニュース速報はないだろうし、あなたが取り残されたくないことも知ってるわ。あなたはよくリビングで「ニュースだ!」と大声で言って、ラジオのボリュームを上げていた。今はあなたがいないので、時々「ニュースだ!」と言うのは私。その声はやまびこのように壁にぶつかって返ってくる。

この国は今、テントでいっぱいなの、マイケル。ある若い女性が、住宅価格が高すぎると抗議するためにテルアビブの街なかにテントを立てた。すると他の若者も別の要求を訴えて同じことをし始めた。二つのテントから子テントが生まれ、そんなことを繰り返しているうちに、すべての町や都市の目抜き通り沿いに、テントが並んだ。そして毎週土曜の夜、若者たちはテントから出てきて、広場を占領し、社会正義と国の再生を訴えてデモをする。私はテレビの実況中継で見た。この歴史的瞬間をあなたと一緒に見られなくて残念。彼らは混乱している、若者たちはね。スローガンは荒削りで、演説も要領を得ない、しかし彼らには揺るぎない信念があって、私たちがずっと昔、世界を変えられると信じていた頃を思い出す。

およそ三週間前、私は行動しようと決心した。

私たちはよく、人々が広場に集まって、スローガンを叫ぶのを羨ましく眺めていたでしょう。私たちにとっても大事なことだったのに、職業的な立場上、一緒に声を上げることが許されなかった。でも今や私は引退して鳥かごの扉が開かれた。それならなぜ、と私は自問した。まだかごの中にいるの？ご近所さんに町まで乗せてもらって、デモに自分も加わればいいじゃない？

●

もちろん最初はラジエル家に頼んだ。いつものように、アブラハムが「さあ、さあ、入って。どうして外に突っ立っているんです」と言った。しかし彼は腕を組んでドアの前に立ち塞がり、絶対に私を中に入れようとしなかった。私は、ひょっとして彼らがデモに参加するつもりはないか知りたい、と言った。「デモって何の？」と彼は言った。

私は驚きを隠せなかった。「ニュースを見てないの？」

彼はそっけなく答えた。「ああ、あれね。僕らはデモなんてやっても仕方ないと思ってる。それに毎週土曜は夜に友人たちが来て、ポーカーをする。恒例だから変えたくないんだよ」

「ポーカー？」

咎めたように聞こえないよう注意した。しかしそうなった。

彼は慌てた。「お金は賭けてないよ、デボラ。ただの遊びだ。みんな、せいぜい数シェケルだ。それだけ」

私は言わずにはいられなかった。「それなら、あなたが今夜ポーカーに勝ったら、滞納している住民組合費を払えるわね」

彼は私をまっすぐに見て、「新しい小切手帳を注文したところだから、届き次第、すぐに君の家に行くよ」と言った。

「よろしい」私は背を向けて帰ろうとした。

「良い週末を」彼はぬけぬけと私の背中に言った。

毎回同じ嘘ばかりよく飽きずに言えたものよね、マイケル？　私も何を考えていたのか。組合費を期日までに払わない人物が、より大きな社会問題に連帯を示すはずがないではないか。

●

私は階下に行った。ガット家の扉の向こうでは、子どもたちの大騒ぎする声が聞こえた。ノックして良いものか迷った。タイミングが悪いだろうか。しかし私は何としてもデモに行くつもりだった。ハニがドアを開けた。息子を抱き、娘にスカートを引っ張られている。私が忙しい時間帯にごめんなさいと言うと、彼女は弱々しく笑って、一時間早かったところで状況は変わらないと言った。

「もしかすると……」と私が言いかけた。

その時、女の子がハニのスカートを強く引っぱったので、ずり落ちて彼女のパンティのウエストが見えた。彼女は「やめなさいと何度も言ってるでしょう！」と子どもを叱った。彼女は子どもを引き離し、スカートを上げて、唇を噛み、謝って、聞いた。「なんとおっしゃいました？」

「もしかすると……あなたかご主人がデモに行く予定がないかと思って」

「ご覧のとおり、夫は今留守なんです、私しかいなくて。アッサフは国外にいます。私も本当は行きたいと思っています。大事なことですよね。だけどこんなに急にはベビーシッターが見つからないんです」

「そうでしょうね」

「それに明日は早く家を出ます。仕事に復帰したので。ごめんなさい、デボラ。ラジエル家には行ってみました？」

「今夜はポーカーだそうよ」

「それならルースか、同じ階の別の方に聞いてみては」

私は隣家を指さした。「カッツ家はいるかしら？」

「今クレタ島です。帰りは明日だと思います」

「変ね、数日前、あの部屋に誰かいるのを見た気がしたけれど」と私は言った。

その瞬間ハニはぎょっとして――目の色が変わった――言った。「本当に？　どんな男でした？」

●

正確には、彼女は私がカッツ家で見た人物を詳しく説明するよう懇願した。食いつかんばかり彼女を、私はなだめようとした。シャッターを半分しか開けていなかったので、ほとんど何も見えなかったと言った。

しかし彼女は食い下がった。「それでも、見えた部分もあったでしょう?」

その日は暑かった、すごく暑かった。もしかすると幻を見たのかも、と言いたかった。だがたとえ幻でも見たものすべてを話すまでは、彼女は絶対に納得しない様子だった。だから私は、その男は、おそらく男だったと思うが、その人は痩せていた、と記憶をたぐった。最初は泥棒かと思ったが、ただリビングの端から端まで間を行ったり来たりしていた。何も盗ろうとはしていない様子だった。スポーツバッグを持っていたが、その中に何か入れるという動作はしていなかった。

ハニは息を呑んだ。「スポーツバッグ?　何色でした?」

彼女は抱いていた息子を下ろし、娘がまたスカートを引っ張るので、その手を払いのけた。私が告げようとしている重大なニュースを聞く時には、一人で立っていたい、とでもいうようだった。

私はバッグは緑色だったと思うと言った。多分だけど。すると彼女は――私に抱きついたのよ、マイケル。どんな抱擁だったかもっと詳しく言いたいのだけど、録音終了の機械音で説明が途中で切れてしまいそうだし、突然の抱擁のような出来事を臨場感たっぷりに話すのは難しいと思う。だからここで一回やめるわ。あなたが許してくれるなら、また後で家の電話を鳴らすわね。

●

ハニと私は抱き合うような仲ではない。握手すらしたことがない。だから最初、私は彼女の腕の中で固まった。呆気に取られて動けなかった。たいていは相手が無反応ならそこでやめるものだが、彼女は私を離さなかった。むしろ彼女は腕に力をこめて、私の背中に両手を深く埋め、体ごと私に押しつけた、あるいは私を彼女に押しつけた、そして私たちはまるで一人の人間のようになった。体がぴったりとくっついている。徐々に私は自分の体から力が抜け、肩や胸が彼女の体に溶け出していくような感覚になり、全身の緊張が解けた。

分かる、マイケル？　あなたがいなくなってから、誰も私を抱きしめてくれなかった。誰もあんなふうに優しく触れなかった。そんなとき、思いもしなかった幸運が訪れて、自分だけで寂しさに耐えなくても良いんだ、とやっと思えた。

「ありがとう！　ありがとう！　ありがとう！」とハニは言い、私から離れた。腕はまだ私の腰に置かれたままだったが、抱擁は始まりと同じくらい唐突に終わった。私は戸惑った。面食らった。渇望した。

彼女は続けた。「これが、あなたの言ったことが、私にとってどれほど大事だったか分からないでしょうね。この数週間――私は不安だったの、デボラ。私、あの――自信をなくしていて、正確には、自分が本当に存在するかどうか、自信がなくなっていた。分かるかしら？　だけどあなたも彼を見たという事実が……分かる？　緑のスポーツバッグが実在したのなら、三羽目のフクロウは現れないだろうということよ。分かる？」

●

分からなかった。痩せた男が何者なのか分からなかった。その男がなぜカッツ家にいたのかも。男とフクロウに何の関係があるのかも。それでも私は分かったようにうなずいた。それに彼女の言う気持ちに覚えがないでもなかった。自分も産休を取る直前、そんなふうに感じた。だからすぐに職場に復帰した。ずっと家にいたあの間、私のなかで何かが形をとって表れようとしていた。諦めの感情が内蔵の隙間に広がっていく感覚。あまりにも怖くて、罪悪感が大きくて、マイケル、あなたに言えなかった。でもそれが、あれ以上は欲しくなかった理由の一つよ。子どもをね。正気という名の細いロープの上で綱渡りをして、闇を覗き込むのは一度で十分、あと一回でも覗き込めば、落ちてしまうような気がした。だから私は仕事に戻った。そこなら少なくともルールははっきりしている。

これを聞いて驚いている、マイケル？　そんなことはないでしょうね。二人で過ごした間に起きた出来事に関して、何を言ってもあなたは驚かないでしょう。このメッセージのなかでは、過去の秘密を打ち明けるつもりはないわ。結局のところ、一人の人間が世界から隠すことのできる大いなる秘密とは何？　その人の弱さ。その秘密は私があなたに毎日明かしていたでしょう。

あなたがいなくなってから起きたことを知ったら、あなたは片方の眉毛を上げるくらいの反応をするのではないかしら。けれどそれにはまだ早いわ。あなたは話には起承転結がないとだめだと思っていたでしょう。始まり、中間、そして少なくとも結末が一つはなくては。

●

ハニは言った。「電話を何件かかけてみます。もしベビーシッターが見つかれば、上に行ってお知らせします」

私は「そう」と言った。他にも言いたいことはあった。お仕事に復帰して良かったわね、とか、もしまたそんな気分になったら、綱渡りの恐怖に襲われたら、私の家にお茶を飲みにいらっしゃいな、とか。良いタイミングで飲むお茶には奇跡を起こす力があるのよ、とか。しかしハニはすでに子どもたちに家の中に引っ張られていた。イソギンチャクの触手に絡め取られた魚のようだった。

だから私は何も言わなかった。

そして下の階に降りた。

ルースはハーマンのシバを終えたばかりなので、向かいの弁護士の家をノックすることにした。しかし私の拳がドアに触れるほんの一瞬前に、男の声がして思わず手が凍りついた。彼の言葉のせいではない、特殊合金ドア越しではほとんど聞き取れなかった。その声の調子のせいだった。あなたにもすぐに分かったはず、あれは評決が出て判決が読み上げられるまでの間に、被告人が叫ぶ時の声よ。

●

弁護士の夫が命乞いをしていた。女が命乞いをするときは、単純にすすり泣く。男が判決の言い渡し前に命乞いをするときは、泣くまいとして全身をよじる、そして声がかすれ、低くなったり高くなったりする。まるでもう一度思春期が来たみたいに。

弁護士はそれに答えていた。落ち着いた声色だった。揺るぎない。無慈悲な。男が命乞いする声はキンキン声で追い詰められていた。椅子の軋む音がした。そして男の足音。いつもこうなるのだ。命乞いする者は動き回る。乞われる方はじっと座っている。

夫は「だって、アイェレット……」と言った。それ以上は聞こえなかった。それ以上は沈黙の音に飲み込まれてしまった。それで十分だった。私は拳を下ろして退却した。もしノックをしていたら、夫婦の問題に巻き込まれて厄介な立場になっていたかもしれない。

私は悟ったの、マイケル。みんな私のまわりにいると、揉め事を裁定してほしいというどうしようもない衝動に駆られるらしい。きっとこうなったと思う。彼らは最初こそ気まずいだろうが、すぐに私を降って湧いたチャンスと捕まえて中に入れ、証拠と証言を披露する。明らかに、夫が不貞を働いたのでしょう。それ以外にどんな事情で、男が懺悔し、女が——同じ状況ならどんな女でも——追及するというのか。あるいは、違うかもしれない。原因は他にあるのかもしれない。彼らは今、子どもたちはまだ小さく、夫も妻も相反する欲求を抱え、互いに対しての恨みつらみのリストが日々長くなっていく、という人生の時期にいる。

理由が何であれ、彼らは最後に私に審判を求めるだろう、それが嫌だった。引退して感じる喜びの一つは、もう人の運命を決める必要がなくなったことだ。それに、これから私はデモに参加するのだ。

●

ルースの家にも行かなかった。彼女の部屋に行ったら、留まらなくてはならなかっただろう。慰めなければならなかっただろう。夫婦の写真を一緒に見る。彼女はきっと私に紅茶をいれてシュトルーデルを皿にのせ、しまいには、二人で年老いた未亡人のように、テレビでデモを見る。

そうするかわりに、私はタクシーを呼んだ。

あなたはテルアビブまで行くのに百シェケルも払うことに納得しないでしょうね。

でも私はそうしたの、マイケル。今や、あの家で決断を下すのは私なのよ。落ち着いて。あなたをケチだったと責めているわけではない。あなたは違った。そういうことを言おうとしているのではないの。全般的に、あなたはお金に厳しかったと思う。でもあなたはもういないのだから、ちまちま貯めて何になるのかしら。何のために？　誰のために？　アダルは一度も私たちに助けを求めない。銀行で預金が貯まっていく間にも、それを使う時間は短くなっていく。だから私はタクシーを呼んだ。そして正直に言うと、百二十シェケルかかった、百ではなくて。

●

やれやれ、なぜあなたの意見をまだこんなにも気にしているのかしら。

●

タクシーはイブン・ガビロル通りの前のバリケードで止まって、運転手が「申し訳ありません。ここからは歩かないとだめなようです。デモのせいで警察が道を封鎖しています」と言った。私はここで降りる、それで問題ないと運転手に告げ、群衆と一緒になってカプラン通りに向かって歩いていった。そこが主会場になるらしい。人々の中には灰色頭もちらほらいて、嬉しくなった。時折、若い男性や女性が歌を歌い出すと、まわりも加わる。「正義」や「平等」といった言葉があたりに漂い、ちょっとした意見交換も行われ、この騒ぎが何なのか分からず怯えているフクロウもいた。

この時点では、歩いているのは気持ちが良かった。海から爽やかな風が吹いていた。ピンカス通りを歩いていると、子どもの頃の思い出が次々に蘇った。あなたの子ども時代ね、もちろん。私のよりもあなたの方が、思い出として残すべき価値があるといつも思っていた。今はビルの建っているこの場所は、昔は空き地で、あなたが友人とぼろ布を丸めたボールで、サッカーをしていた。あなたが審判で、あなたの言うことはどちらのチームも聞いた。あそこのダブノフ通りの角の木、あそこにあなたは大きなツリーハウスを作って——少なくとも当時は大きく見えた——、放課後に入り浸っていた。そしてこの角であなたは自転車で転んで肩を骨折した。あなたは泣かなかった、もちろんそんなことはしない。あなたの父親が、エーデルマン家の男は泣かないと叩き込んでいたから。あなたはその涙を二十年間、私と出会うまで、胸に溜め込んでいた。

カプラン通りの角に近づくにつれ、前に進まなくなった。人が多すぎた。そして海風が感じられなくなった。風は人々の間を吹き抜けることさえできなかった。私は息が苦しくなって、座って休めるベンチを探そうとした。息を吸うために。もっと楽な格好をしてこなかった自分を呪った。真夏にジャケットを着るなんて。私は群衆から離れて海に歩こうと思って西を向いたが、カプラン通りに来ようとする人々の流れが強すぎて、それに逆らって歩くことは不可能だった。本当は、ほとんど歩けてさえいなかった。群衆のなかで身動きが取れなかった。心臓がどきどきして喉がからからになり、あらゆる方向から人に押され、くっつかれ、ぶつかられた。もしあなたが一緒にいてくれたら、マイケル、あなたなら力強い腕で私たちの道を開け、私を群衆から守って、生き返らせてくれたでしょう。だけどあなたはいなかった。私はひとりぼっちだったの、マイケル。私の膝は震え、足は動かなくなり、肺は空気を吸い込んだり吐き出したりできなくなった、息が吸えなかった……。

最後に私が覚えているのは、「大丈夫ですか、奥さん？」とかがみ込む、髭を剃った若者の頬だった。

●

私はテントの脇で目を覚ました。

何人か若者に囲まれていた。心配そうな顔をしている。

彼らは私のジャケットをそっと脱がせた。「水を持ってきて！」と別の声が言った。

「目を開けたわ！」という声がした。水を持ってきてくれた。頭を少し上げるように言い、下に枕を二つあてがい、私がコップから水を飲めるようにしてくれた。私は少しだけ飲んだ。そのときやっと、自分がロスチャイルド大通りのど真ん中で、間に合わせのリビングのような——薄い絨毯と壊れた肘掛椅子と枕がいくつかある——場所にいることが分かった。

私は「どうやってここに来たの？」と聞いた。

彼らは、私がカプラン通りの角で失神したと言った。意識がなかったそうだ。二人の若者が私を抱えてリキシャに乗せた（テルアビブにもリキシャがあるみたいよ）。イチロブ病院に至る道はデモですべて封鎖されていたので、彼らは私をロスチャイルド大通りに連れて来ようと決めた。同時にデモ隊の中の医者を呼び、その医者は自転車で素早く駆けつけて私を診察し、ただ休めば良くなると言ったらしい。

「皆さん、どうもありがとう」と私は言った。「もう家に帰りますね」しかし体を起こそうとした途端、眩暈がして枕に再び倒れ込んでしまった。

「ゆっくりでいいんですよ、奥さん」と髪が何十本もの細い三つ編みになっている若い女性が、私の肩に手を置いて言った。「あなたは心に傷を負う体験をしたんです。回復する時間を自分に与えなくては」

●

そうなの、マイケル。テントの海の中で、私はよりによって精神科医のテントに連れて来られたらしいの。信じられる？

体を起こして座れるまでに回復すると、あたりにかかっているスローガンに気がついた。「誰しも心を病んでいる。お手軽にセラピーのできる施設を作ろう。心に社会正義を」。私が尋ねると、三つ編み百本娘が教えてくれた。この長い通り沿いには、様々な団体のテントが建っている。すべてデモの一環で、主張はそれぞれのテントごとに違う。私が今いるテントは国じゅうから来た精神科医のインターンの集まりで、公共サービスで働く労働者の給料が低すぎると抗議している。

彼女は私にまた水を注いで「もっと飲んで、体のために」と言った。私が水を飲んでいる間、彼女はさらに説明した。「デモの間、私たちはこのテントを無料の心理的サポートを提供するセラピーセンターにしたの、心の救急病院みたいに」――彼女は、私の寝ている場所から数メートル離れたところにあるキャンプ用の机に顎をしゃくって、「あそこにサインすれば良いだけ」と言った。

私はサインをしたあと、どういうことをするのか、と彼女に聞いた。自分の声がいつもと違ってまるで他人の声を聞いているようだった。彼女は説明してくれた。サインをすると、テントのなかのインターンの一人を紹介される。最初の数日間は、申し込む人はさほどいなかった。しかしここ数日は――彼女は誇らしげに言った――、申込者をさばききれず、夜も働かなくてはならなくなった。彼ら自身もデモに参加するので診療は数時間中断しなくてはならず、セッションの続きは真夜中から始まる。

「もう少しここにいて、マットレスの上で寝ていて」と彼女が言った。「誰も気にしないわ。ここにはプライバシーなんてないし」

私は、あなたたち、とっても親切なのね、今まで仕事で会うのは性犯罪者や殺人者だったから、この国にはあなたたちみたいな若者もいるんだと思い出せて良かった、と言おうと思った。それにしても、本当に偉いと思うけれど、もう遅いから帰らなくては、家では……。

しかしその瞬間、絶え間ない車のクラクションに囲まれた急拵えのリビングという特殊な状況で、私は悟った。ずっと前に悟っているべき真実だったのに、もう一年以上も目を背けてきたことが今となっては信じられないが、家で私を待っている人は誰もいない。

●

真夜中、患者たちがテントに集まり始めた。彼らはまず受付の机に行き、そこで担当のセラピストを割り振られ、二つあるうちのどちらのテントに、あるいは外の道のベンチに行くよう指示される。私が横になっているところからは、セラピーの会話の断片がはっきりと聞こえた。ベンチの会話だけではなく、テントのなかの会話も、フラップが開けられていたり、そもそも薄い布製だったりで、さらにには片方のテントは窓をくり抜いて外気が入るよう改良されていたので、よく聞こえた。

盗み聞きするつもりはなかった。あなたなら、私が、私たちが、精神科医をどう思っていたのか知っているでしょう。アダルがあんなことになってからは、特に。しかし私がその夜、マットレスに横になってしたことといえば、盗み聞きだった（どうかマイケル、情状酌量して）。告白するわね、そこで私は二度も驚かされた。

まず、テントに入ってくる人たちが、嬉々として、あるいは駆り立てられるように、自分のごく個人的な事情を、全くプライバシーのない場所で他人に話すことに驚いた。この人たちには、もっと目立たない場所で相談できる家族や友人がいないのかしら？

たとえば、私のすぐそばの外のベンチに座った五十代くらいの女性が話した内容によれば、彼女はこの通りの近くの会社でもう二十年近く働いている。そしてデモが始まったときから、上司に対する憎しみがふつふつと煮えたぎっている。彼らは大金を稼いでいるのに、従業員には雀の涙しか支払われない。そして彼女は言った——数分前に会ったばかりのセラピストに——、「ここ数日は、自分でも怖くなるような妄想に浸ってしまうの。奴らを傷つけたい。何かひどいことをしてやりたい。コーヒーにネコイラズを入れるとか。そんな考えを止められない。本当に自分が何かしてしまわないか怖い」

セラピストの答えは聞こえなかった。およそ百人のランナーが、「アパートのためのマラソン」というゼッケンをつけて、通りを走り抜けて行った。セラピストと患者は、汗にまみれた肉体が目の前を通り過ぎていくのは、ごく当たり前だという感じで、話し続けた。一方の私は、万が一ランナーがこちらに倒れ込んできたらどうしようと怯えていた。だから最後の一人が通り過ぎるまで、盗み聴きを再開できなかった。おかげで二人の会話の流れを見失ってしまったので、別のテントに注意を向けた。窓の開いているテントだった。

●

ある男性が、私のところからは足しかみえなかったが、その人はセラピストに、自分は二十年ある女性と結婚しているが、男性にも惹かれてしまうと打ち明けていた。妻は知らない、子どもたちも知らない、友人の誰も知らない、しかし時々、彼はその欲求を満たすことのできる場所に行く。「あなたに解決策を教えてもらおうとは思っていません」と彼は言う。「そんなものはないと知っています。ただ、こんなにも長い間、この秘密を抱えたまま生きていくのが……とにかく……分かります？　だから、あなたにここでこうして話しているというだけで……そういうことなんです」

セラピストとの会話は一晩中続き、私はそれを聴き続けた。振り子のように驚愕と恐怖の間を揺れながら。人は、聞いてくれる者がいるのなら、自分の魂の核をいとも簡単にさらけ出すことに驚愕した。そして、全く同じそのことに恐怖を覚えた。無料セラピーの進行中、実に様々な、多種多様な行列が通り過ぎて行った、あるいは中に入ってきた。

酔っ払い、ホームレス、ただの皮肉屋、そんな人たちが、急拵えのリビングに入ってきて、自分の考えを話した。しかし無料セラピーをしている人たちは、誰も迷惑がらなかった。少なくとも私が受けた印象では、彼らは性的多様性、依存症、近しい人についた嘘、などを喜んで、通り全体で共有しようとしていた。

だんだんとね、マイケル、私は重大な結論が見えてきたの。これらは個々の独立した問題ではない、社会全体で共有すべき事象なんだって。私的と公的、内的と外的、そういうものを隔てていた線が、ここ数年で私たちには何も知らされないまま、動いていたみたいなの。どうやらそんな線は完全に無くなってしまったようよ。

●

第二の驚きは、自分たちをセラピストと呼ぶ人たちの振る舞いよ。ここでも私は驚愕と恐怖の間を揺れる振り子になった。その人たちのあまりの若さに驚愕し（彼らは短パンを履いてるのよ、マイケル！　パイプをくゆらせた白髪頭のおじいさんがアダルと話しているという私のイメージと何てかけ離れているのかしら）、そして彼らの話を聞く能力、真剣に向き合う姿勢、通りで次々と湧き起こる騒ぎのなかでも、来た人を心から助けたいと思っている誠実さに驚愕した。

恐怖の方？　そのプロのセラピストたちの誰も、一度も、聞いている常軌を逸した話に倫理的なアドバイスをしなかったこと。ただの一回も！　おそらく最もとんでもない例は、午前二時くらいに外のベンチに座った、痩せっぽっちの女の子の話。その子はお兄さんにどうしても強く性的に惹かれてしまうそうよ。セラピストは聞いていた。聞いて。聞いて。そして最後にこう言った。「きちんと口にできて良かったですね。そういう感情を抱いたまま毎日過ごすのは大変でしょうから」

なんてこと！　私は叫びたかった。この子は近親相姦を犯しそうになっているのよ。そんなことをしたら倫理的にどういう責任を負わなければならないのか、警告すべきじゃない？　アマゾンの僻地に住んでいる部族だって、家族内の性行為は固く禁じているのよ？　つまり、その子が必要としているのはそういうことのはずよ。テントの中に溢れ、テントの外で長い行列を作って待っている患者たちが必要としていることも同じ。やって良いことと悪いことを教えてあげなくては。それなのに、あなたたちは、それをはっきりさせないで、善は悪でもある、悪は善でもある、なんて言う。だからもちろん、患者たちは足取りも軽くテントを後にする。話を批判せずに聞いてもらえた。支えてもらった。素晴らしい。私たちはみんな支えを必要としている。だけど明くる朝、未解決のジレンマが再び頭をもたげる。より深刻になって。だって悩みの存在を認めてしまったんだもの。

●

そんなことはもちろん一言も言わなかった。客としてそこにいる自分にはそんな権利はないと思った。

それに、黙っていたい理由が他にもあった。盗み聞きしている会話が、理解したかったこと、想像したかったことを少しでも分かる手助けになれば良いと思っていたからなの。アダルのセラピーで何が行われていたのか。三カ月のセラピーののち、彼は私たちが、彼の両親である私たちが、彼の罪の元凶であると考えるに至り、よって、いつまでか分からないが、私たちから離れることに決めた。それは一体どんなセラピーだったの？　何が息子をあんなに極端な行動に駆り立てたのか、私たち二人には全く分からない。

私がアダルのことを話すのを、あなたは嫌うでしょうね。ここにいれば、すぐに話題を変えたでしょう。あるいは黙り込んで、自分にとってはその会話は終わった、という態度を取るでしょう。だけどあなたはもう死んでるのよ、マイケル。だから私が言うことを最後まで聞くしかない。

●

私は翌朝まで口を開かなかった。

テントの住人は、提案書を書こうとしていた。その日の午後に、通りのすべてのテントの代表者が集まるミーティングで提出するものだった。始まりは、「社会的夢」というような言葉だった。みんな、夜に見た夢を話し、それらを合わせて、深い次元で皆が求めている共通項を見つけようという試みだった。この話し合いを進めるリーダーが背景を説明した。個々人の求めるものとは、すなわち個人の属する社会の求めるものを利するのだと。

私も見た夢を話すよう誘われたが、今まで夢を覚えていたためしがないと言ったら、その場で輪になって座っていた全員が、なるほど、というようにうなずいた。

彼らが深層レベルでの共同夢を見つけたあとで――他でもないホロコーストだった、根底にはいつもそれがあり、今後も未来永劫そうであり続けるということを知るのに、著名な精神科医である必要はない――、提案書にどう書くか話し合いを始めた。彼らの話し合いは実際、とてもうまくいっていた。互いの言うことを、患者の話を聞くように聞いていた。それに言わせてもらえば、大体において、彼らはヘブライ語の間違いをほとんどしなかった。しかし現実は彼らの手に負えなかった。言い換えると、彼らは自分たちの望むものをどう手にしたら良いのか、まるで分かっていなかった。

沈黙が訪れた瞬間、私は発言して良いか尋ねた。

もちろん、と彼らは言った。

私は背筋を伸ばした。まだ体は完全に復活していなかったが、嬉しいことに、私の声は裁判所にいた頃のように、はっきりとよく通った。私は、「あなた方は夢を見ている。自分たちの主張が正しいから、受け入れられると思っている。そうはならない。何かを変えたいのなら、法的に、クネセトを通さなければだめよ。そうすればクネセトは、民衆と共にあるという姿勢を見せるはず。でもあなたたちは、自分たちの主張の法律的な観点を話し合ったことはないでしょう」と言った。

さっき水をくれた三つ編み百本娘が聞いた。「そう言う根拠になる経験は？」

私は笑いをこらえながら言った。「経験？　二十年間、地方判事だったのよ」

●

そうして、私は精神科医の提案書の草稿を手伝い、行政に提出する嘆願書を二通書き、他の分野の前例をもとに、彼らの雇用環境を改善するための組織的要求一覧を整えた。すると通りじゅうのテントに、引退した地方判事が無料で相談に乗ってくれるという噂が広まった。それでね、マイケル。私は同じような医師、学生、演劇人のグループ、そして市南部の住民、さらに国の南部の住民の集まりに、呼ばれることになった。彼らの無知は、法に何も期待してないことと関係があった。彼らは例外なく、自分たちの権利について何も知らなかった。だから私にとって、彼らを支え、心配している問題についての可能な解決方法を示すことは、別段難しくもなかった。私が話し、彼らはメモをとった。彼らは質問をした、ある者は知的な質問を、それ以外はそれほどでもない質問を。玉石混交。通りでの生活を乗り切るには、カオスを取り込まなくてはならないということね。そんななかでも変わらないものがあった。たとえば澱んだ空気、スープの中を歩いているような気になる。あるいは私の隣にぴたりと寄り添っている三つ編み百本娘、朝からずっと一緒に、テントからテントへ付き添い、私に水分補給を促していた。

テントの間を歩き回ること自体は、大して難しくはなかった。しかし湿度が非常に高く、道を走る車の排気ガスが肌に染み込む。演劇人との疲れるミーティングのあと（耐え難いのよ、マイケル。どこも熱気でむんむん)、同伴者に今すぐ家に帰ってシャワーを浴びたいと言った。

彼女は大声で反対した。「でもデボラ、テントでみんな待ってるのよ！　革命があなたを呼んでるわ！」

私は目を伏せた。叱られて。すると彼女が言った。「この近くにアパートがあって、私たちそこでシャワーを浴びてるの。行こう、案内するわ」

あなたは指で上唇をゆっくりなぞっているでしょうね、法廷で信じられないという態度を示したいとき、あるいは、検察官か弁護士があなたにとって根拠のない弁論を始めたときは、いつもそうしていた。

あなたのデボラは他人の家でシャワーを浴びるか？

私は今まで他人の家に泊まったことがない。自宅のシャワーが気に入っている。それに外泊するときには、石鹸や化粧品をバッグいっぱいにつめる。

そんな私が、真昼間に、着替えもなく、デモ隊全員が使うような不衛生なシャワーを使うか？

でもそれは、こういうことなの、マイケル。彼らは私を必要としている。誰も私を必要としなくなってから、ずいぶん経つ。あなたはそちら側。アダルは……どこにいるか全く分からない。事務所からもあのファイルはどこにあるのか、という質問の電話が来なくなった。自分が余り物のように感じるほど最悪なことはないのよ、マイケル。朝は余り。昼も余り。夜も余り。そして今、この若い子が私は必要とされている、替えが効かない、皆が私を待っている、と言った。私は彼女の後について行き、大通りにあるアパートの階段を登った。一階毎に立ち止まって息をつかなければならなかった。

●

てっきり、若者がたむろしていて、壁は画鋲の穴だらけ、床はタバコの吸い殻が散らかっているような情景を想像していた。ところが何の変哲もない特殊合金ドアの向こうは、驚いたことに、広々として、趣味良く調度されたペントハウスだった。強力なエアコンが部屋から部屋へと涼しい空気を送り、かといって寒すぎもせず、曇りのない窓ガラスからは、イチジクの街路樹が見えた。

年配の男性が近づいてきた。三つ編み百本娘は微笑んで言った。「こんにちは、アブネル。変わりない？」

男は「すべて問題ないよ、モール」と返事をして私に向き直り、手を取ってキスをして言った。「アブネル・アシュドットです。お会いできて光栄です、お名前は？」

私は手を引っ込めて「デボラです」と言ったが、彼が続きを待っているようなので、「エーデルマンです」と付け加えた。

「地方判事のデボラ・エーデルマンですって？」私は彼が敬意を込めて言っているのか、馬鹿にしているのか分からなかった。

「失礼ですが、どこかでお会いしましたか?」

彼は微笑んで、「過去に人生が交わったとでも言っておきましょう」と言った。

彼の笑顔が善意からのものなのか、悪意なのか、判断がつかなかった。

モールが咳払いをして「再会をお邪魔して悪いんだけど、通りの皆がデボラを待っているから。彼女はこの闘争を法的側面から助けてくれているの」と言った。

アブネル・アシュドットは私をしげしげと眺め、言った。「それはすごい、いや本当にすごい」

それからモールは私がシャワーを使っても構わないか聞いた。

「もちろん」とアブネル・アシュドットは答えた。「こちらですよ」

●

マイケル、あなたは風呂場に何千シェケルもかけるのは不謹慎だと言っていたわね。風呂は水さえ出れば良いだろう、と例の連体修飾語で批判するわね(判決を言い渡すとき、嫌悪感を強調するために連体修飾語を使っていたみたいに)。信じがたい散財。純粋なる顕示欲。唾棄すべき快楽主義。

アブネル・アシュドットの全自動シャワーを浴びた今、あなたが許してくれるなら、私は新たな連体修飾句を追加したい。純粋な悦び。

お湯の温度や強さは、ボタンを押せば、大体ではなく、自分の好みぴったりに調整される。換気口が蒸気を逃してくれるので、風呂場が蒸れすぎることはない。棚には最高品質のアメニティが取り揃えられ、バスオイルや天然石鹸もあった。アロマ・キャンドル。水が出るところのライトの色を変えて、水の色が変わるボタンまである。ベルベットのように滑らかなバスタオル。

あなたにとって、こんなことはどうでも良いのはよく分かっている。どんな機能があろうが関係ないのでしょう。だけどマイケル、分かってほしい。私がこのシャワーをどんなに楽しんだかということだけではなく――あまりに気持ち良すぎて、しばらく出るのを忘れていたくらい――、なぜ何日かあとになっても、思い出さずにはいられず、また使いたいという気持ちになったのか。正直に言うと、切望したのか。

●

私はアブネル・アシュドットに言った。「あなたのバスルームは本当に素晴らしいわ」

「いつでもどうぞ」と彼は言い、両腕を広げた。長くて細い腕だった。あなたとは全然違う。もっと他に何か言わなくてはと思ったので、「とても気前が良いんですね」と言い加えた。

「私はあなたのようにテントでは寝られない」彼は言った。「背中のせいでね。だからせめてこれくらいは」

「これくらい、ではなく大きな協力ですわ」

「必要最低限です。あなたもやってみたら？」

「とても気前が良いですね」私はもう一度言った。そして突然恥ずかしくなった。こんな短時間に同じことを繰り返して言うなんて、今までになかった。

「行かなくちゃ」モールが言った。

するとアブネル・アシュドットが名刺を差し出し、私に「どうぞ」と言った。一瞬、私は戸惑った。これが罠なのではないかと、奇妙な名状し難い感情に襲われた。もしこの名刺を受け取ったら、もう後戻りはできないような。しかしモールが隣でそわそわしていた。早くしてくれと言わんばかりだった。だから私は名刺を受け取った。

●

私がタクシーから降りて自分のアパートに戻ったとき、その名刺はまだズボンのポケットに入っていた。あなたの質問に答えると、私はもう一晩、通りのマットレスで寝た。私の助けが必要な人たち全員に会った。デモをしている若者たちは、悲劇的にちぐはぐだということが分かった。その週の後半にも会う約束をした。私はタバコを吸った。リフレクソロジーを受けた。ギターを弾いた。生ぬるいビールを飲んで、食べたものといえば、ほとんどピザ、ペパロニのピザだった。私の変身ぶりがあなたには信じられないでしょう。でも第一に、急激な変化というものは、水面下で何かが湧き上がるのを待っているからこそ起きる。第二に、本当に私の身に起きたことのなのよ、マイケル。証拠に写真だってある。

そんなことのすべてのあとで……、私は自分のアパートの前に、私たちが人生の二十五年を過ごした場所に立った、すると、どう言えば良いのかしら、なんだか惨めったらしく見えたの。

惨めではないわ。気が狂いそうになった。駐車場。真っすぐな線。番号が振られている。働いている会社のロゴマークの入った車の群れ。人工的な前庭。最新モデルになったインターコム。郵便受けてのチェーンにしっかり鍵がかかっている。私たちがこよなく愛した静寂。大音量の音楽は聞こえない。どの部屋からも声を荒げた口論は聞こえない。ぞっとする。

……一つとして壊れていない。一つとして苗字が二つ以上のものはない。整然と並んだ自転車。すべ
正気の島、とあなたは誇りを持ってこの郊外を表現していた。

陰鬱で保守的な島、その時の私にはそう見えた。なんというか……ブルジョワ的な。

あなたはよく言っていた。国じゅうがここのように清潔で、整然として、法を遵守し、正気になったのなら、その時こそヘルツルの主張が実現し、シオニズムが勝利したと言えるだろう、と。

私の答えはこうよ。シオニズムは敗北しているし、このアパートの住民はその間もずっと眠りこけている。誰かに壁をぶち壊されてその下敷きになって、初めて目を覚ます——しかし時すでに遅し、何も変えられない。

●

それこそ私がやりたいことだったの、マイケル。みんなのドアを、ルースやハニやカッツ家のドアを叩いて、言いたかった。目を覚ませ、ブルジョワの住民たち。目を覚ませ、ポーカーから、子どもを過保護で窒息させることから、欲望ではなく諦めのせいで犯した情けない浮気から。目を覚ませ、心地良すぎるテレビの前のソファから、ここと全く同じような郊外に、ここと全く同じようなアパートを買って投資しろと言う投資家のアドバイスから。目を覚ませ、信仰の欠如から、関わりの欠如から、思いやりの欠如から。目を覚ませ、休暇、車、電化製品、子どもの習い事に大金を注ぎ込むことから。ここからそう遠くない場所で、重大な事件が起きている。それなのにあなたたちは眠っているのか。

●

当然、そんなことは一言も言わなかった。誰のドアもノックしなかった。建物の中に入った途端に、私も「アパートの一部に」なってしまう。ルースとハーマンの向かいの夫婦は、まだ言い争っていた。誰かが絶望的に笑う声がした。あるいは泣いたのか。分からなかった。二階では、ハニの部屋の前で立ち止まった。一瞬、ドアをノックして、また抱擁してもらおうかとも思ったが、ドアの何かが、今はその時でもその場所でもない、と言っていた。

自分に部屋に戻ると、行動を起こした。美しく見える角度から部屋の写真を撮った。そしてインターネットに売り出し物件として載せた。

●

そうよ、マイケル。インターネット上に。現役のときは用心しなければならなかった。使えるメールアドレスは仕事用の一つだけ。ソーシャルメディアにアカウントを持つことも許されなかった。だけどもう引退したのだから、隠れ続ける必要がある？

●

それにマイケル、こう言いたいんでしょう。今は売り時じゃないと。あなたによれば、売るのに良い時期は永遠に来ない。それに、この大きなアパートを売ったお金でも、テルアビブには穴蔵のような場所しか買えないでしょうね。そして、アパートを売ることが簡単ではないことも分かっている。市場には詐欺師がたくさんいる。

ブルジョワの町に越して来たのが偶然ではなかったことも、もちろん分かっている。大都市には、私たちに反感を持つ人が多かった。通りで近寄って来られたら、騒ぎを回避するために道の反対側に渡らなきゃいけないこともあった。あそこに居たたった二日間で、すでにアブネル・アシュドットという怪しい人物に会ったもの。

●

あなたが言うのが聞こえる。なんだって急ぐんだい？　お茶を入れてごらん。落ち着いて考えるんだ。浮かれた状態で現実感がないときに、急いで結論を下してはいけないよ。

でもね、マイケル。私が大通りで過ごした経験というのは、最後の一押しに過ぎなかった。

●

どうか分かって、マイケル。このアパートの隅々にあなたを感じる。あなたの足音が背後から聞こえる。片方の足音が、反対の足音より少し小さいのよね。夜になると、ベッドであなたの方に手を伸ばす、触れようとして。私がテレビを見ているとあなたが頭の中で話しかけてくる。自分の意見を述べているのだけど、大概は番組の質の悪さを批判するコメントよ。あなたがいなくなってから、何カ月も酢漬けのキュウリを買い続けた。そう、あなたはキッチンにもいる。あなたの匂い、体の匂いが、料理の匂いに混ざっていきなり立ち昇ってくることがある。今でも間違えて二人分のテーブルをセットしてしまうことがある。出かけるときは無言であなたに行ってきますと言い、帰ってくると無言であなたにただいまと言う。

しかしそれらの瞬間より辛いのは、あなたを感じられなくなってしまう瞬間。最近はそういうことが増えてきたの。気づけば、あなたの耳の形が思い出せない。気づけば、あなたに手伝ってもらわないでもクロスワードパズルを完成させられる。シンクの詰まりを自分で取り除けた。そんな時、私はあなたが埋めていた空間が空っぽになってしまったと実感する。この部屋全部に、かつてはあなたがいた。私がここに留まり続ければ、蜘蛛の巣に絡め取られた虫のように、あなたの死に囚われて死んでしまうでしょう。

もちろん、私も死ぬわ。判決はもう下された。でも少しでも執行を遅らせたいの。できるならもう少し長く生きたい。まだ六十六歳なんです、裁判長殿、分かってくれる？

●

あなたが私にプロポーズしたあと、あの月光の下のプロポーズを私が受け入れたあと――受け入れないなんてできる？　私は十九歳で頭のてっぺんからつま先まであなたに夢中だった――、あなたは真剣に言った。「明日、君のお父さんに許しを乞おう」そこで私は笑い出した。幸せな笑いではなかった。父？　あの人の許可なんて必要ない。私たちの結婚に賛成も反対もする権利などない。私たち二人の両親は、結婚式の招待状をもらえたらラッキーよ。

●

それは今も同じ。あなたの許可はいらないわ、マイケル。あなたは証人になってくれれば良いの。ここ数週間で私の人生は大転換したから、自分でもまだ信じられないことがある。あなたに話しかける時だけが、この留守番電話に吹き込む時だけが、本当に起きたことだったんだと思える。

●

どこまで話したかしら？　ああそう、インターネット広告のおかげで、短期間でずいぶんたくさんの素晴らしい人たちに会った。あなたがそばで、この部屋に興味を持った人たちがカーニバルのように通り過ぎていく様子を観察できなくて、すごく残念。テープの関係で、来た三十二人全員の話はできないから、五つのグループに分けて話をするわね。侮辱屋、改装屋、値引き屋、不動産屋、そしてアブネル・アシュドットよ。

侮辱屋は、部屋に乗り込んできて、握手やこんにちは、も無しに、批判を始める。古い建物ですよね？　こんな作りの建物は今どきありませんよ。それから部屋を見て回って、すべての部屋の欠点をリストに書き出す。キッチンは狭い。リビングは北向き。壁は薄い。風呂場は粗末。寝室はまあいいが、通りに面している。

私たちは実際この部屋にとても幸せに住んでいた、とあなたは人生の多くを過ごした場所を擁護したくなるでしょうね。

するとと侮辱屋たちは薄ら笑いしながら信じられないという風に言う、ここにどんな幸せがあると？

改装屋は逆に、将来を見ている。彼らは部屋を見ようとしない、可能性を見る。メジャーを手に持って部屋に入り、既に心の中で改装を思い描いている。この壁は取り壊そう。こっちには石膏ボードで仕切りを作る。あそこにはウッドデッキを作ろう。この二つの部屋はつなげよう。後ろのバルコニーは塞ぐ。

改装屋が作業に熱中している間は、私は必要ない。彼らが嬉々としている様子が、やや不快なだけだ。バルコニーを塞ぐことはできない、違法だから、と言うと、彼らはこそこそと（彼らは自分たちでしか言葉を交わさない、私とは話そうとしない）、大丈夫、市役所の人間を知っているから、と耳打ちする。

値引き屋は契約を結びたがる。時間を無駄にできない――部屋に入ろうとすらしない。玄関に立って、首を伸ばして中を見る。それからリビングに腰を下ろし、私にも座れと手で示す。まるで彼らの方が家主で、私が客になったような調子だ。彼らは足を組んで言う。「汚れ仕事は早いところ終わらせよう」

●

最初は私には分からなかった、マイケル。本当に。自分のブラウスを見てしまった、染みがあるのに気づかなかったかしら？　一人暮らしにありがちでしょう。誰も染みを指摘してくれない。あるいは、下水管のことを言ってるのかと、あるいはトイレのこと、あるいはトイレからつながっている下水管のことかと思った。私にどうしろと言うのかしら、と思った。でもね、そうじゃなかった。「汚れ仕事」というのは、お金の話だった。そしてお金の話というのは、値引きの話のことなの。そして値引きの話というのは、私が広告に出したより猛烈に安い金額を、奥さん、あなたのアパートの価値はこれだけです、と言い切って、提示することなの。

不動産屋はみんな額に汗をかいている。五人が見に来たけれど。みんな額に汗をかいていた。そしてみんな、仲介業者が必要だと私を説得しようとした。我々なら、客を選別して、ひやかしだけの内見はさせません、と約束した。それが彼らの運命を決定づけた。

分かって、マイケル。私は選別なんてしたくなかった。正反対よ。私は一人暮らしの女。内見の客は誰でも歓迎した。本気だろうとひやかしだろうと。丁寧だろうと失礼だろうと。自分の声が壁に跳ね返って聞こえるよりは、何だってまし。

そしてアブネル・アシュドットについて？　そうね、彼には別立てでメッセージを残さないといけない。

●

アブネル・アシュドットは内見の予約をした。しかし名乗らなかった。年配の男性が来ることは分かっていたが、まさかよりによって彼だとは思いもしなかった。

彼が入ってきたとき、「電話でどうしてあなただと言って下さらなかったの？」と私は聞いた。

「覚えていないと思って」

「さあ、入って」と私は言った。「ご案内するわ」（私を知ってるでしょう、マイケル。恥ずかしくなると、いつも体を動かして誤魔化すの）

私たちは部屋じゅうを見て回った。彼は私のあとを歩き、視線で空気を引き裂き、何も言わなかった。私はバルコニーに案内して眺めを見せた。彼はやはり何も言わなかった。風呂場に行ったとき、私はなんとか沈黙を破ろうとした。「そうよ、あなたの風呂場とは比べものにならないわ」しかし彼は笑わなかった。

彼はメモを手に持っていなかったが、心の中にあるメモ帳に、私が見せたすべてのものについて事細かにメモを取っているようだった。やっと彼が口を開いた。「広告に出している価格は、低すぎますよ」

「低すぎる?」

「私なら二十パーセント増しでこのアパートを買います」

「ずいぶん気前が良いんですね」

「気前とは関係ありません。経済です。今はデモのせいで市場が弱気ですが、デモはどの道すぐに終わるでしょうから、ここの価格はまた上がりますよ」

「どうしてそう言い切れるんです?」

「イスラエルはそういうふうにできている。幸せな家族と不幸な家族は、実は同じです。同じものを欲している。自分の持ち家。そしてできるなら、もう一軒を投資用に買いたい。しかし土地はまばらだ。建てようにも足りないから、結局は価格が上がる」

「なるほど」

「ところで、テルアビブにあなたの住めそうなアパートを見つけました。ほぼ同じ価格の。いくらかは手元に残しておけるかもしれない」

「ちょっと待って。なぜ私がテルアビブにアパートを探していると知っているの?」

●

そうね、マイケル。彼の見た目を説明しなくてはね。私がどう判断すべきか迷っている被告人がいると、あなたはいつも言った、じゃあその人物は一体どんな見た目なんだ、デボラ？　と。

背が高い、アブネル・アシュドットについて最初に口をつくのはその言葉。背が高いが猫背ではない。あれくらいの年齢で長身の男性ならみんな、タイヤレンチみたいに見えるかと思っていたの。でも違った。彼はむしろ矢に似ていた。真っ直ぐで、しかし、せかせかしていない。彼の動きは緻密に計算されている。足を一歩踏み出すごとに、よく考えられている。

しかしアブネル・アシュドットについて、まず話しておくべきは、服装のことかもしれない。とても上品なの。すごく上品でイスラエル人には見えない。まるでヨーロッパで長年暮らしていて、つい最近こちらに戻ってきたばかりだが、ラフな格好をするここの習慣にまだ慣れていない、とでもいうように。ボタンつきのシャツは、もちろんズボンに入れている。大きなバックルのある黒光りするベルト。あのベルトで打たれる子どもにはなりたくないわ。

打たれる話を出したのにはちゃんと理由がある。彼には、押し殺した暴力性がある。だけど一体、何をもって暴力的に見えると言えるのか。それを知りたいでしょう、マイケル？　説明しようとしているのよ、マイケル、すごくがんばってる。しかしそういうものは、はっきりと説明することが難しいときもある。そんな感じがするだけ？　周りに漂う空気が、かすかに残忍？　目のせいかもしれない。青いグラデーションが美しい目なの。でも美しい目ではない。長く見つめていたいとは思わせない目。正反対よ。長く見つめたくないと思わせる目。

彼はその目で私を見て「なぜ私が、あなたがテルアビブに越そうとしているのを知っているのか？そうですね……情報源があるとだけ言っておきましょう」と言った。そしてすぐに言い足した。「この家でシャワーを使わせてほしいとは言いませんが、デボラ。お水をいただけませんか？」

●

そうして、私たちは水の入ったグラスをワインのように持って、話し始めた。

長い時間話した。私が会話を、そもそも話をしている理由、つまりこのアパートを買うかどうかという方向に持っていこうとするたびに、アブネル・アシュドットは話題を変え、それとはかけ離れた話になってしまう。

どうやら彼は国防省で何年も働いていて、仕事で世界中に行ったことがあり、様々な文化に触れたらしい。もっとも感慨深かったのは、そして三十年経った今でもそう思うのは、どんな文化にも独自の規範があるということだった。たとえばパリでは、婚外交渉は全く当たり前だった。仕事のなかには、我が国の諜報機関が興味を持っている政府高官の家に盗聴器を仕掛けるという内容も含まれていたが、そこから何が分かったか？　それらの高官は、男性も女性も、話す内容といえば、不倫のことばかりだった。イタリアでは逆に、人々は私生活において保守的だったが、経済が破綻しているせいで、日常生活をマフィアに支配されていた。ナポリでは店を開業するのに、「コサ・ノストラ」の許可が必要で、彼が何よりも驚いたのは、その異常さに誰一人として気づいていないことだった。切り離すことのできない人生の一部として受け入れていた。

アブネル・アシュドットは、自分の行ったたくさんの場所と、目にした多くの犯罪行為の話をして、こう結論づけた。「そういうものを全部見ると、倫理観というものは、完全に相対的なんだと気づく。するとどこにも、他人にも、寛容になれますよ」

「おっしゃることに同意はできないかもしれない」と私は言った。「というか、絶対にできません」

彼は微笑んで「あなたが私に同意したのなら、判事殿、大問題でしたよ」と言った。そして彼はグラスをテーブルに置いて立ち上がった。

●

「私の提案を考えてみて下さい、デボラ」と彼は言った。「これ以上良い条件はないと思いますよ」

「少し待って様子をみましょう」

彼の自信満々の態度がどうも癪に障った。ああいう傲慢さを見せる弁護士がいると、私はいつだって不利な判決を下したくなった。

「少し待って様子をみましょう」と彼は私の言葉を繰り返した。

そして体全体を折り曲げて、私の手にキスをした。今回はテルアビブのアパートのときよりも長くて、優しかった。私もすぐには手を引っ込めず、温かさが手から腕に、そして肩に伝わってくるのを感じていた。やがてそれは髪の付け根にまで広がった。

●

心配しないで、マイケル。私は愚かな小娘ではない。アブネル・アシュドットが出ていったあと、彼の後ろ姿を窓から眺めて、女友だちに電話して、彼との間に起きた出来事を逐一話すようなことはしなかった。そんなのは私のやり方ではない。私たちのやり方ではない。

アブネル・アシュドットが去ったあと、私は、あなたが私の立場ならやるのと全く同じことをした。つまり彼の言う「過去に人生が交わった」がどういうことなのか、そして私がテルアビブにアパートを探しているとなぜ知っていたのか、調べた。私は裁判の記録を過去三十年分遡って調べた。それで分からなかったので、ミラに電話をして、私が手がけた裁判でアシュドットという名前の人物がいるか、内密に調べてもらった。彼女は素晴らしかった、いつものように、余計なことは何も聞かない。そして翌日、いなかったと電話してきた。だから私は、あなたの裁判でも調べてもらった、念のために。するとあなたはアシュドットの裁判をしていた、でも名前はアブネルではなくアハロンという人物だった。国防省に勤めてもおらず、エゲッドバスの会計士で従業員の給料を着服していた。一九九六年のことよ。ユダヤ人強制収容所で家族を亡くし、独身だった。ということは、アブネル・アシュドットとわずかでも接点がある可能性は低かった。

●

あなたが本当に恋しいのはこんな時よ、マイケル。家事だけではなく、記憶も一緒に共有していた夫婦ですもの。あなたの子ども時代を私が覚えているのと同様に、あなたは私の担当した裁判を覚えていた。被告人、起訴内容、判決、そして私の判決がどちらの側に、どんな悲しみや満足をもたらしたのかまで。私はいつも忘れていた。記憶から消して、真新しい心持ちで次の裁判に臨めるように。そして時々、自分の下した判決を思い出さなくてはいけない時には、真っ先にあなたに聞いた。だから今、あなたに聞いている。それなのに答えてくれる人はいない。

その夜は、悲しく（あなたが隣にいないから）、不安な気持ちで（アブネル・アシュドットのせい）、眠りについた。

●

間違っていたらそう言って、マイケル。でも私たちが一緒にいた間、互いの夢を語り合ったことはなかった。あなたは、夢というものは、現実と理想の隙間を埋めるためのものだが、自分はプライベートにも仕事にも、そんな隙間はないと言っていた。あなたは言い放った。私には夢は必要ない。だから夢を見ない！　だけど私には必要なの。そして私は夢を見たわ。でも目を覚ます意識のなかでそれがかき消えてしまう前に、つかまえられたためしがないの。

だからアブネル・アシュドットと会った日の夜に見た夢もはっきりとは覚えていない。ほとんどが消えてしまった。それでも何年かぶりに、一つだけ覚えているシーンがあって、忘れないうちに料理本に書き留めた。今から、一言一句そのまま読むわね、テープが途中でピーっと言わないと良いのだけど。

●

医師が何人も、その真ん中にはアダルが、私の寝ている病院のベッドの周りに立っていて、私にする手術の話をしている。話の内容から、彼らが私の臓器を一つ取り出そうとしていることが分かるが、何の臓器なのかが分からない。私は尋ねようとするが口から声が出ず、彼らは私にはまるで聞こえていないように無視して話し続ける。私は紙を取って、そこに「患者の権利を守る法に則り、あなた方には、私が必要とする情報を開示する義務がある」と書いた。その紙切れを一番背の高い医師に渡し、彼はそれを読むと、大声で笑い出し、紙をアダルに見せる。彼もまた微笑んだ。医師が彼に言った。「ね？　だから我々は彼女のスプレゴを取り除かなくてはならないのだ」

あなたなら、最初の一分で気づくでしょう。私より一般常識があるもの。私は半日もかけて、医学事典を隈なく調べて、人体にスプレゴなんていう臓器はないと分かった。おそらく夢のなかでは、フロイトが心理を三層に分けたときに考えた造語の一つである、「スーパーエゴ（超自我）」のことを言っていたのだと思う。

『イデアの辞典』を読んで思い出した。一階は彼が言うところのイドで、人間の衝動や欲望があるところ。真ん中の二階はエゴで、欲望と現実を橋渡しする場所。そして一番上の三階には、人間のすべてを司るスーパーエゴがあり、自分の行動が社会的にどういう影響をもたらすのか考えたうえで、私たちに語りかけ、きっぱり命令する。

あなたは例の口調で、答えを知っているけれどわざと聞くときのあの調子で、どんな形であれその説を証明できるものはあるのか？　実験結果は？　科学的に証明されているのか？　と聞くでしょう。

ないわ。

ないなら、どんな正当性があるというのだ？

ないわ。

けしからん、とあなたは言うわね。証拠書類もない判決？　症状を無視した医学的診断？　事実に基づかない説をこねくり回すだけで仕事になるのは、精神科医だけだ！

私は表面上は同意するようにうなずく、だけど考えずにはいられない。これは、あなたのエゴが活性化して自己防衛しようとしているからよ。なぜなら、心理学やアダル、あなたが愛さなかった、たった一人の息子に関連するすべてのことが、あなたのイドに強烈な嫌悪感をもたらすからよ。

●

今いきなり、話しづらくなってしまったわ、マイケル。何かが喉につかえてる。お水を一杯飲んでから、またすぐに話すわね。

●

初めての訪問から数日後、アブネル・アシュドットから電話があって、テルアビブのアパートを見せたいから案内すると言われた。私はあまり興味がないかもしれないと言った。しかし彼は諦めず、「あなたは何もしなくて良い。迎えに行きます。あなたはただアパートを見て、また私がご自宅に送りますから。セ・トゥ！（仏語で「それだけ！」）」

「それでもアシュドットさん、その前に話さなくてはならないことがあります」

「今どうぞ」と彼は言った。

「私たちの過去がかつて交わったと言ったでしょう。具体的にはどう交わったのかしら、お聞きして良ければ」

「電話では話せません」

「なぜ？　盗聴されているの？」

「いいえ、私が知る限りは」

「あなたが知る限り？」

「冗談ですよ、デボラ。何も心配いりません。国防省は三年前に辞めました。彼らに盗聴はされていません。安心して。善意からの行動なんです」

「地獄への道は…」

「善意で舗装されている、知っています。明日何時にお迎えに行けば良いですか？」

「明日は予定があって、ロスチャイルド大通りのテント村で会合があるんです」

「それなら明後日ですね。あまり長くは放っておけません。ここではアパートはすぐに取られてしまいますよ」

●

時間稼ぎができたので、二つの大事なことをした。

第一に、アブネル・アシュドットに関する調査を広げた。あなたはいつも、借りを作らないためにも人に頼み事をしない方が良い、と言っていた。職業上、とあなたは言った、人一倍気をつけて、誰にも何にも借りを作らないに越したことはない、と。それはもちろん正しい。その時は正しかった。でも私の立場は変わったの、マイケル。私の砂時計の砂はどんどん落ちていく。今頼み事をできないのなら、明日はできないかもしれない。

何本か電話をかけ、警察内の友人、国防省、内務省の知人から聞いた情報を総合すると、こうなる。アブネル・アシュドットはモサドで働いていたが、三年前に辞めた。起業し、主に不動産業で大成功した。妻を亡くしている。娘が一人いて、アラバの農村共同体に住んでいる。他に子どもはいない。多額の寄付をしている。犯罪で起訴されたことはなく、ずいぶん前に、運転免許を再取得する必要があったことを除けば、国ともめた記録はない。

●

そして、妊婦もいなかった。一番遠い親戚のなかにも、轢かれた妊婦はいなかった。あのね、マイケル。私を何だと思っているの。この点を見過ごすとでも思った?

●

第二の大事なことは、服を買うことだった。あなたがいなくなってから、私は自分のために何も買っていなかったの、マイケル。身だしなみに気を遣う必要がなくなったからだけど(そういう意味ではあなたは理想のパートナーだった。新しいイヤリングでも何でも必ず気づいて、いつも褒めてくれた）、服を買ったのはアブネル・アシュドットのためではないと分かってね。彼を好きかも分からなかった。その時はまだ。しかし彼が品のある格好をしているから、一緒にいると自分が野暮ったく感じてしまう。取引をするなら、対等な関係性でないと。それだけ。

私は新しい服を買いに行った。全く楽しい体験ではなかったわ。店員はあからさまに私に黒い服を買わせようとする。私は黒はいやだと言った。細く見えるとしても。私は何年も、ボタンのついた黒か白の服を着て、堅苦しい格好をしてきた。そして今、鳥かごの扉が開かれたからには、もっとカラフルなものを着たかった。それなのに、試着室で私が綺麗な服を着ているときに、あなたはいない、こっそり入ってくることもない（若い頃、あなたの手を振り払って、壁に押し付けて警察を呼ぶと脅したことを覚えている？）、それに買おうと思った服はかなり高く、財布の紐を緩める覚悟で買い物に来たはずだったが、実践しようとすると抵抗があった。だから、これはアブネル・アシュドットと取引しようとしているアパートの売買で残るお金の、最初の買い物なんだ、と思うことでやっと買うことができた。

●

だけどまだ取引はしない、と私は翌日アパートの前で彼を待ちながら自分に言い聞かせた。取引はまだ成立していないし、私はいかなる責任も負っていない。取引はまだ成立していなくて私には何もする義務がない。

「とても綺麗なドレスですね」彼は私が車に乗り込むと言った。そして身をかがめて私の手にキスをしようとした。

私は彼が触れる前に手を引っ込めて、はっきりと「あなたとテルアビブに行くからといって、いかなる取引にも、その一部にさえも、同意すると決まった訳ではありませんから！」と言った。

彼はあの癪に障る笑顔で「もちろんです」と言った。少しして、「バックシートにアーモンド・クロワッサンの入った袋がありますよ、良ければどうぞ」と言った。

私は「車を止めてください」と言った。

彼は走らせ続けた。

「車を今すぐ止めなさい！」私は命令した。法廷で小槌を打ち鳴らす代わりに使う声で言った。効き目があった。彼は車を止めた。ひょっとして彼の痩せた腕がわずかに震えているのではないかと思った。

私は彼を尋問した。「どうして私がアーモンド・クロワッサンを好きだと知っているの？」

彼はこの上なく罪のない声で言った。「全く知りませんでした。パン屋で残っていた最後の一つだっただけです」

「全くの偶然だと言うの？」私は嫌味を込めて言った。

「はい、全くの偶然です」

「信用できるのかしら」

「それが真実です、デボラ。車を出しても良いですか？」

●

彼が私のために見つけたアパートは素晴らしかった。最上階。エレベーター付き。静かな通り。ロスチャイルド大通りの近く。駐車場はなし。でも私は車を持っていないのだから。三つの大きくて清潔な部屋。リビングと寝室、そして若いゲストのための。

「若いゲスト？」

「今私が進めているプロジェクトです」と彼は説明した。「昔はよくやっていたことですが――、お金のない若者を、独居の高齢者と一緒に住まわせる。互いにメリットがあります。生活スタイルの違いは前世代ほどではないし、やっていいこと、だめなこと、のリストをいくつか作れば、両者が気持ち良く暮らせると思うんです」

「たとえば？」

「まだ考えている最中ですが。モールという、あなたを私のアパートに連れてきた、そしてあなたの忠実な従者である三つ編みの娘が、両者を引き合わせるサイトをネットで立ち上げているところです。それができれば、自然な協力関係の基礎になるでしょう。モールは、あなたがデモの若者たちをとても献身的に助けると言うので、このプロジェクトの参加者第一号になってくれるのではないかと、そうしたら皆があとに続きたくなると思ったんです」私は何も言わなかった、すると彼は慌てて言い足した。「このアパートを買う条件というわけでは、もちろんありませんよ！」

「正直に言うと――そのアイデアが気に入りました……」

そしてそれが、私が少しリラックスすることを自分に許した瞬間だったと思う。

●

私は用心した、マイケル。私はずっと用心していた。あなたも私も、人当たりの良い、爽やかな格好の詐欺師たちが、ありとあらゆる詐欺手法で世間知らずの被害者につけ込んで搾取したことを証明して、刑務所にぶち込んできたんですもの。いちいち特定の事件の詳細は覚えていないけれど、よく覚えている原則がある。詐欺師が刑務所送りになっても、被害者はお金を取り戻せない。自尊心も。

私たちがアパートの中を歩き回っている間、それを忘れていなかった。

右、左、用心、左、右、疑い。アブネル・アシュドットの横を歩きながら、私はそういうリズムを刻んでいた。それでも彼が若者をゲストとして迎える話をした時、私のなかの天秤が好意の方に傾いたことは確かだった。こういうことを思いつく人が、本質的に悪人であるはずがない、と。それでも、と私は胸のなかでつぶやいた。過去に運命が交わった点については、まだ隠している。なぜ？　何を隠そうとしているの？

●

私たちはその後、彼のアパートに行った。詳細を詰めるために。彼はワインを勧めたが、私は水をもらった。そしていつかとまた同じことが始まった、取引の話をする代わりに、彼は違う方向に話題を持っていこうとする。

今いるこのアパートは、別れた元妻と住んでいたそうだ。その元妻が亡くなって、彼はやもめとなった。彼はすぐに「別れたのにやもめになるなんて、おかしな感じでしょうが、こういう事情です」と言い足した。彼とニラは二十五年間の結婚生活を送っていた。愛はあったがいつも平穏というわけではなかった。彼が仕事で出張がちで、時には何カ月も家を空けることが、結婚生活を蝕んでいった。旅に出る方は家から離れる解放感に慣れ、家に残る方は自分だけで物事を回すようになる。そしてやっと互いの腕に戻ったとき、二人で分かち合う生活のリズムを取り戻すのが難しくなっている。ときには一週間もかかって、やっと互いのリズムが掴めるようになったところで、再び彼は海外に呼び出される。

にもかかわらず、彼らは別れなかった。二人の愛は逆境に負けなかった。それにマヤという一緒に育てなければいけない存在があった。マヤは育てやすい子ではなかった。いつも転校を繰り返していた。世界との関係をなぜかうまく結べない子だった。解けない誤解、こじれた思い違い、失恋。

「ああいう風に、手のかかる子というのは両親をバラバラにさせることがある」と彼は言った。

私はうなずいた。

「だが彼女はまた、二人の絆を強めてくれる存在にもなり得る。私とニラの場合はそうでした」

●

しかし、二人が大変な時期を一緒に乗り越え、マヤがやっと世界に自分の居場所を見つけて、ワイツマン科学研究所で農業を学び始めた、そんなときにニラは去った。

アブネル・アシュドットはそこでワインをすすった。苦しそうな表情を浮かべ、唇を歪めた。口を開きたいのに、歯が固く閉じて、開けさせまいとしているかのようだった。

私はその戦いの結果を固唾を飲んで待った。もし彼がここで話すのをやめたとしても、ここまで彼は非常に率直だった。彼は、ロスチャイルド大通りで自分の秘密を他人に、世界に打ち明ける世代には属していない。彼は私と同じ世代だ。私たちは胸の中に、「立ち入り禁止」の空間がある。

驚いたことに、彼は続きを話しはじめた。「退職パーティがあったんだ」と言った。「みんな、国防省の予算がどうして巨額なのか知らないだろうが、そんなパーティに行けば分かる。何万シェケルという金が一晩のパーティにつぎ込まれている。歌手、料理、輸入品の高級酒」

私は舌打ちをしながらうなずいた。「本当にね」

「そういう場ではほろ酔いになる。酔っ払うというほどではないが、口を滑らせるくらいには。そしてそれが、あの晩の終わり近くに起きた。客はすでに数名が帰ったあとだった。ガディ・テスラーが私のところに来て、ニラの目の前で言った。〝どうしてあのスウェーデン人の家族を呼ばなかった？やつの名前は何だったかな？　ホルストロム？〞そして彼は大声で笑って私の背中を叩いた。それから、手を銃の形にして、自分の額に当て、撃つふりをして、また笑い出した。彼がいなくなった後、ニラが〝あれは一体何だったの？〞と聞いた。私は〝知らない方が良い〞と答えた」

●

アブネル・アシュドットは自分のグラスにワインを注いだ。ゆっくりと。液体がグラスのなかで揺れたが、彼は口をつけようとはしなかった。そして「本当に飲みませんか？」と私に聞いた。

私は「いいから、最後まで話して！」と言った。

彼は私の「いいから」に褒美のように食いついて「ほら、やっぱり、デボラ。これこそ秘密の困ったところです。知らなければ全く気にならない。しかしひとたび断片だけでも知ってしまうと、全部を知りたくなる」と言った。

「じゃあ、あなたは奥さんに話したの?」

「士官学校の教官に、最初の授業で言われました。〝まだ始まってもいないが、言っておく。君たちがこれから就く職業は、世界で一番孤独だ。背負っている重荷を、親しい人と分かち合いたいという誘惑に何度も駆られるだろう。しかし秘密を打ち明けたいと思うたびに、ブルーノ・シュミットがどうなったのか、思い出せ〟」

「ブルーノ・シュミット?」

「CIAの工作員だった。東ドイツの。彼の妻が、夫が話した内容を友人に話した。運悪く、その友人は偶然にも、偶然ではなかったのかもしれないが、シュタージの工作員だった。シュミットとその妻は別々の収容所で二十年も、壁が崩壊するまで閉じ込められていた」

「じゃあ……ニラは……、あなたの沈黙をずっと何年も認めていたの? 反論しなかった?」

「今とは時代が違う。今は男がカメラを目の前に設置して私的な生活についてべらべらしゃべりますね。しかし当時は? 男はさほどしゃべらなかった。男は任務を遂行しに行き、帰ってくる、そして女は何も聞かない。そういう時代でした」

「それにしたって、彼女が何も聞かなかったとは思えない……」

「彼女にとってもそれが都合良かったのかもしれない。ところが、いきなり、二十五年も経ってから、彼女はすべてを知りたがった。知りたがったんじゃない、知ることを要求した。私は他に選択肢がなかった。分かりますか？」

「それでも沈黙を守ることはできたはずよ」と私は言った。

アブネル・アシュドットはワイングラスをテーブルに置いた。彼の手が、私は気づいた、かすかに震えていた。ひょっとしてこの話を人にするのは、初めてなのではないだろうかか、という考えが頭をよぎった。私がそんな栄誉に浴する何をしたというのだろう。

彼は楽しそうにというより、悲しそうに微笑んで言った。「あなたはもちろんニラを知らないから。彼女にノーと言うのは大変です。だからこそ彼女は素晴らしい学校長なんだけれども。それに正直言うと、私も、告白をして清められたいという誘惑に抗えなかった。告白によって清らかになりたい。だから私は自分に、一つだけ、それ以上は話さない、と言い聞かせた。しかし彼女はホルストロムの話を聞いたあと、それは実にむごい案件で、完全な人違いだったのだが、その話のあと、彼女はすべてを話すよう求めた。私は話して、話して、夜をとおして話した。彼女は聞いて、聞いて、額に新しい皺ができた。朝になると、彼女はいつものように振る舞った。私はすべてがまた元どおりだと思った。しかしその夜、彼女はマヤのところで眠った。そしてその一週間後、彼女は自分の荷物を取りに来た」

アブネル・アシュドットはグラスをぐっとあおいで、ワインを一息に飲み干した。「〝あなたが誰なのかもう分からない〟彼女は去る前にそう言いました。〝あなた一体何者なの〟と」

●

それでね、マイケル。アブネル・アシュドットと話している間、あなたを求める強い波が私の体を突き抜けていった。

あなたがいなくなってから、あなたを恋しく思う小波が寄せては返すということはあった。だけど時々、何かの拍子に、小波が寄せるばかりで返らなくなり、どんどん大きな波になってしまう。嘘と真実についての話を聞きながら、アブネル・アシュドットがすべてを話していない相手は、ニラだけではないと思った。私にも何か隠している。そしてそのせいで、いつも感じていた、私とあなたの間に横たわっていた真実を知りたいという強烈な欲求を感じた。あなたとの日々はいつも楽園だったというわけではないわ、マイケル。アダルとの間に起きたことで、あなたをこれからも絶対に許さない。しかしその一件は隠し事ではなかった。いつも話すというわけではなかったが、秘密ではなかった。そうでない生き方なんて想像できない。仕事で何をしているか分からない相手と二十五年間も一緒に暮らすことが、どうしたら可能なのか、理解できない。

誰かに愛とは何かと聞かれたら、私はこう答える。嘘だらけの世界で、その人だけは自分に完全に正直で、あなたもその人には完全に正直でいられること。そして二人の間には、いつも口に出すとは限らないけれど、真実があること、と。

●

アブネル・アシュドットは私が痛切な思いに押し流されそうになっていることには気づかなかった。自分の語りに没頭していた。その声の調子から、大事なところにきているのだと分かった。

「すると今度は」と彼は言った。「彼女はマヤを私から引き離した。僕の犯した罪を非常に細かくすべて話して聞かせ、それ以来、あの子は私から離れてしまった。あの子の母親は死ぬ前に私と和解した。彼女が病気でこの世を去る最後の数カ月、私はそばを離れなかった。しかし娘はまだ私を許さない。会うことはある、しか私たちの間にはベルリンの壁がある。あの子は私の娘なのに、私が愛し、二十年以上も面倒を見てきた子なのに――」

「出張に行っていたとき以外はね」――私は正確を期する必要性を感じた。

「そうだ、それもマヤに言われた。私はあの子のそばにいたことはなかったと。あの子は私を心から頼りにすることができなかったと。外国のお話を聞かせてくれる父親ではなく、一緒にいてくれる父親がほしかった、と。当たり前にいつも一緒にいてくれる父親がほしかった、と」

娘が正しい、と私は思った。しかし思い直した。誰が正しいという問題ではない。ここは法廷ではない。審判を下すことを求められてはいない。

アブネル・アシュドットは「だから今、私は彼女のそばにいる。彼女のためになることをする。若者と一緒に住むこのプロジェクトも、実は彼女のためだ。彼女に、父親は良いこともできるのだと知ってほしい。自分と子どもの間に不和があるというのは、やりきれない。そんなことは、あってはいけない」

彼は断定的に言って、ワインをすすって、グラスに視線を落とした。そして不意にその目を上げて、私を見据えた。私は蛇に睨まれた蛙のように、動けなかった。彼の声が頭のなかで響いた——「自分と子どもの間に不和があるというのは、やりきれない。そんなことは、あってはいけない」——そして思った。まさか、そんなことって……。

彼がアダルのことを知っているという想像は、あまりに恐ろしかった、マイケル。だから私はすぐに話題をもっと具体的な方向に持っていきたくて、「アパートの取引についてはどうしましょうか、アシュドットさん」と聞いた。自分の声が震えるのをどうにもできなかった。

アブネル・アシュドットはポケットから紙とペンを取り出し、紙に数字を書きながら言った、「そうですね、私はあなたのアパートを買います。あなたは受け取る金で、さきほどお見せした素晴らしいアパートを買えますし、差額で風呂場をうちのように改装できますよ」

彼は紙を私に渡した。私はそれを受け取ったが、見ないで言った。「はっきりさせたいのですが、同居する若者の件は必須ですよ」

「私にとっても必須です。あなたが契約書にサインし次第、候補者を探し始めます」

「通りでデモをしている若者を」と私は言った。「私の原動力になったのは彼らなんです。自分ができる方法で彼らの力になりたいのです」

「至極もっともなことだと思いますよ、デボラ」

彼の声の響きが、賞賛なのか軽蔑なのか判断がつかなかったので、私は紙を返して、

「あなたは仲介手数料が必要ではないのですか？」と聞いた。

「ええ」と彼は言って微笑んだ。

「いりませんか？」

「いりません、ただその代わり、お願いしたいことがあります」

（正直に言うとね、マイケル、お願いというのは性的な要求だと思った。手の甲に留まる長いキス。車に乗ったときのお世辞。私にワインを飲ませようとした。ドレスのネックラインをちらりと見た。度を越して心を開いた。すべてが一つの方向を示していた。そして私はもう絶対に拒否するつもりで決意を固めていた。肉体的な接触に興味が持てないからではない。ハニとの長い温かな抱擁で、むしろその欲望は高まっていた。しかし私は仕事上の取引にセックスが絡むことが好きではなかったし、受け入れるつもりもなかった）

アブネル・アシュドットは立ち上がって、部屋の中を歩き回り始めた。ゆっくりと。測ったような

歩幅で。彼は窓際に行って、窓を少しだけ開けた。タバコに火をつけて、煙を隙間から吐き出そうとする人のように。シャツのポケットからタバコを取り出すように、右手が伸びかけたが、何も出てこなかった。

私は唐突に、アダルもタバコをやめたとき、同じ仕草をしていたと思い出した。

●

ついに彼は「私と一緒に車である場所まで行ってほしいんです」と言った。

彼はまだ窓の外を眺めていた。

「車で？」

「小旅行とでも言いましょうか」

「どこへ？」

「言えません、それも含めてお願いなんです」

「ではその小旅行はどれくらいかかるのか聞いても良いかしら？」

「新しい道を使えば、三時間はかからないと思います」

「いつ行くの？」

彼は時計を見て「今です」と言った。

私も時計を見て「無理です。今日の午後、デモ隊の若者たちと会合があるので。彼らは私を待っています」と言った。

「それなら、遅くても明日」

「なぜそんなに急ぐの？」

「緊急なんです、デボラ。信じて下さい」

「考えてみないと」

「分かりました。でもあまり長くかからないで下さい」

「実はね」私は笑った。「私はシャワーで考え事をするのが得意なの」

●

アブネル・アシュドットとの会話の最中、ずっと、私の体は風呂場に引っぱられているようだった。もしカメラが私の動きを記録していたとしても、そこには映っていない。そちらを見なかった。膝もずっと前を向いていた。そうではなく、表面上は隠そうとしても、体の内側が、悦びを与えてくれるものに、どうしても向かってしまうような引力を感じていた。

それにしても、自分で言っておいて、かなり驚いてしまった。

しかしアブネル・アシュドットは驚いたようには見えなかった。私の要求がこの世で最もありふれていて、今まで交わされた会話の流れからすると当然だとでもいうようだった。

彼は「喜んで。きれいなタオルが棚にありますよ」と言った。

タオルのベルベットのような滑らかな肌触りをよく覚えていた。

あなたがいなくなってから、真っ白な幸福感を感じることはとても少なかったの、マイケル。分かってほしい。分かってくれる?

今話しているのは私よ。あなたのデボラ。これでも。

しかしああいう死、伴侶の死というものは……分かってくれなきゃ。ね?

自分の中の何かが永遠に変わってしまう。それ以前と同じままではいられない。分かる?

人生で何かを諦めるたびに、かごの中に留まっているうちは、自分をこう慰めた。いいのよ、また次の機会で、と。

そしてああいう死が訪れる――分かる?

そうすると、そんな物はないと思うようになる。次の機会なんて。自分のやりたいことをする機会が。すると自分の中で変化が起きる。何かが研ぎ澄まされる。分かってほしいの、マイケル、できる?

●

水圧を強くしたり弱くしたり、私の意のままになるボタン。美容ケア用品、バスオイル、天然石鹸、アロマキャンドル――二本つけた――、そして水の色が変わるライト、柔らかいタオル――これらすべてですっかり忘れていた事実があった。またもや私は服の替えを持っていなかったのだ。

しかしアブネル・アシュドットは忘れていなかった。水の音がしなくなると、彼は私が終わったと思ったのか、ドア越しに「服がいりますか？」と聞いた。

「ええ、でも……」

「少しだけドアを開けてください。ニラの服をいくつか籠に入れておきました。好きなものを選んで着てください。サイズはきっと同じくらいです」

私は、嘘でしょ、冗談じゃない、気味が悪い、と思った。有無を言わせない調子で「お構いなく。自分でなんとかしますから」と言いかけた。

しかし彼は先回りした。「一つだけお願いがあります、デボラ。できれば、服を着たらそのまま玄関から出て行ってください。私は書斎にいます。ニラの服を別の女性が着ているのを見るのは……私には……まだ早すぎて」

私は言われたとおりにした。髪を乾かし、櫛でとかし、彼女の緑色のドレスを着た。私にぴったりだった。鏡でもう一回自分の姿をみてから、脱衣所のドアを開け、玄関まで真っ直ぐに歩いた。

ドアを開ける前に立ち止まって、声をかけた。「ありがとう」

彼の声がはるか遠くから返ってきた。「どういたしまして」

●

この時点であなたは、この先の私に罠が待ち受けていると思っているかしら。あなたはいつも、私より証拠の分析が早かった。一度ならず、私の裁判の話の一部や断片を聞いただけで、判決を下した。ほとんどが正しい判決だった。

ほとんど、よ。稲妻のように素早いせいで、間違いを犯すこともあった。それらの間違いに、あなたは死ぬ数週間前はずっと苦しんでいた。リビ・マガルのご両親のことを記憶から掘り起こした。あなたはレイプで訴えられた被告に、合理的疑いから無罪を言い渡した。そのあとリビ・マガルの父親が法廷の外の廊下であなたの腕を掴み、「裁判長、すみません。私は単純な人間です。罪を告白した被告をなぜ無罪にしたのか、分かるように教えてください」と言ったことを何度も何度も思い出していた。

死の床に臥せって、あなたは打ちひしがれた声で言った。「君は判決を下すのが私ほど早くはなかったかもしれない、デボラ。君が法廷に入る時、皆が圧倒されて静かになることもなかったかもしれない。しかし記録を見てごらんよ、君はこの三十年、誤った判決を下したことはただの一度もない」

私はあなたを優しい言葉で慰める、もちろん。誰かを愛しているのなら、そうするものでしょう。私は「あれは些細な出来事よ」と言う。「あなたは絶対に賄賂を受け取らなかった、マイケル、裁判の裏工作もしなかった。リビ・マガルの事件は、検察側が杜撰すぎたのよ。証拠のせいで、正義に従ってではなく、法に従って判決を下すしかない時もある、私たちはそれを知っているでしょう」

しかしそう言いながら、私の胸の中で、傲慢さが棲む場所が、嬉しさで光り輝いた。

同じ職業に就いている夫婦が、互いに嫉妬したり競争心を燃やしたり、違う観点を持ったりするのは、自然なことだ。しかも片方が検察出身でもう片方が弁護士出身だった場合には。あなたは私より才能ある成功した判事だった。あなたの少数派としての意見は、最高裁で何度も受け入れられた。あなたは昇進して大きい事件を担当するようになった。一方の私はもとの場所に留まり続け、小さな事件ばかり担当していた。それが今、少なくとも一つにおいては、あなたに勝てたんだもの。

ここまでのところ、あなたはどう思う？　愛するあなた、マイケル。アブネル・アシュドットが何を隠しているのかもう分かった？　ヒントは十分かしら？

だとすれば、私には見えていない。全く。ヒントに気づかなかった理由は恐ろしいものよ。母親なら誰も認めたくない理由。私は留守番電話だから吹き込むことができる。今から深呼吸して言うわね

——ああ、難しい——

アダルがこの件に関係あるとは一度も思えなかったのは、何年も経つうちに、アダルが私の心に浮かぶことがどんどん少なくなっていたから。

失踪の最初の年、彼を考えずには一分たりとも過ぎなかった。どこにいるの？　何をしているの？

何を食べているの？　当時、あなたは私に愛人がいるのではないかと疑っていたのを覚えている？私がセックスの最中に「あなたといない」からと。今ならはっきり言える、そうよ、私はあなたといなかった。私は息子といた。あなたが私の上になっている間、目を閉じて、アダルの寝ている場所を想像しようとした。どんなベッドだろう。暖かい毛布はあるの？

手がかりを探そうとした。彼の昔の友人から。パソコンに残されたものから。だけど何も出てこなかった。最初の年、私は町を歩きながら夢想した。私が癌と診断され、アダルは私たちに対するボイコットをやめて、病院まで私を見舞いに来るしかなくなる。

二年目、私は彼のことを考え続けていた。しかし頻度はやや少なくなった。あなたは彼の話題を拒んだ。語られないことは日々に疎し。刑務所で最後に面会したとき、あなたが「完全に終わりだ」と言った言葉のように。そしてまた一年。それからあなたが病気になった。私は退職してあなたの看病をした。あなたが私の人生の最優先事項になった（アダルなら、今に始まったことか？　と言うわね）。

葬儀の直前、彼が知って帰って来るだろうかと思った。来なかったので、シバには来るだろうかと、弔問客が現れるたびに玄関を凝視した。しかし彼は来なかった。だからやはり考えてしまう。彼のとてつもない怒りを正当化するような出来事は何だったのか。そしてあなたがいつも答えとして言っていたことを繰り返す。いいや、ない。そんなものはない。全くない。

でも今日は、こう答えるわ。何が何を正当化するか、誰が正しいか、そんなことに意味があるのか？ ここは法廷のルールが通用する場ではない。あなたは判決を下すように頼まれてもいない。

自分のスーパーエゴが摘出される夢を見てから、フロイトの全集をネットで注文した。お急ぎ便で——普通便で送料を節約することもできた、マイケル、そうよ、分かってる。でも私のイドが制御されることを拒んだの！　二十四時間後、七冊が家に届いた。

フロイトの考えは疑わしいわね、と言えば、あなたはだから言ったろう、という風にうなずくでしょうね。ペニス羨望……ちょっと、ちょっと。あなたのペニスはとっても好きだったわ、マイケル、一流の見本だった、でも自分についてれば良いと思ったことは一度もない。むしろ、あんなものを股の間にぶら下げて歩かなきゃならないなんて、さぞ厄介だろうと思っていた。

にもかかわらず、フロイトには、いくつか面白いアイデアがあったと認めざるを得ない。世間でも反響を呼んだ概念で、たとえば、潜在意識が露呈してしまうのはどんな時か、という説。つまり人が犯す言い間違えは、実はその人が本当に考えていることの表れである、というもの。私たちも何度となく法廷で、弁護士や検察官が、言いたくなかったことをうっかり口を滑らせてしまったのを見てきた（弁護士のアーモンド・ブルームが、自分の依頼人の義理の兄弟はあなたと同窓生だと言い、あなたはそれを誇るべきだと言おうとして、「恥じる」べきだと言ったことを覚えている）。

あなたが一緒にフロイトを読めなくて残念よ、マイケル。彼についてあなたと意見を戦わせたかった。あなたは、きっとこんなことを言う、人を判断できる唯一の材料は、実際に行動に表れた部分のみだ。氷山の一角。水面下の八分の七は関係ない。すると私は反論する。だからと言って、それらが存在しないことにはならない。するとあなたは言う。フロイトは破壊的衝動を過大評価している、それは危険なことだ。私は尋ねる。何を言っているの？　ある衝動が存在することを知らない方が危険でしょ！

そのあと、いつもの展開で、私たちは主張を譲らず体を熱くして、燃えるようなセックスをする。最初は体で議論を戦わせ、そして最後には二人の意見は一つになる。

●

さて、なぜ私はフロイトの話を二度までも持ち出したのか？（法廷で代理人が、関連がないと思われる事柄を詳細に説明している時のように、あなたが耳たぶを引っ張っているのが目に浮かぶ）

翌日、デモ隊の若者と打ち合わせをしているとき、ある青年が遅れてきた。顔を上げて挨拶をしようとした時、ほんの一瞬、彼がアダルに見えた。瞬きしてもう一度見ると、彼は全くアダルとは似ても似つかなかった。長髪で、ひょろっとした手足、まっすぐな鼻筋、薄い唇。どうしてアダルに見えたのか分からなかった。

しかし今思えば、あれは私の潜在意識だったのだろう。潜在意識がこれから起きることを予想していたのだ。

ところで、打ち合わせそのものは不愉快だった。若者たちはほとんどすべての議題の大枠では合意しているのに、刺々しい議論をしていた。私には理解できないのだけれど、彼ら世代の本能的な疑い深さと繊細すぎるところが、空気を殺伐としたものにしていた。部屋を出て行った人がいて、その人がしばらくして戻ってくると、周りは彼がその間、重大犯罪を犯してきたかのように見た。「何だよ?」と彼は言った。「何がダメなんだ?」誰も答えなかった。彼らは疲労のせいで神経がいっそう参っているのだと思う。交通量の多い通り添いのテントで、一カ月も過ごすのは、簡単ではない。すごく大変なのよ。

私はできる限り妥協案を作って仲介しようとしたが、すべて却下された。そこにいる全員に協力態勢はあるのに、本当の狙いは、互いの違いを強調することのようだった。つまり、私は皆とは違う。私は特別だ。他の者より自分の方が少しだけ正しい、と思っている。

とにかく、私は行く時ほどうきうきはしていない気持ちで打ち合わせをあとにした。しかし違う世界を、新しい世界を想像すること、それを諦めないことの重要性を噛み締めていた。少なくとも若者と高齢者の同居プロジェクトは皆の賛同を得た。

●

私たちの会話が、想像に割かれたことはとても少なかったわね、マイケル。法廷では想像は重要ではなかった。事実だけが重要だった。だから私たちは想像を馬鹿にすることに慣れていった。私はそれを無視した。遠くに追いやった。

●

アブネル・アシュドットは私が車に乗り込んだとき、オーディオでリヒャルト・シュトラウスの『ツァラトゥストラはかく語りき』を流していた。第三部の最初の部分が流れていて、私はシートベルトを締めたあと、「フォン・デア・グローセン・ゼーンズフト」、大いなる憧れについて、と言った。アブネル・アシュドットはうなずいて、ボリュームを落とした。

私が小さくしないでほしいと頼むと、彼は再び大きくした。

私たちは素晴らしい（ごめんなさい、マイケル。でも素晴らしいのよ）オーボエとバイオリンの音が車内に満ちるのを、黙って聞いていた。

ベエルシェバに行く道と合流したとき、最後の部分が始まった。「ナッハヴァンデラー・リート」、夜のさすらい人の歌だった。そのとき唐突に、座って判決文を書いていなければならないのに、こんな小旅行に来てしまって良いのかしら？　と思った。そして悪夢から覚めた人間のように、ただの夢だった、と安心した。私が判決を下すべき事件はもうない。この先も絶対にない。

「マイケルはね」と私は言った。「つまり夫のマイケルは――」

アブネル・アシュドットはオーディオのボリュームを下げてわずかに頭をこちらに向けた。見ていても分からないほどかすかな動きだったが、私には、彼が聞こうとしていることがよく分かった。

「夫は家でシュトラウスを聴くのを許さなかった。〝私の住む家で、帝国の音楽局の総裁だった人間が作った音楽など、絶対に流さないぞ。奴はそういう立場だったんだ〟と」

「極端ですね？」

「テレビで、シュトラウスの音楽を流すことの是非について議論があるたびに、画面に向かって怒鳴っていた。〝ワーグナーを聞かないようにするだって？　彼は十九世紀に死んでるんだぞ。禁止するなら、シュトラウスだろう！〟と」

「あなたのご主人は、ご両親がユダヤ人強制収容所を経験しているのですね？」

「いいえ、違うの。彼の信念の問題なの」

「信念の人だったのですね」

「すごく」

「ちょっと待って。聞けなかったのなら、どうして詳しいのですか？」

「毎週水曜、彼より早く仕事を終わらせて、先に家に帰ってシュトラウスを聞いた。レコードはバッハのケースの中に隠した。正しいことではないわね。でも私はシュトラウスが大好きなの。私にとって彼の音楽は……悦び」

「私も全く同じ考えですよ。何か飲んで休憩しましょうか？」

●

驚いた？　マイケル。そんなことはないでしょうね。バッハのカバーの中に何が隠されているのか知っていて、思慮深く、何も言わないと決めていたのでしょう。そういう小さな事件や、その他の多くの瑣末な物事を見逃して、いつかその時が来たら、その恩を返せと、何か大きなお返しをしろと言うつもりだったんじゃない？

●

シュトラウスの音楽のせいで少し心が開いたのかもしれない。そうでなければ、途中の休憩所で交わした会話の説明がつかない。思い返すと、すべてが仕組まれていたのだろう。私は操り人形だった

——そしてアブネル・アシュドットが糸を引いていた。私のアパートを買うという申し出。テルアビブのアパート。彼の私的な人生についての早すぎる、気前の良い告白。車の中の音楽、すべての音楽のなかから、よりによってあの曲、すべての作家のなかからシュトラウス。すべてが計画のうち、慎重な誘惑だった。しかし親密になりたいという愛ゆえの誘惑ではない。スパイの誘惑。情報を引き出すための。

彼は「あなたはお子さんについて一度も話しませんね、デボラ」と言った。

道沿いのレストランには客はほとんどいなかった。近くのテーブルには超正統派の男性が座っていて、新聞のスポーツ欄を読んでいた。遠くのテーブルには家族連れがいて、父親と母親、バギーに赤ん坊がいた。野菜オムレツの匂いがあたりに漂っていた。

私は「何を話すというの？」と聞いた

ウェイトレスが来てテーブルを拭き、塩しか入っていない調味料入れの容器を置いて、言った。「何になさいますか？」

アブネルは私に先に頼むよう、頭を傾けた。私は紅茶とアーモンド・クロワッサンを頼んだ。彼はダブル・エスプレッソを頼み、ウェイトレスが会話が聞こえないくらい遠ざかると、「じゃあ……子どもは何人いらっしゃるんですか？」と聞いた。

彼がウェイトレスがいなくなるのを待った点が気に入った。彼女がとても綺麗だったのに彼の視線がそちらではなく私にずっと注がれていたのが気に入った。

「一人。息子よ」

「お名前は？」

「アダル」

「良い名前ですね」

「ええ」

「アダルは、あなたがアパートを売ろうとしていることについて、どう言っていますか？」

「彼は知らない」

「知らない？」

「連絡を取り合っていないんです」

アブネル・アシュドットは納得したようにうなずいた。そして何も言わなかった。こうやって私に少し間を与えるのは、賢いやり方だった。というのも、私は自分の率直さに震え上がっていたから。親戚や親しい友人たちや同僚はアダルのことを話さないように気を遣っていた。シバの最中でさえ、誰も彼の名を口にしなかった。私は言ってほしかった。覚悟はできていた。無意識のなかで積み重なった言葉が、正しい場所を掘り当てられるのを怯えながら待っていた。しかし皆、沈黙を守った。もちろん、私がしゃべっても良かった。敢えて話題にして。だから最後の日までアダルが入ってくるのを待った。あのどたどたした足音で自分の育った家を歩き回り、私の隣に座るのをひたすら待っていた。

●

アブネル・アシュドットはアダルについて何も聞かなかった。車に戻って走り出してからも。『ツァラトゥストラ～』は音が聞こえないほどに小さくなっていく終わりのところだった、壮大な始まりとはまるで違う。最後のビオラとフルートの天に吸い込まれていく澄み渡った四音。アブネル・アシュドットはその後、二拍おいてから、尋ねた。「もっとシュトラウスを聞きますか?」

私はうなずいた。彼がCDをオーディオから取り出して、新しいものを入れるのだと思っていたが、ボタンひとつでプレーヤーの中でCDが、見えることなく入れ替わった。

最初の耳慣れた音を聞いて、彼がこの曲を選んだことに黙って感謝した。これもまた、つまり正しいサウンドトラックを選ぶということもまた、才能なのだと思った。私は目を閉じて、音楽が自分に向かって流れてくるのを、そして背徳の味——一日に二回もシュトラウス——が体じゅうに広がっていくのを楽しんだ。

目を開けて窓の外を見たとき、どこにいるのか全く分からなくて驚いた。警戒しながら思った、私はほとんど他人の男と一緒に、彼が言おうとしない行き先に、車で向かっていて、ここがどこかも分からない。彼もまたシュトラウスの『メタモルフォーゼン』が好きだったらどうしよう？　あるいは、彼がアーモンド・クロワッサンを買ったのもただの偶然ではないとしたら？

●

その時、まるで私がどうしても知りたいことに気づいたかのように、彼がツアーガイドのような調子で言った。「右手に見えますのがゴラルの丘です。私はここで陸軍のナビゲーション訓練をしました。荒々しい土地でしょう？」

「そうね」

「人も動物もこの岩場の裂け目に住んでいるんです、井戸から水だって飲めます」

「井戸？」

「信じ難いでしょうが、ゴラル高地には枯れていない井戸が九つもあるんです。ベドウィンが、大きな手桶を、昔はオリーブを入れていた手桶を、井戸の脇のロープに結んで、井戸の中に落とすのです。そして地中深くから水をいっぱいに汲み上げる」

「どんな味がするのかしら」

「天国の味」

私は同意した、そうね、本当に信じられない。意味のない、観光客が交わすような会話で少し落ち着いた。窓の外を眺めて、岩場の間にある井戸を探した。

しかしそのとき彼が言った。「それでは、あなたは息子さんと連絡を取っていないのですね、デボラ?」

「あの……それは……話せば長いんです」

「私たちには一生分の時間がありますよ」

●

ステー・ボケルで過ごした週末のことを覚えている? マイケル。

あなたの親しい友人がそこの別荘を貸してくれたのよね。私たちはあなたのインターン卒業を祝うために、そこへ行った。小屋に着くと荷物を放り出して、すぐにハイキングに出かけた、暗くなる前に。あなたの知っている、でも私は知らない泉まで歩いた。私たちは手を繋いで黄色い峡谷を歩いた。両方から壁が迫ってくるようだった。私は、こんなところに水があるの? 信じられない、と思った。あなたは微笑んで「待っていて、分かるから」と言った。すると、アイベックスの群れを見つけた。向こうが私たちに気づくより早く見つけたので、その場で立ち止まった。音を立てずに、私たちは彼らが一列になって岩場を登っていくのを見ていた。「貴族みたいな動き」と私は言った。あなたは私の首にキスをして言った。「貴族みたい、ね」

歩き続けて、あなたの泉に着いた。そこには私たちしかいなかった。私たちはまだ判事になっていなかった。私たちはまだ、何かをする前に、それは普通かそうではないのか、と二度も自問することはなかった。私たちはごく自然に服を脱ぎ、裸で湖の冷たい水のなかに入って行った。そのあと、薄い毛布を平らな岩の上に敷いて、その上でセックスをした。互いを知り合ってからまだ数カ月しか経っていない頃で——、あなたが情熱的で奔放な愛人であることに、毎回驚かされていた。家の中では、それが時々怖くなった。家の中では、あなたの愛撫に怒りが込められているように感じた、私に怒っているのか、あるいは誰かに向けた怒りなのか。しかし自然のなかでは、それは……自然なことに感じられた。

その後、蜂があなたのお尻の上に止まったので、私は「蜂め！　あっちに行きなさい」と怒鳴って追い払い、二人で大笑いしたことを覚えている。二人の笑いが落ち着いたとき、私は言った。「もし私が今ので妊娠していたらどうする？」あなたは私の髪を撫でて言った。「君の目をした子どもだって？　素晴らしいだろうな」

●

アブネル・アシュドットが英雄的に長く重苦しい沈黙を守ったあと、私は言った。「彼は私たちと連絡をとっていない。三年前、彼は、今後私たちとは一切関わりたくないと言った。それ以来、彼から何も連絡がない」

「一体何があったんです？」

「たくさんのことが。とにかく……複雑で」

「それにしても？」

「彼は……問題を起こして、私たちに助けてもらいたがったんです。しかし私たちが助けなかったので……自暴自棄になった」

「どのような問題だったのですか、お差し支えなければ」

「ある夜、友人と遊びに行った。朝帰りする途中、横断歩道を渡っていた妊婦を轢きました。スピード違反です。法定スピードを大幅にオーバーしていました。頭を強打した妊婦は即死でした。胎児も助かりませんでした。妊娠五カ月だったそうです。彼はその場で呼気テストを受けました。一分おきに二回吹き込む、それがやり方です。血中からは高濃度のアルコールが検出されました。非常に高かった。彼は……殺人罪で起訴されました」

●

保釈で彼を家に連れて帰ったときの、あなたの顔を覚えているわ、マイケル。顔の特徴が極端に強調されて、風刺画のようになっていた。力強い顎は真四角になった。濃い眉毛はいっそう濃くなった。

鼻の穴が怒りで大きく広がっていた。

「馬鹿者」とあなたはアダルに言った。「お前はとんでもない馬鹿者だ。息子がこんなに馬鹿だとは信じられん」

●

マイケル、後から思い返すと、物事がよく分かるということがあるのよ。あなたがああ言ったとき、怒りの下に愛はなかった。親が子どもを叱るときは、聞いていると、根底には愛があることが感じられる。しかしあなたの場合、怒りしかない。彼が道を踏み外してから何年もの間、私はあなたに、息子にきつく当たりすぎないように言い続けてきた。そのせいであなたの怒りは膿のように皮膚の下で腐って、大きくなり、あなたが彼に対して持っていた温かい感情を塞いだ。彼が退学させられないように、あなたは――あなたの方が私より胡麻擦りがうまいと分かってからは――すべての学校長に胡麻を擦らなければならなかった。他の保護者からさんざん非難されることに耐えなければならなかった。彼らは知ったかぶりで好き勝手にアドバイスをしてきた。小さな子どものいる友人たちは、アダルがどんな意地悪をするか、予想外のことをするか分からないので会ってくれなくなった。何度もこれが最後だ、と彼に言い聞かせた。次は罰を受けるぞ、お前を裁判にかけるぞ、と毎回あなたは言った（なぜならあなたは、そうすることが息子のためになると本気で信じていたから）。初めて裁判を終えた当時八歳の息子は高笑いした。だからあなたは罰を受けさせた——保護観察処分として、寄宿学校に入れた。あの子は教育的であろうとなかろうと、罰を与えられると、笑うという方法で抵抗した。今に至るまで、私たちは彼を理解できず、なだめることができず、私たちの方に引き寄せることができない。これらすべては、私たち自らを鞭打つ行為だったのではないだろうか——もしかすると私たちの方こそ分かっていなかったのかもしれない、もしそれが分かっていたら、間に合うようにそれをやめていたら、彼の進む道を変えられたかもしれない。

これらのすべての——互いを鞭打つような苦行、私たちが口には出さなかったこと、しかしいつも考えていたこと。それは、あの子があんなふうなのは、君のせいだ、デボラ。君が生後三カ月であの子を捨てたからだ、ということだった。

私のせい？　あなたは彼を捨てなかった、マイケル。だってあなたはあの子のそばにいたことは一度だってない。最初から諦めていた。

私が彼を諦めたって？　君こそ彼に屈したんだ、デボラ。彼のしたことをいつでも見逃していた。息子が初めて起訴されたとき、法廷の外でひそひそと聞こえた噂。あなたが仕事場に足を踏み入れた途端にインターンがさっと口を閉ざし、彼らが何を話していたのか分かった瞬間。あるいは、開廷中に被告の親が言い争いを始めたので、きちんと育てていれば、子どもはここにいないで済んだはずだ、とあなたが諫め、それを聞いた弁護士がはっきりと聞こえるように「どの口が言ってるんだ」と呟いた時。

それらがどっと、あの晩に集約された。あなたは吠えてアダルに容赦ない侮辱を浴びせ続け、彼は答えなかった。体ごとぶるぶる震えて、言い返さないように必死に耐えていた。あなたが吠えるのをやめてから、あの子はやっと言った。「僕はあんたの美しい靴の底にひっついたガムみたいなものだろう、分かってる。でも父さん、そのガムはいま、助けを必要としているんだ」

●

アブネル・アシュドットは長いこと黙ってから口を開いた。「だが、彼は具体的にはあなたたちに、どうしてほしかったんだろう？　どうにもならないように聞こえますよ。酒気帯びでスピード違反、妊婦――どう言ってほしかったんでしょう？」

一人の兵士が、剥き出しのコンクリートのヒッチハイカー用の駅のところで、親指を上げて車を止めようとしていたが、彼は通りすぎた。兵士、たった一人で、こんな真っ昼間に。私たちは止まるべきだった。後部座席にはまだ余裕があるのだから。もし彼を車に乗せたら、私は自分に誓う、話をやめると。なぜならすでに、私は言わない方が良いことをあまりにたくさん喋りすぎてしまった。それに、アブネル・アシュドットが録音していたらどうしよう？　疑いが再び私の体に忍び込んできた。運転席と助手席の間のコンソールにはミネラルウォータのペットボトルがあり、その隣に彼の携帯電話が置いてある。ちかちか光っているのは、録音中だからだろうか？

アブネル・アシュドットはヒッチハイク・ステーションをスピードを落とさず通り過ぎた。そんなこと思いもしないという風だった。むしろわざと早く通り過ぎたように見えた。それに気づいて私は助手席の背もたれに体を強く押しつけた。彼は私を誘拐しようとしているから、兵士に邪魔されたくなかったんだ、という身の毛もよだつ恐ろしい考えに襲われた。

「なぜ彼のために止まってあげなかったの？」

「誰？」

「兵士よ！」

「あなたが嫌がるかと思って、つまり、他の誰かが乗ってくるのを望まないだろうと思って」

「次はちゃんと聞いて。私が何を望むか」

「あなたにとって重要なことなら、戻って彼を乗せますよ、デボラ。戻りますか？」

私は大きく息をついた。

長く息を吐いた。アルコール検知器に息を吐くように。

●

私はアブネル・アシュドットに、兵士のところに戻るように言わなかった。しかし彼の電話がなぜずっとちかちかしているのかは、聞いた。彼は電話を手に取って見て、「なんでだろう」と言った。本当に知らないように聞こえた。

「気になりますか？」と彼は聞いた。「もしそうなら、止めるようやってみます」

「いいえ、大丈夫です」

道路脇に、コンクリートの枠で囲まれた標識が立っていて、「危険、流れ弾注意」と読めた。私は自分でも気づかないうちに話し始めた。「彼は……アダルのことね……、裁判を操作してほしがった。無罪になるように。彼は、アルコール検知器の精度が疑わしいと法廷で言えば良い、そういう前例はあった、と言った」

「なるほど。それについてマイケルは何と言ったんです？」

「マイケルは……真実を告げました。それは無理だと。検査の結果は明明白白だ、そんなことはできないと。アダルは彼に、弁護士と協力して、抜け道がないか一緒に探し、少なくとも裏から手を回して、親友の裁判長に担当してもらうことができないか、より好意的な判事を担当にできないか、そういうことを求めていた。マイケルは、息子ができる唯一のことは、良心の呵責に苦しんでいる様子を見せることだ、と言った。妊婦を轢いて心を全く動かされないというのは――しかしアダルは言った。〝せめて本当のことを言えよ。僕を助けられないのは、助けたくないからだろう？〟」

「それですべてが終わった。その瞬間、マイケルが爆発した。アダルに怒鳴った。〝ちょっと待ちなさい。本当のことを言えとはどういう意味だ？　私が嘘をついていると？〟アダルが言った。〝そうだよ〟マイケルはいますぐ謝れと命令した。しかしアダルは金切り声で反論した。〝冗談だろう？　謝らなきゃいけないのは、あんたの方だ〟」

「ずっと一週間、夜はそんな感じだった。私は二人の間に割って入って、仲介して、和解させ、一つ一つ、分けて話そうとした。ご存じか分からないけれど、現役の頃、私は家族間の調停がすごく上手かった、『クレイマー、クレイマー』『ローズ家の戦争』ほどの争いでも。それが今は……」

「あなたは大きな石と、もっと固い岩の間で挟まってしまったんですね」とアブネル・アシュドットが言った。私はうなずいて、窓の方に視線を向けた。

●

私たちは砂漠のど真ん中を走っていた。砂、また砂、根を張る木は一本もない。茂みすらない。丘の麓を川底が張り付くようにカーブを描いていたが、どれも干上がっていた。骨のようにからからだった。

「水は？」とアブネルが聞いた。

「お水を」

彼はコンソールからボトルを取り出し、キャップを噛んで、歯で開けた。

私は飲んだ、ほぼ一気飲みした。

それからやっと話を再開した。自分が話したいからというより、話さなければならない、と思った。

「ある晩、いつものようにマイケルがお説教をしている最中だった。アダルがいきなり立ち上がった。多分、マイケルは〝当然の報いだ〟と言っていた。〝お前は妊婦を殺したんだ。私としては、お前が刑務所で腐ってほしいね。当然の報いだ〟と。アダルは隣にあった椅子をつかみ、マイケルに投げた。椅子はマイケルの頭に当たり、彼が倒れたところに、アダルが来て、腹を蹴り始めた。〝当然の報いだ、当然の報いだ〟と叫んでいた。私にも、どけ、さもないと殴る、と言い続けた。それが終わると、彼は自分の部屋に行って、わずかな荷物をビニール袋に入れて、出ていった」

●

分かってる、マイケル。何があったか、人には言わないと約束した。あなたの傷に絆創膏を貼りながら、「みんなには、階段で転んだと言いましょう」と言った。あなたは、警察に被害届を出したいと言った。こんな行いをして、罰から逃れるとはおかしい、と言った。あなたはよく「行い」という言葉を使った、覚えている。私は警察には行かないでと懇願した。あの子はすでに殺人罪で起訴されているのに。私は「お願いよ、マイケル。今まで私があなたに何かお願いをしたかしら」と言った。

二十四時間、あなたは傷ついたプライドと、粉々になった信条のために怒っていた。そしてついに、同意して言った。「君のためにそうする。君のためだけに。しかし条件が一つある。これを警察に言わないのなら、ここで起きたことは無かったことにする。二度とこの件を話さない、私たちの間でも、他人にも、絶対に」

●

白いヤギの群れが道を横切った。どこから来たのか、どこへ行くのか、分からない。女性の山羊飼いが、赤ん坊を抱っこ紐で体にくくりつけ、最後の黒いヤギを追って行った。レフューズニク（旧ソ連を追われたユダヤ人運動家の系譜）だ。アシュドットは私に体ごと向き直って言った。「大変なショックを受けたでしょう。我が子からそんなことをされるとは思わないから」

「そうでもあり、そうでもない」と私は認めた。「アダルが初めて警察に補導されたのは十六歳の時だった。彼をクラブに入れようとしなかった警備スタッフの顔を殴ったの。その一カ月前に、あの子は家出してエイラトの遊歩道で観光客に盗みを働く一味と一緒に悪さをしていた。警察から連絡があって、事態が大きくなる前に、彼を引き取って連れ帰った方が良いと言われた。だから……兆候はずっとあった」

「それでも自分の父親なのに」

「そう、自分の父親なのに」

最後のヤギが道を渡り終えた。山羊飼いとその子どももアスファルトの上からいなくなり、私たちは再び走り出した。

沈黙が少しだけ続いたあとで、アブネル・アシュドットが聞いた。「それでは、その夜の出来事のあと、彼とは連絡を取っていないのですか？」

私はすぐには答えなかった。手書きの間に合わせの標識が街灯に結び付けてあり、「ウジエル農場」と未舗装の道を示している。幹線道路から分岐したその道は、丘に沿って曲がりくねって伸びていく。私は、自分たちがこれからこの道を行くのだろうかと思った。そうしてほしいと思った。そうすればこの会話は終わり、私はこれ以上喋らなくて済む。どういうわけか、こんなふうに正直に打ち明けていることで気持ちが落ち込んだ、心は少しも軽くはならなかった。

●

私たちはウジエル農場には向かわなかった。まだ知らぬ目的地に向かっている。

アブネル・アシュドットは私を促すように見た。

ついに私は言った。「その時点ではまだ、連絡は取り合っていた。私はアダルが服役している間は、面会に行った。二週間に一度、二時間半かけてシーツと下着を届けた。マイケルももちろん知っていたが、一緒には来なかった。彼は〝まず謝らせろ〟と言った。そしてアダルも〝まず謝らせろ〟と言った。

そしてアダルはセラピーを受けるようになった。更生の見込みが少しでもある者は受けられるという制度だった。三カ月間のセラピーののち、彼は自分の人生に起きたことのすべての責任は私たちにあるという結論に達した。私にはこう言った。〝あんたは、うちの子なら、とご立派な目標を掲げた。僕がその期待に沿うことなど到底できなかった。そんなことは私たちのやり方ではない、とか、それが私たちのやり方、とか言う——そんななかでどうやって僕は自分のやり方を見つけられるんだ？〟と。

私たちは面会室の、床に固定してある金属製の椅子に座って向かい合っていた。すごく騒々しいの、あそこでは、面会者全員と、囚人全員が、同じ一つの部屋で一斉に喋る。大音響よ。面会時間は四十五分しかない。長いように聞こえるかもしれないけれど、あっという間。

彼は言った。〝自分の息子をリビングで裁判にかけるなんて、どんな父親なんだよ？　どうしてだ？ほんの数シェケルを彼の財布から盗んだからか？　僕は八歳だったんだ、母さん。八歳！　それからあいつは僕をスツールの上に立たせて、自己弁護をするよう強要した。異常だろう？　あいつが僕を追放して寄宿学校に入れたのは普通じゃないだろう？〟

私は言った。〝父さんはね……私たちは……あなたを正しい道に引き戻したかった。私たちは……良かれと思ってやったのよ〟

すると彼は大声で言った、ほとんど叫び声で。〝良かれと？　結果どうなったよ？〟

警備員たちが私たちの方を見た。一人がこちらに来て、近くに立った。私は事を荒立てたくなかった。

〝そういうことは全部、家に帰ってから話しましょう、アダくん。もうすぐ釈放だもの〟

すると彼は言った。〝家には帰らない、母さん。考えはしたが、あんたたちとの関係が僕には毒だ。幸せになりたいから、しばらくあんたたちとは繋がりを断つ。自分一人で立ち直る〟

私は言った。〝自分を罰しているの？　あなたが今しているのは、そういうこと？　どこに行くつもり？〟

〝なんとかするさ〟

〝そうは思えない〟

すると彼は、自分の拳をもう片方の手に打ちつけながら言った。〝悪いことが起きるよ、もし僕が家に帰ったら――父さんと僕――ひどい結末になる〟」

●

アブネル・アシュドットはため息をついた。ハンドルを握っていた右手を一瞬離して、私をさすろうとしたようだった。しかし彼は手をもとに戻した。慰めはなかった。

私は太陽から逃れるように、日除けをぐっと下に引いた。私も自分の手で何かしていたかった。

彼は静かに尋ねた。「それで……あなたは彼に何と言ったんです？」

「私は言った、というかお願いした。私とは連絡を取れるようにして、と。せめて。彼は言った、〝悪いね、母さん。でも二人から完全に切れないと、意味がないんだ。少なくとも当分は〟と。そして、それでおしまい。彼は立ち上がって去った。囚人は面会時間が終わるまで先に席を立つことはないのに、その時はまだ十分も残りがあった――十分も！　だけど彼は私が持って行ったバッグをつかんで、さよならも言わずに房に戻って行った。

家に帰ってマイケルに、アダルが私たちとは連絡を取りたくないと言ったことを伝えると、それは作戦だと言った。当分は、というのはほんの少しの間で、すぐに我々に連絡を取ってくる。金がないから、それ以外にどうしようもないから。だけど六カ月経ってもアダルから電話はなかった。するとマイケルは〝なあ、こう思わないか？　せいせいしたよ。あいつがまたどんな問題を起こすかといつも怯えていた頃と比べて、我々の生活はずっと良くなった〟と言った。

私は彼に怒鳴った。〝自分の息子なのよ！〟と。一緒になって長い間、私が彼に声を荒げたのは初めてだった。

〝せいせいしたね〟と彼は静かな、揺るぎない声でもう一回言った。

私は、〝私はあの子のために戦う。あの子を簡単に諦めない〟と言った。

〝その戦いは私抜きで一人でするんだな〟

〝何ひとつ手助けしないで。あなたなしでやりますから〟

〝分かってないな、デボラ。あいつが妊婦を轢き殺して、私をひどく殴って、刑務所に入ってから、お前は面会に行って卑屈な態度を取り続けていたんだろう。あの時は何も言わなかったが、今、はっきり誤解のしようがないように言っておく。あいつと連絡を取り続けるのなら、私とは終わりだ〟」

●

それから私はアブネル・アシュドットにあなたの別の面も話したの、マイケル。あなたがどんな人なのか、どんな人だったのか、彼に分かってもらうために。あなたの「せいせいしたよ」——口に出すと本当に冷淡な響きね——、ではない部分を知ってもらおうとした。だから、あなたがホスピスのお父様を週に三回訪ねて、ベッド脇でずっと手を握っていたことを話した。お父様にはひどい傷を負わされたのにね。あなたが匿名で多額の寄付を、性犯罪をより厳しく罰する運動をしている「マイ・ボディ」という団体に寄付していたこと（これは職業倫理に抵触する行為だけれども、話したかった）。裁判報道の記者たち対する態度についても話した。他の判事はいつも偉そうだったのに、あなたは必ず敬意をもって接していた。記者だけでなく、掃除夫、店員、パラリーガル、警備員——あなたは休暇の前にいつも一人一人のところに行って、良い休暇を、あなた方の完璧な仕事ぶりに感謝している、と言っていた——。新入りの警備員があなたを知らず、通行証を見せろと言っても、呆れた顔をしないで、辛抱強く許可証を見せていたわね。

あなたが夫として寛大だったことも話した。人を褒めるのがうまかった。この世界に私ほど褒め言葉をもらった女性はいないわ。三十年も一緒にいるのに、毎週花束を、それも違う曜日にマンネリにならないように、買って来てくれる夫を持つ女性をそうたくさんは知らないわ。あのメモのことも話した。内容は言ってないから安心して。毎週土曜の朝、あなたは私より早く起きて、紙にちょっとした愛の詩を書いて冷蔵庫に貼っていた。

これらをすべて話してから、やっとこう言う気になった。「そうよ、彼はロバみたいに頑固だった。頑固者と一緒に暮らしていると、始終喧嘩をしたくなかったら、屈することを学ばなければ、と次第に分かってくる」

そして言った。「だけどこの件では、私は闘うべきだった」言葉を口にした途端、舌の上に嘘の味が広がった。「だけど私には何もできなかった。アダルは地球に飲み込まれてしまったように消えた。彼から三年も連絡がない。マイケルのシバに来ようとさえしなかった」

●

もう機会はないかもしれない。もし私が今留守番電話に残酷な真実を話さなければ、もう話す機会はないだろう。だから言うわ。

もっと真剣にアダルを探すことはできた。探偵を雇っても良かった。彼が見つかるまで、石という石をひっくり返して探すこともできた。ここはなんといってもイスラエルなのだから。こんな髪の毛の上のピンほどの国に隠れられる場所はいくつもないでしょう？　それで彼が見つかったら、家に電話をするように説得すれば良かった。少なくとも私には。彼は確かに、私ともつながりを断つことになってすまない、と言っていた。それに「当分の間は」とも言った。普通の母親なら、全力で息子を探すでしょう、そして考え直させる。でも私はそうしなかった。私がそうしなかったのは、あなたの警告が、「あいつなのか私なのか」が、頭の中で鳴り響いていたから。そしてあなたが有言実行だということを、私は分かりすぎるほど分かっていた。

そんな決断を女性に迫るなんて、むごいわ、マイケル。自分と夫の、自分と息子の、どちらの絆が強いかなんて。だけど私は選んだ。どんな母親の裁判でも私は有罪よ、もちろん。死刑になるでしょう。自分の息子を諦めた母……これ以上の罪があるかしら、ユダヤ人の母たちの国で？

あなたのシバの最後の日、家に残っている人はもうだいぶ少なくなっていた。みんなが帰ったあと、ハヴァ・ローゼンタールだけが残った。お皿を食洗機に入れながら、彼女が言った。「法廷記者たちがみんな来たわね、すごく感動した」

「彼は記者に丁寧に接したから」

「そうね、彼は本物の紳士だった、あなたのマイケルは」

「ええ、紳士だった」

それから彼女は「アダルは今日来なかったわね」と言った。

「アダルは昨日も来なかった。私たちとは連絡をとっていないの」

「あなたたちに一体なにがあったのか、本当はよく分からない。あの……事故のせい？」

「その話はしたくない。私とマイケルは……避けてきた」

「そうなのね」

私が話したのは、彼女がそれ以上は詮索しなかったからだった。ただキッチンに立ってグラスを拭いていた。突然、言葉が口をついて出てきた。私が話せば話すほど、彼女は共感を失っていくように見えた。少しずつ後ずさって、最後には首の後ろがコルクボードに触れそうになった。もとはアダルの写真がいっぱい貼ってあったが、あなたが破いて捨ててからは、請求書しか貼られていないコルクボードに。

私が話し終わると、彼女は慰めたり寄り添ったりはせず、そっけなく言った。「あなたは、あなたの決断をしたのね、デボラ」そしてその後、彼女からも読書会の他のメンバーからも、連絡が来なくなった。彼女が話したのだろう。それでみんな、私は追放されるべきと思ったのだろう。少なくとも次回の読書会には呼ばないと決めたらしい。エルサ・モランテの『イーダの長い夜』について語り合う予定だったのに。

正直に言って、マイケル、あなたなしに生きていける自信がなかったという以外に、自己弁護の言葉はない。それにあの子なしでも、なんとも浅ましいけれど、生きていけると分かっていた。

●

アブネル・アシュドットはハンドルを切ってバイパスに入った。シバでのハヴァ・ローゼンタールのように、私から体を遠ざけた。

私も窓に体を傾けて外を見ながら、フロイトは正しかった、と思った。男というものは、母親の代わりを求めている、そして私は良い母親ではなかった。一度だって良い母親だったためしがない。アダルを生後三カ月でシッターの手に預けた。自分の無力感に耐えられなかった。私は高校を成績優秀で卒業した。大学でもそうだった（学長のリストでは、あなたのすぐ後ろだった）、しかしアダルと一緒にいると……最初の瞬間から、自分がまるでダメだと思った。

あなたは私を元気づけようとした。君のせいじゃない、子どものせいだ。あの子は難しい子だ、と言った。私は最初は、難しい子どもなんてものはいないのよ、と言った、そう信じていたから。

●

窓の向こうに、ベドウィンのトタン屋根の家がかたまって建っていた。私はつい想像してしまう。

母親が子どもたちを昼ごはんよ、と呼び寄せる。トタン屋根の家のなかは灼熱で、彼女は黒く厚いガラビアを着ているが、体のなかは爽快だ。母親としての役割を自然とこなしている。金属製のお皿に一人ずつの食べ物をよそう。動きに無駄がない。皿はごく自然に彼女の手から、子どもの座るテーブルにすっと置かれる。お皿からはいい匂い。そうね、お米に茹でた人参。子どもたちが入ってくる。大きな笑い声をあげながら。何かに笑っている。彼女も子どもたちに笑いかける。

もしも私が生まれながらに母性を備えた女性だったら——という考えが心をよぎる——、事態は良くなっていたかしら?

もしもマイケル、あなたが父性を備えた男性だったのなら?

●

アブネル・アシュドットは車の窓に寄りかかるようにして、肩を押しつけている。

この瞬間、私をどう判断して良いものか考えているのだと分かった。そして有罪だと思っているのだろう。私は思った、言われたお世辞は忘れよう、手を重ねられたことも。その方が良いかもしれない。誰かに心を開くのは、どちらにしろ私にはまだ早すぎたのだ。まだ状態が整っていない。

●

農場を示す別の標識が現れた。今回はアズリカムだった。この農場がどう呼ばれていたのか思い出した。孤立農場。確か、あなたはベドウィンを代弁するNPOに味方する判決を下したのではなかった？　ベドウィンの放牧地と農場の境界線をめぐる裁判で……いや、あなたは農場の味方をしたのだった？

アブネル・アシュドットはボタンを押して窓を開けた。暑い、乾いた空気が車内に流れ込んだ。彼の右手が再び、一瞬だけシャツのポケットに伸びかけて、タバコを取り出すように見えたが、再び、ハンドルに戻った。

「いつやめたんですか？」と車内の押し殺した静寂から逃げたくて、私は聞いた。

「なにをやめたですって？」

「タバコ」

彼は笑った。「五週と四日です。数えているなんて、おかしいですよね」

「大変なんでしょうね」

「彼女のためにやっているんです。マヤのために。彼女は私がタバコを吸うのをとても嫌った。いつも嫌がっていた。だから努力しています……彼女のために……好転させるために。でもええ、習慣を変えるというのは難しいですよ」

「あのね、アブネル」――私が彼をファーストネームで読んだのは初めてだった――「私がこんなにも心の中を明かしたのだから、あなたも打ち明けてくれないかしら、もし良ければだけど、どこに行くのか教えてくれません？」

「ノイトです、アラバにある農村共同体の」と彼は言った。「彼女がそこに住んでいるんです、私の娘が」

●

まるで彼の言葉が合図になったかのように、竜巻が湧き起こり、道の脇に砂を舞い上げて消えた。一体全体、なんだって彼は自分の娘に会いに行くのに、私を連れて行こうと思ったのか。娘の前で彼を代弁するために？　どうやって？　彼は私を連れとして紹介するつもり？　恋人として？　まさかとは思うが。それになぜ今になって、言えないはずの目的地を明かしたの？

分からなかった。しかし私は彼と同じ方法を試すことにした。答えを直接は聞かず、周りの雑音を消すのだ。

私は聞いた。「彼女はどうしてそこに行ったの……アラバに？」

「彼女は乾燥地農業の学科で修士課程に進み、すっかり魅了された。まだ学生だった頃、これこそ自分が将来やりたいことだと言った。しかし当時、私たちは本気だと思っていなかった。カフェに通うような娘が砂漠なんぞに興味を持つものかと。卒論を提出するやいなや、彼女はバスに乗りこんでアラバに行った。出発前、彼女は食べ物と寝床を確保するために仕事をすることになっている、どれだけ広大な場所なのか、見るまでは信じられないだろう、と言っていた」

「本当にそうね」と私は言って、窓の外を見た。見渡す限り、地平線まで——家は一軒もなかった。アカシア、アカシアの木々だけが延々と立っていた。

アブネルは話し続けた。「彼女のそこでの暮らしは本当に幸せだった。生まれて初めて、あの子は幸せになった。だから私たちも幸せだった」

（アダルにも輝いていた時期があったわね、覚えている、マイケル？　九年生から十年生になるときの休暇で、ラマト・ガンのサファリで働いたことがあった。あの子はこんな顔で笑うんだ、と私たちは驚いたわね。それまで何年もの間、見たことのなかった希望の光が、初めてあなたの目に宿った。そして……レジからお金が無くなり始めた。内部調査によればアダルが犯人ということになった。彼は何もしていないと言った。叫んで泣いた。でも私たちさえ心からは彼を信じられなかった。私たちは必死で手を回し、媚びへつらい、豚野郎だったかもしれないサファリのマネージャーに、警察に通報するのをなんとかやめてもらった。しかしアダルは二度とサファリに足を踏み入れることはなく、素敵な笑顔もまるで最初から無かったように消えてしまった）

●

もし私たちがあの子を信じていたら？　もし私たちが心から彼を信じ、味方をしたら、事態は良くなったかしら？　もしあの子をまだ救えるタイミングがあったとしたら、あの時だったのかしら、マイケル？

●

「三年間」とアブネルは続きを話した。「マヤはビニールハウスや農場を渡り歩いた。デーツ、トマト、チェリートマト、キュウリ、青唐辛子、赤唐辛子、メロン、茄子。そして二年間農作業を経験して、あることを思いついてマネージャーに話した。唐辛子のなかに、時々、さらに小さい唐辛子が入っていることがありますよね？」

「ええ、ありますね」

「あれはどうも、受粉なしに実がつくんですね。単為結果というらしいです」

「どうしてそんなことが可能なのかしら。植物が受粉しないで実を結ぶなんて」

「今に至るまで、その仕組みをはっきりと説明できた人はいません。しかし娘が言うには、この現象を研究したところ、適切な温度管理とホルモン投与で、単為結果を引き起こし、また管理できる、つまり人為的に大きな唐辛子を育て、中に小さい唐辛子ができるようにすることは可能だ、と分かったそうです。しかも中の小さい唐辛子を、大抵はそうであるように形がいびつではなく、食味も見た目も大きい唐辛子と変わらなくできる、と」

「それは少し、なんというか……野心的過ぎたのではありませんか？　こんな言い方でごめんなさい――」

「いいんです。経験豊かな農場のマネージャーたちも全く同じ反応でした。彼女は小さな面積で良いから、自分の実験を続けさせてもらえる土地をもらえないか、掛け合った。しかし農場主たちは彼女の背中をぽんぽん叩きながら、あやすように、忘れなさい、と言った。現実的ではない――高名な科学者たちが失敗したことを、彼女ができるはずがないだろう――、それに農場の土地は、住人の息子にしか与えない決まりになっているが、彼女には家族さえいないではないか、ということだった。しかし娘は諦めなかった。彼らにデータと証拠と計算を示し、このアイデアは客受けもいいはずだと説得した。一つ唐辛子を買えば、と彼女は言った、その値段で小さい唐辛子もおまけでついてくる。キンダーエッグみたいなものだと。ついにノイト農場のマネージャーが、農場の外れの土地と小屋をくれることになった。我々がそこに訪ねたとき、そこはヨルダンとの国境に近く、小さな小さな農地だったが、ニラと私は……とにかく顔を見合わせた。帰り道、私たちは同じ結論に達した。あの場所は、娘が失敗するように与えられた土地だったのだろう。しかし彼女は成功した。あの子は、素行評価でDをもらわなかったことがない、誰とでも喧嘩をするので、属しているグループや、学校にはじまり、若者の社会運動、ウェイトレスなどアルバイトから、弾き出されてきた。そのあの子が、世界で初めてのバブシュカ・ペッパーの温室を創った」

「バブシュカ？」
「それがあの子の考えた商標です」
「もう売ってるの？　なぜ今まで聞いたことがなかったのかしら」
「まだ小さい唐辛子の味を改良中だそうです。それに生産の効率化ももう少し。つい一年前、ある特
定のハチ、マルハナバチが唐辛子の受粉に適していると分かりました……そして彼女はノイトの養蜂
場で働いている物静かな青年に出会った、彼の名前はアダルといいます」
●

テープが無くなってしまったの、マイケル。だから二日間もメッセージを残せなかった。わざとで
はないわ。物語が最高潮に達したところで止めたままあなたを苦しめようとしたわけではないの。あ
なたは少しばかり苦しめられて当然とは思うけれど、そういうつもりではなかった。単純にテープを
すべて使い切ってしまった。そしてこの機械に使えるテープを見つけるのは簡単ではなかった。もう
売ってないのよ。最近は留守番電話なんて誰も使わないから。お店を何軒も何軒もまわって、ある人
がアレンビー通りを教えてくれたの。そこで切手を売っているお店などに混じって、過去の栄光に鈍
く光る電化製品を売っているお店があった。
店員は、冷蔵庫みたいな人だったのだけれど、私を誘おうとした。どうやら彼は商品を扱うみたい

に、好きになった女性を少しの間、側に置いておきたいと思うらしいのね。お茶を一杯飲みませんかと尋ねてきた。

私は、のっぽで猫背の女の子が精神科医のテントに相談しに来たときに言ったのと同じセリフを返したわ。「元カレとのことが忘れられないの」

●

自分たちがアダルのところに向かっていると分かって、二番目にしたかったことは、あなたに電話をすること（一番はアブネル・アシュドットを引っ叩くことよ）。あなたに言いたかった。知らせたかった。あなたの許可をもらえるようにではないわ、冗談じゃない。もう言ったけれど、あなたの許可は必要ない。ただあなたにも知る権利があると思った。あなたに電話して、スピーカーにして、アブネル・アシュドットがこれから話す内容をすべて聞かせたかった。

娘がアダルの小屋に行くと、彼はドアを開けた、警戒した顔で。彼女は気にせずに持ってきたバブシュカ・ペッパーを彼に見せた。彼は無言で冷蔵庫に行き、蜂蜜とりんごのスライスを彼女に差し出した。彼女は、養蜂家は蜂が好きなのかと聞いた。彼は答えなかった。彼女はむっとしなかった、ただ瞬時に、彼がものすごく内気なのだと気づいた。二人で彼女のビニールハウスで働きながら、彼女は彼がごくたまにもらす情報の断片から、彼の人生を思い描こうとした。南部に来たのは彼女より数年前で、アダルは動物しか相手にしてこなかった。最初は野生動物、次にアルパカ農場、そしてノイトで養蜂家を探しているという話を聞いてやって来た。無理もないわ、と彼女は思った、彼が人間との付き合い方を知らなくても。そしてある夜、二人でマルハナバチの巣をバブシュカ・ペッパーの茂みにかけ終わったとき、彼が一緒に散歩に行かないかと誘い、二人は貯水湖に行き、湖面が風に揺れるのを見た。彼が言った、「僕のことを知らないだろう、僕は災難だ。わざとでもそうじゃなくても、人を傷つけてしまう。君は今のうちに走って逃げたほうが良い」そして彼がキスをしたので、彼女は心底驚いてしまった。その瞬間まで彼が自分を好きかどうかも全く分からなかったのだ。

キスで二人の間のダムが決壊し、数週間も経たないうちに、感情に押し流されるまま、二人は結婚した。ラビもなしに、バスケットコートの隣の空き地で。そして彼は彼女の家に引っ越した。なぜなら、家はもちろん、住人の息子にしか与えられないからだ。我々としては、二人がたくさんの機会に恵まれ、将来は息子ができる夫婦になりますように、と祈るばかりだ。

沈黙の修道院、農場の人は彼らの家をそう呼んだ。それが彼らの生き方なの、マイケル、あなたの息子とその妻は。二人は、言葉は誤解を生むだけだと考えている。必要なのは行動であり、言葉ではない。

●

終わりを話さなくてはね、マイケル。二人は一カ月前に息子が生まれた。自宅で出産すると言い張り、合併症が起きた。マヤはエイラトの病院に運ばれた。命は助かった。しかし今もまだ手術から回復していない。一日に一時間以上は立っていられない。禁止されている。手術の傷口が感染症を起こしている。縫合のあともまだ生々しい。

アブネルがテルアビブで私に会ったという話を娘にすると、彼女は私を連れてきてほしいと頼んだ。戦力として。そしてアダルには言ってはならないと注意した。絶対に賛成しないから。

●

私たちに孫がいるのよ、マイケル。信じられる？

●

「音楽をかけてくれない？」と私はアブネル・アシュドットに頼んだ。「今すぐ音楽が必要なの」

「シュトラウスの別なのを？」

「いいえ！　もっと穏やかなもの」

「ショパンは？」

「ショパンは良いわね」

ショパンのピアノ協奏曲第一番が車を満たした。弦楽器の長い導入部、それからピアノ、いつもは感傷的すぎると思う部分が、今は戸惑っているように聞こえる。つっかえている。心配ごとがあるような。

●

私はステントを感じた。アダルが連絡を絶ってから、私の胸の痛みが始まった。あなたは検査を受けるよう強く言った。あなたは正しかった。あなたは私の命を二度救った（一度目は、私を両親の家から連れ去ってくれたとき）。今でも、自分の動脈があのとき完全に詰まってしまっていたら、と思うと震える。もしあと少しでも待っていたら、心臓が止まっていたでしょう。そしてあなたは、マイケル、血管造影の間、私のそばを離れなかった。自分の公判日程をずらしてまで。あなたは私の手を握っていた。病院の隣にあるショッピングセンターで、紅茶とアーモンド・クロワッサンを買ってきてくれた（あなたもこれは全部知っているのよね、マイケル。でもあなたのために話しているのではないの。今、この特殊な瞬間にこれを思い出したいのは私のほうなの。あなたにも良い部分があったと）。

手術のあとはステントを感じることはないはずだが、私の場合、ずっと感じていた。今でも感じている。特に神経がたかぶったときに感じる。ステントが踊って、内側から私をずきずき刺す。

その後、無言で音楽だけが車のなかに響くという時間が続いて、ついにアブネル・アシュドットは「農場の近くまで来ました」と言った。

私は彼に門のところで車を止めてもらった。

彼は門の手前の道脇に車を止めた。門は開いていた。見張り台のボックスは無人だった。その脇には「ノイト農場へようこそ」という錆びついた看板があった。アブネル・アシュドットはエンジンを切ったが、オーディオのショパンは切らなかった。

彼は手を私に重ねた。

私はびくっと引っ込めた。彼の指がサソリのハサミでもあるかのように。私は彼の方を見ずに話した。

「私たちは子どもではないのよ、アブネル。私と息子が会うようにお膳立てしたいのなら、それが目的だと最初に言えば良かった」

彼は「分かってください、これはマヤの考えなんです。あなたが私のアパートで初めてシャワーを浴びたとき、娘にあなたのことや、あなたに持った印象を話しました、すると彼女がこうすれば良いんじゃないかと……」とアブネルは言った。

「誰の考えだったかは問題ではないわ」

「ごめんなさい。こうするしかなかった。さもない……」

私は再び遮って言った。「するしかなかった、ということではないでしょう。こうしようと決めたのはあなたでしょう。ずるい手を使って。手の込んだ方法で。私を嵌めたわね、アブネル。私は嵌められるのは嫌いよ」

●

私はあなたとの口論に慣れていたの、マイケル。だからアブネル・アシュドットが反論して私の主張をねじ伏せるのを待った。証拠に基づいた、もっともな正論を待った。決定的瞬間に新たな情報がもたらされ、この事実のさらなる側面が明らかになるのを待った。彼の立場を擁護し、行動の適切さを証明する、あるいは少なくとも合理的疑いに基づいて無罪を主張できる前例を待った……。

しかしアブネル・アシュドットはかすかなため息をつき、「きっとあなたの言うとおりです」と言った。それからずっと黙って、ぽつりと言った。「悪い習慣を変えるのは難しい。工作が私の知る唯一の方法なんです、デボラ。三十年も磨いてきた技です」

ピックアップトラックが農場から出てきて、後ろの荷台にはタイ人労働者が乗っていた。

アブネルはトラックが遠ざかるまで待って──まるでタイ人労働者に会話を聞かれる危険性があるかのように──、言った。「どこに向かっているか話したら、あなたが来てくれないと思いました。あるいは考える時間がほしいと言われるかと。そして私たちには時間がないんです。状況は良くないんです、デボラ。しかしあなたが正しい……申し訳なかった」

「私はあなたのチェスの駒ではありません、アブネル」

「もちろんです」

「それにニラでもない」と私は言った。「私に二十五年も隠し事をするなんて不可能よ」

「非常によく分かりました」

私は警告した。「あと一回でも私を騙したら、私たちはおしまいよ」

彼はうなずいた。「承知しました」

ステントはまだ痛かった。ペットボトルに水はほとんど残っていなかった。私はボトルを傾けて舌で最後の雫を舐めとるように飲んだ。

そして言った。「ここでショパンが終わるまで待ちましょう。もし今行ったら、自分の心臓が耐えられるとは思えない。ショパンが終わったら、彼らに電話をしてアダルに私が門にいると伝えましょう。誰かに何かを強要するのは嫌。彼がもし会いたがらなければ、私たちはこのままUターンしてテルアビブに戻る。いいわね？」

●

ショパンのピアノ協奏曲第一番の最後は、音楽が膨らんでいく。ピアノ、バイオリン、オーボエ、すべてが一度にクレッシェンドになる。最初はそれらの音が、互いに一番大きい音を出そうと争っているように聞こえるが、最後の数秒、音が溶け合い、何の楽器の音か分からなくなる、分かるのは、終わりが近づいていることだけ……。

●

だけどここでは、詳細を別々に話そうと思う、マイケル。あなたがあの間、私と一緒にいなかったから（もしもあなたが、あんなに頑固なロバでなければ、一緒にいれたかもしれないのよ）、情景が思い描けるように。

まず驚いたのは、ノイトは思っていたより緑がいっぱいだったこと。

草地や茂み、椰子の木があって、葉が木陰を作っている。窓際のプランターには花が咲きこぼれている。平屋の質素な作りの家々。家と家の間には小道があるのだけど、自転車が通れるくらいの幅しかない。

だけど昼日中の射るような太陽のもと、自転車に乗っている者はいなかった。すべてが完全に静まりかえっていた。家々から出てくる者もいない。動く生き物はいない。ハンモックさえも微動だにしない。私たちは車でさらに進んでいった。ゆっくりと。ここの前庭は、と私は思った、普通なら裏庭に置くようなガラクタで溢れていた。車の後部座席、カバーがびりびりのソファ、錆び付いたスクーター。打ち捨てられている。

家並みと前庭が途切れるところに、仮設の小屋があった。出窓はない。代わりに洗濯紐が渡してあり、洗濯バサミがかかっている——人が住んでいるという証拠だ——、その横に、ピックアップトラックが止まっていて、荷台が黄色い布で覆われていた。

車が止まった。タイヤが砂にめり込んだ。エンジン音が不意に止まった。アブネル・アシュドットは私の方を、大丈夫か確かめるように見た。

それからほぼ同時に、二つのドアが開いた——車のドアと小屋のドアが。私は車から出た。あなたの息子の妻が小屋のドアから出てきた。繊細という言葉でしか彼女を言い表せない。華奢。長いブロンド。口の周りに細い皺が何本か。上唇に何か挑戦的なところがあって、最初はそれが何に似ているか分からなかったが、思い当たった。あれはアダルの上唇と同じ。アダルも続いて出てきた。顎髭を生やし、陰気な顔で、赤ん坊を抱いていた。彼は唐突に立ち止まった、まるで私から安全な距離を保ちたいとでもいうように。

しかし彼の繊細な妻は安全な距離を保たなかった。腰を手で支えながら私たちの方に歩いてきて、父親の頬にキスをして、その手をとって言った。「ありがとう、父さん。デボラを連れてきてくれて」そして何も言い足さずに私を赤ん坊のところに連れて行った。

ステントがひどく痛んだが、私は彼女のあとをついていった。一目見ただけですぐに分かった。あなたの孫はね、マイケル、あなたによく似ていた……悪魔の仕業よ。広いおでこ、鼻、耳たぶの少し丸まった耳。肌の色はアブネルだったけれど、顔の造作は……あなただった。

●

私は彼女に赤ん坊の名前を尋ねた。聞いて良いものか迷ったけれど。そもそも口をきいて良いのかも分からなかった。

「ベニヤミンです」

「抱っこしても……いいかしら？」

彼女はアダルの方を見た。

すると彼は私の方を見ずにダメだ、と言った。そして踵を返して家の中に戻った。

彼の妻は慌てて手を私の肩に置いた。

「がっかりなさらないでください」と言った。「今はちょっとショックが大きいだけだと思います」

私もよ、と言いたかった。私だって。

●

二日間、あなたの息子は、良くも悪くも私と一言も口をきかなかった。二日間、私たちはとにかく行動した。あの場所、あの小屋では、行動を起こす必要があった。

　間違ったことをしたらどうしようという恐怖のせいで、彼らは動けなくなっているようだった、そしてその恐怖感は赤ん坊に伝染した。マヤは授乳できなかった。母乳が出ず、体はまだ難産からの回復途中にあったので、赤ん坊は粉ミルクを飲んでいた。彼はお腹にガスが溜まって痛がり、両親も一緒に苦しんでいた。赤ん坊が腹痛で泣き叫んでいることを、二人が理解しているのか、全く疑わしかった。二人はとにかく……途方に暮れていた。インターネット時代に、これほど何も知らないでいられるとは、信じがたかった。彼らの家にはネット接続がない。それに家には赤ん坊のおむつ交換台すらなかった。私だって子育てのプロではないのを知っているでしょう？　赤ん坊の世話をしてから何年も経っている。それでも、自分がプロになったような気がした。アダルはいつでも器用だったから、マヤに、彼におむつ交換台を作るよう頼んでもらった。ものの数時間で出来上がった。どこに置くのか、彼が目で聞いてきたので、私も顎をしゃくって場所を示した。アブネルにはベエルシェバまで行ってもらい、違うメーカーの粉ミルクと、ゆりかご、赤ちゃん用のバスチェア、おもちゃをいくつか買ってきてもらった。アダルはマヤの代わりにバブシュカのビニールハウスに行かなければならず、自分の蜂蜜集めの仕事もあったので、家を何時間も空けた。ベニヤミンの腹痛を和らげてあげられる人間は、誰もいなかった。マヤは数分でも赤ん坊を抱けば、縫合した傷口が痛くなってしまう。私は彼女に、アダルが家にいない間は、私が赤ん坊を抱いていても良いか、聞いてもらった。その時、アダルとは数メートルしか離れていなかった。彼は小さなキッチンで皿洗いをしていて、私は新しいおむつ交換台を布で拭いていた。彼に直接聞いても良かったが、答えないかもしれないと思い、彼女に伝言を頼んだ。彼は顎髭をわずかに動かして、私がベニヤミンを抱くのを許した。いい兆候だと思った。

●

アダルがビニールハウスに行ったあと、私は赤ん坊を抱き上げ、肩に頭をもたせかけて背中を軽く叩きながら、アダルが小さい頃と同じ歌を歌った。しばらくすると腕が痛くなったので、ゆりかごにそっと寝かせた。赤ん坊が泣く。もう一度抱き上げる。この子は私に抱かれている方が好きなんだ。それが嬉しかった。自信がついた。アダルが赤ん坊だった頃、彼は私のやることすべてが嫌いだった。本当は何を欲しているんだろう、といつも考えていた。私はアブネルに抱っこ紐を買ってもらうため、再びベエルシェバに行かせた。彼は一日に二回も車を出した、ただ喜ばせたくて。私は赤ん坊を沐浴させ、彼がお風呂が好きで、落ち着くようだと分かったので、数時間後にまた入れた。二度とも赤ん坊の丸まった耳を石鹸で洗い、胸の中でこっそり笑ったわ、あなたを思って、マイケル。あなたがそこに一緒にいられなくて、孫を抱くのがどんな感じか永遠に知ることがなくて残念だった。そしてあなたに猛烈に腹が立った。アダルを自分の心から締め出して、日に日に気力を失っていく私と沈黙の協定を結んだことに。彼を救えるチャンスがあったとしてももう手遅れだ、というあなたの意見に傾いてしまった私に、あなたはつけこんだ。

あなたに猛烈に腹が立った。私にすべてを負わせたあとで、自分だけ先に死んでしまって。私を一人残して。一人ぼっちに。あなたへの怒りがあまりに激しかったので、もしあなたが私の内側にいたのなら、あなたの体は焼け焦げてしまったでしょうね、マイケル。

アブネルがベエルシェバから、抱っこ紐を買って戻った。マヤの方をちらっと見て、自分が奮闘している様に彼女が気づいているか確かめた。私にはアーモンド・クロワッサンを買ってきてくれた。だけど私は二口しか食べられなかった。二口かじったところで、ベニヤミンが目を覚ました。私は抱っこ紐で彼を抱き、庭に出て外の空気を吸った。私は外気に当たりたかった。日が暮れようとしていて、もうそれほど暑くはなかった。彼の小さな頭が抱っこ紐の上からのぞいていた。

彼は私に笑いかけているようだった、私はこれもまた良い兆候だと思った。

それからアダルがビニールハウスから帰ってきた。彼は私を通り過ぎた。一瞥もくれずに。赤の他人のように。

●

あなたは法廷に来なかったから知らないでしょうけれど、轢き殺した妊婦の夫の横を通り過ぎるとき、アダルはまさにそんな感じだったの。夫がこの世に存在していないかのように。

●

ベニヤミンは夜中に目を覚ました。そういうもの、赤ん坊は夜に起きる。マヤは彼のところに行った。私も起きてミルクを作った。彼女が赤ん坊を抱き、私がミルクをあげた。彼女が疲れて痛みが出てきたので、私が抱っこを交代し、毛布で包んでまた庭に出た。

アラバの夜は別世界が広がっている。星がたくさん出ている。空気は昼間より乾燥している。風鈴が遠くで優しく鳴る音が聞こえる。つまり風が吹いているのだ。

私は誰もいない農場の道を歩いた。ベニヤミンをあやしながら、子守唄を歌って。彼は気に入り、二番を歌う頃には長いまつ毛が閉じていた。同じ子守唄をアダルにも歌ったが、成功しなかった。生後三カ月で私の代わりになったヤスミナというベビーシッターが、ラディーノ語で歌う歌が、彼は気に入っていた。私は彼女に教えてくれるよう頼み、彼女は快諾した。紙に書いて私が練習できるようにさえしてくれた。信じられる？　私は仕事から帰る途中の車のなかで、ラディーノ語の歌を練習していたのよ。だけどそれを歌ったら、あの子は嫌がって足をばたばたさせたわ。

歌のせいではなかったのか――私は理解した。私なのね。この子は私が嫌いなんだ。

私はベニヤミンを抱いて家に戻り、ゆりかごに寝かせて、薄い毛布をかけた。ソファで寝てしまっているマヤにも薄い毛布をかけたが、その時、彼女の左足に指が六本あることに気づいた。私は自分のマットレスに横になりながら、強い衝動と戦った。部屋の反対側にあるアブネルのマットレスに行って、つま先に指が何本あるか調べたい。そしてそれから――ごめんなさいね、マイケル、でも本当なの――、彼の隣で眠りたい、彼の腕の中で眠りたい、服の上から彼の熱が私に伝わってくるのを感じたい、慰められたい。彼に慰めを見出すという間違いも含め、私が人生で犯したすべての間違いをなぐさめてほしい、と思った。

●

「ありがとう、デボラ」と翌朝マヤが言った。「私たちの命の恩人です」

アブネルも言った。「本当ですよ、お見事です、デボラ。あなたは奇跡を起こした」

アダルは子どものおもちゃを置ける棚を新しく作り、設置しようとしているところだった。作業に集中して私たちの会話が聞こえていないと思っていた。しかし彼はこちらを振り返って言った。「教えてくれ、一体いつまで……?」

●

私は答えられなかった。耐えがたい一撃というのは、体の準備ができていないときにやってくる。私は――体を二つに折ってただ痛みに耐えるしかなかった。アダルは私の返事を待つことすらしなかった。棚の設置を終え、ハシゴを手際よく折り畳み、マヤにビニールハウスに行くと告げた。扉を強く閉めた音でベニヤミンが目を覚ました。マヤは下腹部に自分の手を当て、私の方を見て言った。「どうか、ここにいる間は彼を抱いて下さい」

しかし私は彼女をじっと見て、言った。ごめんなさいね、今は別の子どもの面倒を見たいの。

●

小屋から出ると、アブネルが追ってきた。私は追ってこないように言った。

「しかし……」

「これは私とアダルの問題よ」ときつく言った。

私はビニールハウスに向かって歩き出した。アブネルはそこに立ち尽くしていた。最初の数歩は怒りに満ちて、自信満々だったが、数十歩も歩くと、この日差しの中、どこに行こうとしているのか全く分からないことに気づいた。アブネルが、娘が与えられた土地はヨルダン国境の近くだと言っていたことを思い出した。つまり私は東に向けて歩かなければならない。ということは、アラバ通りからできるだけ遠ざからなければならない。未舗装の埃っぽい道の最初の曲がり角を東側に曲がった。気温が上がってきて、私は服の下で汗をかき始めた。汗の玉が蟻のように体を這う。諦めたい自分がいた。しかし絶対に諦めたくない自分もいた。家を何軒か、そして幼稚園を通りすぎたところで、最初のビニールハウスが見えてきた。それから次、またまた次。何十というビニールハウスが砂漠に広がっていた。手でひさしを作って立ち止まり、この中のどれに彼がいるのか皆目見当もつかない、と思った。

●

どこにいるの、息子よ。私は胸のなかで彼に語りかけた。あなたが寝入ったあと、私の考えがあなたに聞こえないと分かってから、話しかけていたように。

●

私の立っているところから、何かが光っているのが見えた。ビニールハウスの一つに停めてあるトラックの窓枠が日光に反射している。荷台には見覚えのある黄色いシートがかけられていた。

●

ビニールハウスのドアを開けると、赤い唐辛子が生っている緑の茂みが何列も並んでいるのが目に飛び込んできた。地面には細いホースが張り巡らされている。水を点滴のように垂らし、少しずつ土に染み込ませる装置だ。数メートルおきにポールから、横に穴の空いた白い段ボール箱がぶら下がっていた。中で羽音がするので、これがマルハナバチの巣なのだろうと思った。最初の数秒はアダルが見えなかった。すると枝の揺れる音がして、茂みの間から彼が出てきた。

私は咳払いをした。

彼は私の方を振り返った。彼の顔に驚きの表情が広がった。そしてそれを隠そうとした。私に二、三歩近寄り、「ここで何してるんだ」と言った。

「有名なバブシュカ・ペッパーを見に」

「もう見たな」

私は、そうでもない、と言いたかった。なぜなら中の小さい唐辛子はまだ見ていなかったから。しかし彼が腕時計を見て、体を右に左に揺らしているので、私は言った。「あなたにも会いたかったの、アダル。私たち、話さなきゃ」

彼はごしごし髭をこすった。「何を話すというんだ?」

「本当に私に去ってほしい?」

彼は答えなかった。長い間、近くの枝をじっと見つめて黙り込んでいたが、やっと口を開いた。「僕はあんたとは違う、デボラ。言葉が苦手なんだ」

今までで一番傷ついたわ、マイケル。彼が私をデボラと呼んだことが。無視されたことよりも、それにはっきり言って、あなたの死について一言も触れないことよりも。私に母親の肩書きを認めなかった――これ以上辛いことはない。しかも私を傷つけようとして言ったのではない。彼の「デボラ」という言い方には、敵意はまるでなかった。正反対よ。私の名をごく自然に言った。それが、彼にとって今の私の存在のあり方なんだと言わんばかり。デボラという名の女。

●

自分のプライドを押し殺すのに、一瞬よりは時間がかかったが、なんとか、「そうだとしても、アダル。私にいてほしいのか、去ってほしいのか、知りたいわ」と言った。

彼はまた黙り込んだ。枝の葉っぱを引っ張った。指でつまんでこすった。

私は思った。ここ砂漠では、空間が違うのだ。一人の人間ともう一人の人間の空間。一つの文章ともう一つの文章の空白。

やっと彼は言った。「僕には早すぎる。僕は新しい何かを作った。それがいきなり――いきなりあんたが来た。知らせもなしに。物事を変えてしまう。僕には早すぎる」

「それなら、あなたのペースでやりましょう」と私は言った。そこには懇願の響きがあった。卑屈でさえあった。私は思った。私は卑屈になったことがあっただろうか？

彼は首を振った（不信？ 拒絶？ 苦しみ？ 私には分からなかった。この子は、私の子宮で育った果実は、赤の他人と言っていいほど手がかりがない）。

「聞いて、アダル」と私は言った。「今から、アブネルとここを出る。もしまた来てほしければ、呼んで」

彼は葉っぱを地面に捨てて言った。「呼ぶかもしれないし、呼ばないかもしれない。物事は、起きるべきときに起きるだろう」

●

私はベニヤミンのぷっくりした頬に、さよならのキスをたくさんした。マヤには、強く抱きしめると痛がるので、そっと腕を回して別れの挨拶をした。アダルには別れを告げなかった。私がアブネルの車に乗るとき、彼はまだバブシュカ・ペッパーのビニールハウスにいた。分かる？ 別れを言わずに済むように、彼はビニールハウスに留まったの。

最初の一時間は、私たちは黙っていた、アブネル・アシュドットと私は。私たちの子どもたちの沈黙がうつってしまったみたいに。軍隊の基地を通りすぎ、戦没者慰霊碑を通り過ぎ、なぜ行きは気づかなかったのだろう、と不思議に思った。

私たちはガソリンスタンドで止まった。タンクにガソリンを入れている店員が、小さな窓拭きで窓ガラスを拭いてくれたので、アブネル・アシュドットは気前の良いチップをあげた。あなたはガソリンスタンドでチップをあげたことはなかったわね。あなたは余分なお金を使わされることが嫌いだった。

幹線道路に戻ると、彼は「とても残念です、デボラ」と言った。

何が残念だったのか、私たち二人ともよく分かっていた。分からないふりをする意味はなかった。

「良かれと思ったのでしょう」と私は泣く代わりにため息をついた。

「はい、しかし結果は――惨憺たるものでした」

彼は自分の手を私に重ねた。今回は私は引っ込めなかった。彼は言った。「あなたは傷ついた。それは私の目的ではなかった。アダルは言ってくれなかったんです――ノイトに行く道中で初めて、あなたから詳しい事情を聞きました」

「私がアーモンド・クロワッサンが好きと知っていたのに、アダルの事情は何も知らなかったと言うの？」

「クロワッサンは本当に偶然なんです、どうか信じて。それにアダルは、口数が多くはないし……お二人が疎遠だとは聞いていました。シバがあったのに彼が行かなかったことも知っていました。しかしなぜなのか理由は分からなかった。私たちは知らなかったんです、事情がこんなにも……」

「深刻と？　そうよ、アブネル。これは紛れもなく深刻な話なの」

彼は同情のこもった目で私を見て、再び道路に視線を戻した。「彼は良い青年ですよ、分かっているでしょう?」

「彼が善意の塊だなんて知らなかった」

「なんというか……彼は打ち解けるまでに時間がかかる。私も彼に慣れるまでずいぶんかかりました。一言も私に話しかけないんです。侮辱されていると思いました。はっきり言って頭にきましたよ。それがいきなり、四回目か五回目の訪問のあと、私が帰る前に、蜂蜜の瓶を車のバンパーに置いたんです。分かります? それが彼のコミュニケーションの方法でした。それに彼は今はマヤのビニールハウスの仕事も引き受けている……あの仕事はすごく大変ですよ」

私は、あの子は私が帰るときには何もくれなかったわ、と思った。だけどこう言った。「それは良かったわ、素敵な話だと思う。それでも……アダルには……なんというか、とにかく残酷なところがある。あの子は、轢き殺した女性の夫に、一度も謝っていないのよ?」

「それは知りませんでした」

彼らは法廷で、ほんの数席しか離れていないところに座っていた。アダルは審理の間、一度も顔を男性に向けることはなかった。

●

私はアブネルに、私とアダルがバブシュカのビニールハウスで交わした会話のことを話し、何があったのか説明した。話している間、彼は私に重ねている手をそっと動かし、私の手の甲を優しくさすった。

私が話し終わると、彼は「私が思っていたほど状況は悪くないようですね。彼は可能性を閉ざしていない。二人ともです、マヤも私たちにドアを開けていますよ」と言った。

「だけどアダルの怒りと嫌悪感は相当根深いわ」と私は言った。

「気長に考えましょう。私たち二人とも。辛抱強くなりましょう。人間関係が壊れるときというのは、どちらかが、他方が準備ができるまで我慢できないから、ということが多いのです」

「どうかしら。あなたほど楽観的にはなれない」

アブネル・アシュドットは黙っていた。ゆっくりと、私の指を広げて、自分の指を絡ませた。

●

これはすべて、ハニ、隣人との抱擁がきっかけなの。あの抱擁までは、自分がどれほど触れられたがっているか、気づかなかった。あれがカウントダウンの始まりだった。内面の。静かに。だけど終わり方は一つしかない。

私はアブネル・アシュドットを三階に招いた。コーヒーでも、と。二人とも私が紅茶と水しか飲まないことをよく知っていたけれど。その後に起きたことを詳しくは話さない。あなたに聞いてほしいことにも、限度はある。彼の左足にも指が六本あることが分かった、とだけ言っておくわね。そして彼が去ったあと、耐え難いほど孤独だったことも。

彼は紳士だった。簡単な朝ごはんを作ってくれた。玉ねぎ入りのオムレツとサラダ。私と一緒に座って朝食を食べた。その間、ずっと私を褒め続けた。私の頬を一度愛撫した。出ていっても大丈夫かどうか、何度も何度も繰り返し聞いた。留まりたいが、ミーティングがある……と。

私は彼に大丈夫と言った。全く問題ないと……。

しかし彼がいなくなったあと、分からない、マイケル、何もかもが重くのしかかってきた。ここ数週間の出来事すべてが。あなたと話したいという強い気持ちと、それができない深い悲しみ。

私たちのアパートが突然、孤立農場みたいに思えた。四つの部屋が四方を愛の欠落という壁に囲まれている。

●

私がこういうとき、何をするか知っているでしょう。やるべきことを見つける。だから私は引っ越しの荷物をまとめ始めた。仕分け。冬物、夏物、持って行きたい食器類、寄付するか捨てる食器類。古い手紙。新聞の切り抜き。アルバム。思ったより時間がかかった。何かを収集するということは、私たちのやり方ではなかったけれど、二十五年も住んでいたのよ。あなたはチャーチカ（小間物）がすごい数になっているのに驚くわよ。

あなたの書斎は最後に回した。中に入る勇気が出るまで一週間かかった。心臓がどきどきした。まずは簡単なものから始めた。バインダーと本の並んでいる棚、それからたくさんの引き出しがある机。引き出しはいつも私には閉ざされていたから、秘密の愛人からの手紙（本当に、マイケル、この長い年月でたった一人の法廷記者もなし？）など暗い秘密が隠されているかと思っていたけれど、ロレックスが二本と、贈り物としてもらったけれど、大袈裟に見えるからと一度も着けなかったわね、それと仕事で使っていた日記帳の断片、どうやらあなたは本を書くときに役立つと思っていたみたいだけど、書かずに終わったわね（言わせてもらえば、それで良かったのよ）。それしかなかった。

この留守番電話は、一番下の引き出しで見つけた。電話につなげた。すると――あなたの低い声が私にメッセージを残して、と言った。

私はそれこそ自分のやるべきことだと悟った。それ以来ずっと――あなたに話しかけている。馬鹿げてる、そうよね。機械に話しかけるなんて。普通の人ならしないわ。だけど、この数週間で学んだことがあるとすれば、それは、普通の人なんてものはいない、ということよ。普通の行いも。あるのは、ある人が、ある瞬間に、起こさなければならない行動だけ。

●

あなたにメッセージを残している間じゅう、あなたから返事がほしいと思ったことは一度もないわ、マイケル。あなたが霊的なサインを送ってくるとか、夢に現れて私の質問にすべて答えてくれるとか、そんなことはあり得ない。あなたに話したかったのは、あなたには嘘をつけないからよ。真実だけ。すべての真実を、真実のみを。この方法でなら、一番難しいことをやらざるを得ない。仮面を残らず剥ぎとり、自分を見る――これが私の顔、これが私の下した決定、これが結果、良いものも悪いものも、そして最悪のものも。

ジークムント・フロイトは、あなたも知っているように、賢い人物ではあった、しかし昨夜、最終巻を読み終えてベッド脇のナイトテーブルに置いたあと、彼は一点において――間違っていたと気づいた。心理の三層構造は、私たちの内側には存在しないのよ！　絶対にない！　それは、私と他者の間の空気に存在する。物語を語る口と、聞く者の耳の間に存在する。もし聞き手がいないのなら――物語も存在しない。秘密を打ち明け、記憶を呼び起こし、慰めを見出す相手がいないのなら、留守番電話に向かって話すの、マイケル。大事なのは、誰かに話すということ。それが叶わずたった一人なら、人は自分が今何階にいるのか分からず、暗闇でスイッチを探し続けなければならない。

●

昨日、私はテルアビブで行われた百万人マーチに参加した。前回デモに参加した時とは違って、電車で行き、降りた駅で待っていたリキシャに乗った。私と新しいアパートで同居する予定のイシャイという青年がドライバーだった。好感の持てる青年だ。法学生。彼は自然を搾取から守るための環境保護の会社を立ち上げる夢を持っている。理想主義者。あなたならきっと気に入ったわ。

リキシャでワイツマン通りまで行けた。そこには、ここ数週間、私が協力してきた活動家たち、また精神科医のテントからのメンバー、そしてアブネル・アシュドットが待っていた。私たちは広場に着くまでゆっくりと——アブネルは早く歩くことができない——行進した。ステージの正面に立った。近すぎはしないが、遠すぎもないところで。心地良い風が吹いていた。私は判事としては全く相応しくない格好、しかしデモ行進する女性としては完璧な格好、ワイドパンツ、ゆったりとした襟ぐりのブラウスを着て、スニーカーを履いていた。今回は失神しないと分かっていた。しかし万が一、何かあれば、アブネル・アシュドットが隣にいる。広場は次第に人々で埋まっていった。大きなしっかりした作りのプラカードを持っている者もいれば、小さな間に合せのプラカードを持っている者もいた。道の脇では、普段と変わらぬ光景があった。フレンチキス、ATMの前の短い列、道にひっくり返って泣き出す子ども。普段どおりの人々の営み。しかしここでは——と私は思った——、ここでは普通ではないことが起きている。従来の物事をこれ以上受け入れたくはない、こんなにもたくさんの人々が、変化が可能だと信じている人々が、それを伝えにこの場所に来た。これは特別なことだ。

夜十時に、最初の演説者が壇上に上がった。他の者もあとに続いた。理路整然とした演説をする者もいた、あまりそうでない者もいた。しかしそこに紡がれる言葉のなかには、真摯な響きが通底していた。

私の知らない歌手やグループが、演説の合間にパフォーマンスをして、アブネルが私に一緒に踊ろうと言ったので、私もイエスと言った。人前でダンスをしたのは本当に久しぶりだった。私がダンスが大好きなのを、あなたも知っているわね。アブネル・アシュドットの足は木の幹みたいに重くて、音楽に合わせて踊ることはできなかったから、私たちは広場の真ん中でスローなワルツを踊った。私の頭は彼の胸に触れそうになり、彼の吐息が私の髪を揺らし、私たちの足は円を描いて踊った。

●

真夜中になる前、私たちは三十万人の人々とともに国歌を歌った。その時、心の底から、望みはまだ失われていないと、歌の歌詞にあるように、そう感じた。

感情は一過性のものであると知っている、けれどその瞬間を、私はつかまえたの、マイケル。その瞬間は、私のものだった。

●

明日、引越し業者がやってくる。明後日の朝には、私は私たちの家ではない場所で、初めて目覚める。私たちのベッドではない場所で。

おそらくこれが、あなたに残す最後のメッセージでしょう。テープを取り出して一番下の引き出しに入れるわ。もしかすると私の死後にベニヤミンが見つけるかもしれない。そして聞くかもしれない。土曜にはもう一度、アブネルと一緒にノイトに行くわ。マヤから電話があった。赤ん坊が私を恋しがっていると。アダルが私の訪問に反対していないと。それほど強硬には、ということね。

あなたはきっとこう言うわね。なにをそんなに急ぐんだ？　まずは新居を整えれば良いだろう。またこうも言うでしょう。アダル本人からはっきりと頼まれるまでは行くべきじゃない、と。自分を誰かに押し付ける、そんなのは、私たちのやり方ではないと。

だけどこれからはね、愛しいあなた、私の幸せ、私の災難。もう私たちのやり方というのはないのよ。

これからは、私のやり方でいく。

## 訳者あとがき

イスラエル、悲願のユダヤ人国家として歴史の教科書に登場する以外に、若い日本人には馴染みのない国である。あるいは、Netflixで話題になった『アンオーソドックス』（二〇二〇年公開）というドラマで描かれる、こちらの舞台はニューヨークだが、超正統派ユダヤ人コミュニティの実態に興味をそそられた視聴者もいるかもしれない。とはいえ、やはりイスラエルに対する地理的、心理的な距離感は否めない。本著の舞台であるテルアビブ郊外のアパートで、人々がどんな毎日を過ごしているのか、具体的に想像できる日本の読者がどれほどいるだろうか。

結論から言うと、彼らの生活は我々とほとんど変わらない……ように見える。子育て世代は子どもの保育園や習い事の送迎をし、ワンオペ育児で母親は消耗し、高齢世代は生活のために仕事を辞めれず、たまに来る孫をかわいがる。しかし、家の玄関が当たり前のように特殊合金ドアの仕様になっていたり、男女共に青春の思い出には必ず兵役経験が含まれていたり、世間話にロケット弾の語彙がさりげなく盛り込まれるなど、やはり彼の地は交戦国なのだと気づかされる。

作者のエシュコル・ネヴォは、"Homesick"（二〇〇四）、"World Cup Wishes"（二〇〇七）などが世界数カ国語に翻訳されるイスラエルのベストセラー作家であり、現代イスラエルの若者たちを描く作品が多い。作中で政治的な主張を声高に叫ぶことはないが、ごく自然に日常の一部として、アラブ社会と対立するイスラエル社会の様相が垣間見える。本作にもそのような描写が数カ所あったことに読者はお気づきだろう。この点については、政治的にどちらの立場にも足を置かない訳者である私が、多様性や寛容さの重要性を安易に説くことはできない。しかし、デボラ（三階の住人）というキャラクターが、居心地の良い安全なテルアビブ郊外のアパートから出て、息子のいる、危険な国境地帯の砂漠に向かうというラストに希望を感じた。フロイトの言う「意識の三層構造」は人の心の中には存在せず、対話によってのみ生じると考えた彼女は、アパートの三階では果たせなかった対話を、平地に降りて試みようとしている。平地で生きる次世代の行く末を見守ろうとしている。家族、世代、社会で引き起こされる断絶や空白を埋めるためには対話しかない、という作者の意思を感じた。そしてその「対話」とは必ずしも言葉を通じて為される必要はなく、ただ同じ空間を共有する、集まる、といった非言語レベルの触れ合いでも良いのだ。

この本を読んだ日本の読者もまた、遠い国というイメージのイスラエルとの隙間を少しでも埋められたとすれば、翻訳者としてこれ以上の幸せはない。翻訳とは、自分が身を置いていない状況に思いを馳せ、心を寄せることであり、私の初めての訳著となる本作で、読者の皆さんとその体験を分かち合えたなら、とても嬉しい。

本書の邦訳に当たって、在日イスラエル大使館にお世話になりました。特に文化部内田由紀様からは的確なアドバイスを頂き、何度も目を開かれる思いでした。

この本に導いて下さったすべての方々のご縁とご尽力に感謝しております。

◉著者

## Eshkol Nevo（エシュコル・ネヴォ）

1971年イェルサレム生まれ。
長編、短編、ノンフィクションを手掛ける。
小説 "Homesick"（2004）がフランスのレイモンド・バリエ賞を受賞するなど、多くの著作が英語やヨーロッパ数カ国語に翻訳され、国内にとどまらず世界各国で高い評価を得ている。
本作 "Three Floors Up"（邦題『三階 あの日テルアビブのアパートで起きたこと』）は、本国イスラエルでプラチナ・ブック賞を受賞し、イタリアではベストセラーとなり、ナンニ・モレッティ監督の手で『3つの鍵』として映画化された。
近著の "The Last Interview"（2018）はフランスのフェミナ賞外国小説部門の最終候補になり、"Inside Information"（2021）は国内とイタリアでベストセラーとなった。
また作家の育成に熱心で、イスラエル最大の文芸創作学校を設立し、教壇に立っている。

◉訳者

## 星薫子（ほし・にほこ）

通信社勤務、雑誌編集、コピーライティングを経て、現在は翻訳家として活動中。
本著が訳著デビュー作。
早稲田大学第一文学部卒。

# 三階
## あの日テルアビブのアパートで起きたこと

本体価格……二三〇〇円
発行日……二〇二二年九月六日　初版第一刷発行
著　者……エシュコル・ネヴォ
訳　者……星《ほし》　薫子《にほこ》
編集人……杉原　修
発行人……柴田理加子
発行所……株式会社　五月《ごがつ》書房新社
東京都世田谷区代田一―二一―六
郵便番号　一五五―〇〇三三
電　話　〇三（六四五三）四四〇五
FAX　〇三（六四五三）四四〇六
URL　www.gssinc.jp
編集／組版……株式会社　三月社
装　幀……今東淳雄
印刷／製本……株式会社　シナノパブリッシングプレス



ISBN978-4-909542-42-7 C0097

新装版　文学のトリセツ　「桃太郎」で文学がわかる!

小林真大著

構造主義批評・精神分析批評・マルクス主義批評・フェミニズム批評・ポストコロニアル批評……。文学って、要するに何?　国際バカロレア教師が「桃太郎」を使って教える「初めての文学批評」。好評につき増刷出来!

1600円+税　四六判並製

ISBN978-4-909542-40-3 C0036

クリック？　クラック！　小説

エドウィージ・ダンティカ著、山本 伸訳

カリブ海を漂流する難民ボートの上で、屍体が流れゆく「虐殺の川」の岸辺で、NYのハイチ人コミュニティで……、女たちがつむぐ10個の物語。「クリック?(聞きたい?)」「クラック!(聞かせて!)」

2000円+税　四六判上製

ISBN978-4-909542-09-0 C0097

ゼアゼア　小説

トミー・オレンジ著、加藤有佳織訳

分断された人生を編み合わせるために、全米各地からオークランドのパウワウ(儀式)に集まる都市インディアンたち。かれらに訪れる再生と祝福と悲劇の物語。アメリカ図書賞、PEN/ヘミングウェイ賞受賞作。

2300円+税　四六判上製

ISBN978-4-909542-31-1 C0097

女たちのラテンアメリカ　上・下

伊藤滋子著

男たちを支え/男たちと共に/男たちに代わって、社会を守り社会と闘った中南米のムヘーレス(女たち)43人が織りなす歴史絵巻。ラテンアメリカは女たちの〈情熱大陸〉だ!

【上巻】(21人)◉コンキスタドール(征服者)の通訳をつとめた先住民の娘◉荒くれ者として名を馳せた男装の尼僧兵士◉夫に代わって革命軍を指揮した妻◉許されぬ恋の逃避行の末に処刑された乙女……

2300円+税　A5判上製

ISBN978-4-909542-36-6 C0023

【下巻】(22人)◉文盲ゆえ労働法を丸暗記して大臣と対峙した先住民活動家◉32回もの手術から立ち直り自画像を描いた女流画家◉チェ・ゲバラと行動を共にし暗殺された革命の闘士……

2500円+税　A5判上製

ISBN978-4-909542-39-7 C0023

江戸東京透視図絵

跡部 蛮著・瀬知エリカ画

港区元赤坂のショットバーで酒を酌み交わす勝海舟と坂本龍馬。吉原の見返り柳前の横断歩道をわたる駕籠舁き……。江戸の人びとを描いたイラストを現在の東京を撮った写真に重ね、歴史の古層を幻視する、これまでになかった街歩きガイドブック。

1900円+税　A5判並製

ISBN978-4-909542-25-0 C0025

GOGATSU　五月《ごがつ》書房新社

〒155-0033　東京都世田谷区代田1-22-6

☎ 03-6453-4405　FAX 03-6453-4406　www.gssinc.jp